U0519535

天喜文化

清人绘《济南李清照酴醾酿春去图照》（局部）

金鴨香紅臘淚偏照畫堂秋

思眉翠畫嬌雲殘侵來衣

枕寒梧桐樹三更雨不道離

心正苦一葉~一聲~空階滴到明

　　菩薩蠻

紅鑪暖閤佳人睡滿簾飛雪

添寒氣篆小院奏笙歌香風

蔡綺羅酒傾金盞蒲萄釅

重開宴公子醉如泥天涯聞

馬嘶

罷~點~迴塘雨雙~隻~馬

喬語灼~野花香依~金柳

黃鸝~江上女雨~溪邊舞

皎~綺羅光輕~雲粉黛

《敦煌钞稿温庭筠、欧阳炯词》（局部）

五代周文矩《合乐图》(局部)

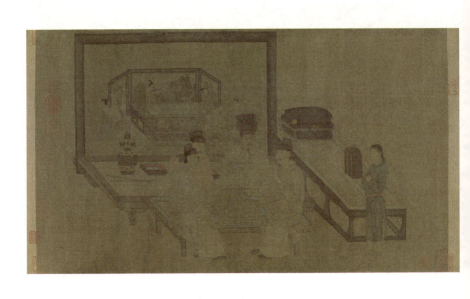

五代周文矩绘南唐中主李璟《重屏会棋图》（局部）

郑午昌《梦窗词意山水册》之《莺啼序》

姜夔《王大令楷书保母砖题跋卷》(局部)

朱庸斋绘秦观《满庭芳》词意图

杨柳岸残月词意
一峰仁兄家属
画於穗垣寓室

朱庸斋绘柳永《雨霖铃》词意图

一场寂寞，半窗残月

至美不过唐宋词

徐晋如 著

林语尘 绘

天地出版社
TIANDI PRESS

目　录

绪言：千古不灭的词心　　　　　　　　　001

词客有灵应识我
　　——说温飞卿　　　　　　　017

洛阳才子他乡老
　　——说韦端己　　　　　　　033

翻是波斯有逸民
　　——说李德润　　　　　　　059

问君能有几多愁
　　——说南唐二主　　　　　079

戚氏凄凉一曲终
　　——说柳三变　　　　　　　103

欲将沉醉换悲凉
　　——说晏小山　　　　　　　125

起舞弄清影，何似在人间

    ——说苏东坡   151

一生怀抱百忧中

    ——说秦少游   183

蓬舟吹取三山去

    ——说李易安   207

湖海平生豪气

    ——说张于湖   233

可惜流年，忧愁风雨

    ——说辛稼轩   263

此地宜有词仙

    ——说姜白石   291

元是中原一布衣

    ——说元遗山   319

人间万感幽单

    ——说吴梦窗   367

载取白云归去

    ——说张玉田   391

绪言：千古不灭的词心

　　词，初名曲子词，发源于隋唐，起初是配合燕乐演唱的文辞，故又名曲子。词到宋代乃极流行，近人王国维至以"一代之文学"尊之。但在传统文学史的概念中，词在较长时期内，一直被称作"诗余"，不能有很高的地位。对于这一境遇的形成，必须于中国文化精神有一真确之体认，然后始能有同情之了解。

　　原来，中国文学的主流，乃是一种政治性上层文学，个人之出处（chǔ，出处即出仕和退隐）穷通，莫不与家国兴亡相关，那些徒然以文辞绮丽相饰，只表现个人情感的作品，一直以来都被目为轻薄，不能有很高的文学地位，更不用说那些代人立言的代言体曲艺文体了。而词之得名诗余，正因词在一开始是不合于此种主流的。据孙光宪《北梦琐言》记载，和凝本是著名的词人，但后来做了后晋的宰相，"专托人收拾焚毁不暇"。从此则故事，可见一般人心目中，始终认为词体卑下，无当于中国文学之根本传统。

曲子词之初兴，原仅盛行于社会下层。故其文辞近于俗语，不及诗语之下字雅驯。诗家语老杜、韩愈特重锤炼，宋黄庭坚至谓其"无一字无来处"。但词的文辞从一开始是较通俗的。今传王重民先生所辑《敦煌曲子词集》，所收录的作品，都是二十世纪初才在敦煌石窟中发现的，此前一千多年，始终湮没不彰，然而那本是历史的必然，它们本就属于该被文学史所删汰的作品，因为它们完全不合中国文学尚雅、重人文主义的传统。我们来看两首《敦煌曲子词集》中的作品便可知道：

凤归云

儿家本是，累代簪缨。父兄皆是，佐国良臣。幼年生于闺阁，洞房深。训习礼仪足，三从四德，针指分明。　　娉得良人，为国远长征。争名定难，未有归程。徒劳公子肝肠断，谩生心。妾身如松柏，守志强过，鲁女坚贞。

洞仙歌

悲雁随阳。解引秋光。寒蛩响、夜夜堪伤。泪珠串滴，旋流枕上。无计恨征人，争向金风漂荡。捣衣嘹亮。　　懒寄回文先往。战袍待缝絮，重更薰香。殷勤凭、驿使追访。

愿四塞、来朝明帝，令（líng）①戍客、休施流浪。②

一方面，敦煌词文辞伧俗，殊无诗人一唱三叹之致，故不能突破时空上的限制，成为可以流传久远、四海广被的作品；另一方面，敦煌曲子词多是代言之体，非就作者自身生活取材，不是有感而发，故不能见出作者的生命、作者的歌哭。这些，都是中国文学所鄙薄的。

至五代风气攸变。时有蜀人赵崇祚编《花间集》，欧阳炯为作集序，中有"绮筵公子，绣幌佳人，递叶叶之花笺，文抽丽锦；举纤纤之玉指，拍案香檀。不无清绝之词，用助娇娆之态"之语。可知词发展到五代，文辞固已渐趋雅丽，但就表达场合而言，则既非宗庙朝廷，又非邦国盟会，乃在花间尊前、豪门家宴、秦楼楚馆，用作寻欢作乐时的助兴，是对私人生活的写照。词之体格所以卑下，此亦不可忽视之一因。

---

① 古典诗词的平仄押韵有着严格的规定，本书中凡涉及词谱规定该用平仄声或押韵处，原则上依照《平水韵》系统标注声调，与普通话语音不同。——作者注
② 古典诗词用韵严格，韵位对应着不同的声情，词的韵位尤其严格，故本书依传统标识方法，在用韵处用句号，非用韵处用逗号，词中特有的"尖头句"中用顿号。尖头句：词中的特殊句式，与诗的节奏不同。诗中五言句的节奏一般是上二下三，如"白日/依山尽，黄河/入海流"，七言句的节奏一般是上四下三，如"朝辞白帝/彩云间，千里江陵/一日还"，而词中会有上一下四的五言句，如"对/暮山横翠，衬/梧叶飘黄"，上一下六、上三下四的七言句，如"见/梨花初带夜月""沿败井/风摇青蔓"，这类句子就叫尖头句。七言以上的句子，只要节奏上是上面字少，下面字多，也都叫尖头句。——作者注

亦唯词之功用，最早是供"绮筵公子，绣幌佳人，递叶叶之花笺，文抽丽锦；举纤纤之玉指，拍案香檀"，是用"清绝之词"，"助娇娆之态"，则以囿于欣赏者的水平，词作的感慨不能深刻，多写众情众相，而没有作家个人之生命体验。词之格调，不及于诗，此亦重大原因。

宋初欧阳修虽为一代名臣，而颇经意词作。欧词如《临江仙》：

柳外轻雷池上雨，雨声滴碎荷声。小楼西角断虹明。阑干倚处，待得月华生。　　燕子飞来窥画栋，玉钩垂下帘旌。凉波不动簟纹平。水精双枕，傍有堕钗横。

此词据宋钱愐《钱氏私志》云：

欧阳文忠任河南推官，亲一妓。时先文僖（钱愐父钱惟演，谥文僖）罢政，为西京留守，梅圣俞、谢希深、尹师鲁同在幕下，惜欧有才无行，共白于公。屡微讽而不之恤。一日，宴于后圃，客集而欧与妓俱不至，移时方来，在坐相视以目。公责妓云："末至何也？"妓云："中暑往凉堂睡着，觉而失金钗，犹未见。"公曰："若得欧推官一词，当为偿汝。"欧即席云："柳外轻雷池上雨……"坐皆称善。遂命妓满酌赏欧，而令公库偿其失钗。

是知欧诗文追随韩愈载道之旌，而所为小词，则仅为座上侑酒，与中国文学之大传统无涉。又有《长相思》二首：

蘋满溪。柳绕堤。相送行人溪水西。回时陇月低。
烟霏霏。风凄凄。重倚朱门听马嘶。寒鸥相对飞。

花似伊。柳似伊。花柳青春人别离。低头双泪垂。
长江东，长江西。两岸鸳鸯两处飞。相逢知几时。

两词均是代言之体，"一就送行女子着笔，一就远行男子落想"[1]，皆不曾自个人生活借材，更无涉于治（chí）[2]国平天下之志。又有《生查子》一首：

去年元夜时，花市灯如昼。月上柳梢头，人约黄昏后。　　今年元夜时，月与灯依旧。不见去年人，泪满春衫袖。

或以为南宋女词人朱淑真作，又有人认为欧词中凡涉绮艳

---

① 陈新、杜维沫选注.欧阳修选集［M］.上海：上海古籍出版社，1986：234.——作者注
② 宋朱熹编《四书章句集注》，特别在注释中强调，"治"作动词时念平声。——作者注

者，皆是政敌托名所作，用以诋毁之。适见就词的表达动机而言，因其无关人格道德，故在当时人心目中，为一卑下之文体也。

近时学者钱穆先生指出，中国文学家最喜言有感而发，最重有寄托，而最戒无病呻吟。故后世之词论家，必为欧阳修曲护，认为他下面这首《蝶恋花》是一首有政治寓意的有寄托的作品：

庭院深深深几许。杨柳堆烟，帘幕无重数。玉勒雕鞍游冶处。楼高不见章台路。　　雨横风狂三月暮，门掩黄昏，无计留春住。泪眼问花花不语。乱红飞过秋千去。

清代常州词派的开山张惠言说："庭院深深，闺中既以邃远也。楼高不见，哲王又不寤也。章台游冶，小人之径。雨横风狂，政令暴急也。乱红飞去，斥逐者非一人而已，殆为韩（琦）、范（仲淹）作乎？"可见，只有联系上重寄托、重政治抒情的中国文学大传统，词的地位始尊，才得与诗方驾齐驱。

读古人诗，最宜依编年读之。则其人一生之行谊，社会时代之风云，尽收眼底。但古人词作往往不编年，即因古人诗虽则东云露一鳞，西云露一爪，然而每一首诗，都是时代的一个侧面，都可以就一滴水而见大海，但古人作词时，其内心往往与社会人生、家国天下毫无关涉，故编年与否，漠不相干。自中国文学之大传统观之，宜乎词之地位，不及诗也。

词体初起时其格甚卑，已如上述。然早期词家，亦有能别开新面，复归于诗学大传统者。兹举李白词二首：

忆秦娥

箫声咽。秦娥梦断秦楼月。秦楼月。年年柳色，灞陵伤别。　　乐游原上清秋节。咸阳古道音尘绝。音尘绝。西风残照，汉家陵阙。

菩萨蛮

平林漠漠烟如织。寒山一带伤心碧。暝色入高楼。有人楼上愁。　　玉阶空伫立。宿鸟归飞急。何处是归程。长亭更短亭。

清代文艺批评家刘熙载评价说，这两首词，抵得上杜甫的《秋兴八首》，并认为，"想其情境，殆作于明皇西幸后乎"，这一观点，可谓直抉词心。我以为《忆秦娥》词是记明皇挥泪别宗庙，仓皇西狩，而《菩萨蛮》则是寓盼官军恢复之意。因为符合中国文学重寄托、重有感而发的大传统，二词才成为千古传诵的名篇。

中唐刘禹锡仕途失意，遂就自身经历取材，如《忆江南》之志谪宦之情，《潇湘神》之寓屈骚之意，都不是当时那些流行于下层民众中间，千年后只能凭借敦煌文献苟延残喘的代言体词作可望其项背的。《潇湘神》一首：

> 湘水流。湘水流。九嶷云物至今愁。君问二妃何处所，零陵芳草露中秋。

钟振振先生揣测，"词中是否以舜暗指永贞之政的后台顺宗李诵，以二妃暗指顺宗的左右手王叔文、王伾呢？"①我以为，就知人论世的角度来看，这种揣测是立得住脚的。

中晚唐作者，尚有张志和《渔歌子》五首，表其隐逸之志，而词中物我融凝，天人合一，遂不胫而走，流传异邦，乃有日本国嵯峨天皇和词。可见能流传久远的，终究还是雅的、表达了士大夫情怀的作品。

上引数家，并不专力为词，故于当时词学大风气并无较大纠转。第一位拓大词境的大人物是南唐后主李煜。钱穆先生说："诗余为词，亦专咏作者私人生活，与政治无关。李后主以亡国之君为词，其私人生活中，乃全不忘以往之政治生活。故其词虽不涉政治，其心则纯在政治上，斯所以为其他词人所莫及也。"②这段

---

① 钟振振.词苑猎奇［M］.桂林：广西师范大学出版社，2007：17.——作者注
② 钱穆.中国文学论丛［M］.北京：生活·读书·新知三联书店，2005：52.——作者注

话正可以作为王国维"词至李后主而眼界始大，感慨遂深，遂变伶工之词而为士大夫之词"（《人间词话》）一语最好的解释。

从李后主开始，历代词人逐渐自觉地向中国文学的主流靠拢，词的境界也愈转愈深，词人的精神面貌、生命意识，也逐渐与诗人趋同。然而，词终究不是诗，词之佳处，又不仅以附丽诗学、政治性抒情为高。除了那些重寄托的作品，词中凡脱离了代言体的低级趣味，取材自作者自身生活，能表现作者真切的生命意志者，也都是可传之作。这一传统，从花间词人韦庄开始，经由北宋的晏几道、秦观，而到南宋姜夔、吴文英，一脉相承，绵延不绝。恰亦正因词不必如诗一样，有言志载道的要求，词中体现出的作者的性情，往往比诗更加能够摇荡人心。即如韦庄《思帝乡》词云：

春日游。杏花吹满头。陌上谁家年少，足风流。妾拟将身嫁与，一生休。纵被无情弃，不能羞。

显违礼教，语似狂颠，而千载以下，谁不为词中女主人公的挚情感动呢？

又如北宋柳永词《鹤冲天》：

黄金榜上，偶失龙头望。明代暂遗贤，如何向。未遂风云便，争不恣狂荡。何须论得丧。才子词人，自是白衣卿相。　　烟花巷陌，依约丹青屏障。幸有意中人，堪寻访。且恁偎红倚翠，风流事、平生畅。青春都一饷。忍把浮名，换了浅斟低唱。

纵情狂放，居当时士大夫所不屑居之境，为当日大人君子所不屑为之事，却是从头到脚的一个真人，直令人觉得惊心动魄，回视世俗功名，仿佛白云苍狗，转瞬即逝，又何如做得个词坛的卿相，名垂千古？

至若小山晚年的名作《阮郎归》：

天边金掌露成霜。云随雁字长。绿杯红袖趁重阳。人情似故乡。　　兰佩紫，菊簪黄。殷勤理旧狂。欲将沉醉换悲凉。清歌莫断肠。

这是小山对他狷介自任，到处碰壁的一生的总结，认得真，看得切，比由旁人评说，尤觉悲凉哀怨。以小山的智力、学识、身世，何尝不知婉变处世，才得幸进，然而，他是个天生的狷者，但凡卑贱取容的事，一毫也做不得。这样的性情，这样的词作，怎能不摄人心魄？

读唐宋词，总能读出显违儒家中行标准的不一样的人格。儒家所谓的人性，本有情、志、意、欲四端，四端皆有所节，便被认为是性情完善的人。然而，唐宋名家的词，动人的不是他们性情的完善，而是性情中这样那样的缺憾，那些带有病征的性情，才是真正打动我们的地方。内典有云："因爱故生忧，因爱故生怖。若离于爱者，无忧亦无怖。"唐宋名词人，无一不执念于爱欲，也无一能做到无忧无怖。他们的文字，是苦难人生的自我救赎，但他们从未试图放弃爱欲本身，所以，他们永远不可能超然脱解，离尘去俗。这正是他们的作品具有永恒的、撼动灵魂的力量的原因所在。

我从1993年起自学填词，先依龙榆生先生《唐宋词格律》一书，奉谱填词，不过勉强成篇而已。初喜长调，以其易于敷衍成篇，两三年间，积有数百首，但因笔力稚拙，语词芜弱，后皆焚去。1995年因随侍先师大丰王公林书，得窥诗旨，胸中块垒，忽然吐为古近体诗，居然大是如意，遂弃长短句而不为。偶有所作，也不过是著腔子之诗，不得以词视之。犹记1999年自北大毕业，有词赠同学上海谢华育，调寄《水龙吟》：

> 古今第一伤心，都因浊酒销清志。云来海上，风从仇国，醉予如此。大野鸿哀，庙堂柘舞，不争何世。对新蒲细柳，蛾眉惨绿，还独洒、新亭泪。　　惯见成名竖子，遍乾坤、炫其文字。茫茫八极，沉沉酣睡，似生犹死。江汉难方，香荃谁托，两间憔悴。向人前应悔，倾城品貌，被无情弃。

读者明鉴，自可知我学词宗尚所在。2003年谋食鹏城，住小梅沙以东之溪涌，日夕与海雨山岚为伴，仅以纳兰性德《饮水词》、王士禛《衍波词》相随，不觉勾动词思（sì），二月中得令词数十首。至此，才算理解了如何便是幽微隐约的词心，也终于对历代词人多了一层同情之了解。次年，则应我师汨罗周晓川先生命，助他选评历代婉约词。唐五代两宋词，师自为之，元以后以迄民国，则由我补苴。晓川师教我将来可专力治词学，我的志趣，本在治经，故未遽从师命，但此后亦稍稍留心词学。窃尝谓古来词学，皆是词人自道甘苦，今之词学，则是考据家、评论家扣盘扪烛之谈，故此殊不愿作学院派论文，与今之学者一争雄长。嗣以执教深圳大学，开设"唐宋词与人生"课程，以词人的人生出处，反溯其性情，而又因其性情，更去赏会其作品，深感唐宋诸贤，之所以人生牢骚失意，其性情实以肇始之，其词作之芳馨悱恻，亦何莫由其性情造就之。无狂狷之性情，无爱欲纠缠之执念，便无绝艳沉丽之文学，性情为人生之大本，更有何疑？至如拘于时代背景之陈说，以文人为时代之附庸，文学为政治之奴仆，恐皆是不会填词的理论家的外行之论，词人论词，必不为此说也。

本书不是博士式的"为智识而智识"，不是学究们的"为研究而研究"，而是一位词人，在感知唐五代两宋那些执着人世、拒绝脱解的生命之时，所记录下来的一点感悟，也希望读者能从本书之外，感受到唐宋诸贤千古不磨的词心。

再版附记：

本书 2016 年 4 月由长春出版社出版，责编是谢冰玉女士，高子晴女士负责发行。而我的一位近在缧绁中的朋友，对本书付出了特别的关怀，原书名《长相思——与唐宋词人的十三场约会》即由其所定。书在出版前，大多数篇章曾在《社会科学论坛》杂志连载。我每两月写一篇，每次写完，都得小病一场，此因用情之至，不觉魂伤。晚清词人况周颐曾云："吾听风雨，吾览江山，常觉风雨江山外有万不得已者在。此万不得已者，即词心也。"（《蕙风词话》卷一）我喜欢他的"万不得已"四字，写作本书也是一场万不得已之旅。我相信，只有以万不得已之心，去感知唐宋词人，才能进入他们的心灵世界，聆听他们幽隐的心声。我以这样的态度完成了本书，这应该就是很多读者喜爱本书的原因。

2021 年 7 月，我在天涯海角之地，结识了董曦阳兄，他希望能再版这本小书。我说有两位词人，我一直想写，一位是豪放词宗张孝祥，另一位则是金源第一词人元好问，如果能加上这两位，本书也就圆满了。得曦阳兄首肯，我用了半年多的时间以等待万不得已之境，终于等到与斯境不期而遇之时。

本书自初版后梓行了四次，多得师友匡谬，每次付梓，皆有订正。尤其书中两处硬伤，承广州博物馆宋平先生、华东师范大学邵明珍教授指出，成人美，救我失，谨此拜谢。

值此书又将版行，兹并鸣谢冰玉、子晴二位女士暨曦阳兄对本书所作出的努力，我也郑重地把这本小书，献给前面提到的那位朋友。

壬寅试灯节徐晋如记于古宣武

照花前後鏡　花面交相映　新帖繡羅襦　雙雙金鷓鴣

乙丑夏夜於京

飘蓬客，铅泪湿秋云。江柳拂残清夜月，

杜鹃啼损锦城春。深坐自含嚬。

右温尉

词客有灵应识我——说温飞卿

南宋陈振孙《直斋书录解题》是中国古代一部极为重要的文献学著作。其著录《花间集》则曰：

> 《花间集》十卷，蜀欧阳炯作序，称卫尉少卿字宏基者所集，未详何人。其词自温飞卿而下十八人，凡五百首，此近世倚声填词之祖也。诗至晚唐五季，气格卑陋，千人一律，而长短句独精巧高丽，后世莫及，此事之不可晓者。放翁陆务观之言云尔。

今天我们知道，《花间集》的撰集者"卫尉少卿字宏基"，他的名字叫作赵崇祚。"放翁陆务观"就是南宋大诗人陆游，他评价晚唐五代的词作"精巧高丽，后世莫及"，与我的感觉一致。

花间词的风格，我用两个字概括：沉艳。读花间词，总能感觉到一股沉着浓挚之气流行其中，词的外在色貌如花，内里却骨重神寒。

花间词中的第一位作者温庭筠，是晚唐时期的人，他的绮艳秾丽的词风，仿佛一位明艳无匹的贵妇人，凝妆端坐，她不会有对宇宙人生的深刻思索，她不会去关心全人类的命运，然而她的眉宇间，总透露出一种真挚之情，仿佛在诉说着内心的寂寞。

温庭筠，原名岐，字飞卿，他的祖上温彦博，曾经做到尚书右仆射的大官，是唐太宗贞观初年的名宰相之一。飞卿生于太原，《唐才子传》说："（飞卿）少敏悟，天才雄赡，能走笔成万言。善鼓琴吹笛，云：'有弦即弹，有孔即吹，何必爨桐与柯亭也。'""爨桐"与"柯亭"，都是关于东汉蔡邕的典故。《后汉书·蔡邕列传》里说："吴人有烧桐以爨者，邕闻火烈之声，知其良木，因请而裁为琴，果有美音。"柯亭本是绍兴（古称会稽）的一座驿亭，一名千秋亭，又名高迁亭。《后汉书·蔡邕列传》注："邕告吴人曰：'吾昔尝经会稽高迁亭，见屋东间第十六竹椽可为笛。'取用，果有异声。"后世即以"柯亭"为良笛之美称。《唐才子传》记载飞卿的话，是说他天生乐感敏锐，随便什么乐器，上手即能奏出曼妙的乐章。《御定佩文斋书画谱》引《容台集》评价他的书法，"似平原书而遒媚有态，米元章从此入门"。飞卿的骈文在当时负有盛名，与李商隐、段成式一样，都追求辞藻上的秾丽华美，当时人把他们的文风称作"三十六体"，因为这三个人，依照行第①来说，都排行十六。飞卿的诗，多侧艳之作，与李商隐并称温李。他非常精于属对，像"红妆万户镜中春，碧树一声天下晓"（《鸡鸣埭歌》）、"湘君宝马上神云，碎佩丛铃满烟雨"（《郭处士击瓯歌》），都深得对仗的阴开阳阖、相济相生之妙。这种功夫，正是从他善于写骈文而来。而像下面的这些诗作，正是他诗风的代表：

莲浦谣

鸣桡轧轧溪溶溶。废绿平烟吴苑东。

水清莲媚两相向，镜里见愁愁更红。

白马金鞭大堤上。西江日夕多风浪。

荷心有露似骊珠，不是真圆亦摇荡。

锦城曲

蜀山攒黛留晴雪。篸笋蕨芽萦九折。

江风吹巧剪霞绡，花上千枝杜鹃血。

杜鹃飞入岩下丛。夜叫思归山月中。

---

① 唐人行第，是在同一曾祖父所出的兄弟辈之间排长幼，这些兄弟互相称从祖兄、从祖弟。——作者注

巴水漾情情不尽，文君织得春机红。

怨魄未归芳草死。江头学种相思子。

树成寄与望乡人，白帝荒城五千里。

不过，平心而论，这些诗都有一定的代言体意味，大概都受到齐梁间乐府诗风的影响，文辞秾丽，而内容浅薄。

从《旧唐书·文苑传》《唐才子传》等书中对飞卿的记载看，其人在当时被公认是猾薄无行之徒。他自幼才华颖发，唐宣宗大中年间（847—859），进京应试，才名特盛，一时京师人士争相与之结交。但因为他"士行尘杂，不修边幅"，整日和公卿家无赖子弟裴诚、令狐滈之流混在一起，饮酒赌博，很快就有了坏名声，让当道者觉得这样的人不能"临民"，便因为此，累年不能中第。唐代从仕的正途是应进士试，考诗赋，所考的诗赋，都有一定的程式，很考验应试者对文字的驾驭能力。科试之日，会给每个考生发三根大蜡烛，三根蜡烛烧完，要作完八韵的诗赋。当时有人作对联说："三条烛尽，烧残士子之心；八韵赋成，惊破试官之胆。"唐时三条烛烧尽，八韵赋犹未写成的，大有人在。但飞卿偏有一种本领，他应试时，根本不用打草稿，把手笼到袖子里，伏在几上，信口吟诵，便能作完，时号温八吟。又谓他一叉手即成一韵，八叉手即能完篇，又号温八叉。他还是考场大救星，每次考试，与他邻铺的举子都会沾上他的恩泽，不必自己答卷，飞卿会替他们答卷的。飞卿累年不第，但善代人捉刀的名气越来越大，在大中末年，主考官特地让他于帘下单独应试，不料即使在这种情况下，他还是通过口授答案，暗中帮了八个人答卷。

飞卿亦尝出入宰相令狐绹书馆中，据说令狐绹待他甚是优渥。因为唐宣宗喜欢《菩萨蛮》的曲子，令狐绹拿了飞卿所作的《菩萨蛮》，进献给宣宗皇帝，诡言是自己所作，并告诫飞卿，不能向外透露此事。但飞卿不久即泄于人知。又有一次，唐宣宗作诗，用"金步摇"一词，无有名物相对仗，飞卿对以"玉条脱"，令狐绹问飞卿玉条脱出典，温答："出自《华阳真经》。这书并非僻书，相公您治理国家之暇，也该读一点儿古书！"《华阳真经》是南朝齐、梁时道教名人陶弘景《真诰》一书的别名，玉条脱出于《真诰》第一篇。飞卿还对外人说："中书省内坐将军。"唐代中书省，即是政府所在，相当于今天的国务院。中国从秦汉以降，政府便是士人政府，中书省更应由读书人主位，说"中书省内坐将军"，是讥讽令狐绹虽贵为宰相，却不读书，没学问。这样的事多了，飞卿就开始在令狐绹面前失宠了。他后来作《题李羽故里》一诗，尾句曰"终知此恨销难尽，孤负华阳第一篇"，即指其与令狐绹之间的恩怨。(《野客丛书·金条脱事》)

这以后，飞卿到襄阳依山南东道节度使徐商，署为巡官，离他的志向殊远，于是流落到江东一带，在广陵（今江苏省扬州市）又与一班无赖少年饮酒狎妓，作狭邪之游。这个时候，令狐绹也从相国的位置上退了下去，做了淮南节度使，行署即在扬州。飞卿心怨令狐绹在相国任上不助他入仕，故不去拜谒，直到有一晚饮得大醉，犯了宵禁之律，被虞候（相当于今之警察）打断牙齿，才跑去找令狐绹斥冤。当时读书人地位很高，侮辱士人是很大的罪名。令狐绹当即下令把虞候拘来，不料虞候大讲温平日丑行，令狐绹只能居中调停了事。

经过被虞候击面折齿一事，飞卿在京师当道的大官们心中，再无地位。他的故人徐商这时做了宰相，倒颇重情谊，帮他说了不少好话。然而徐商不久罢相，杨收继任，他一向看飞卿不顺眼，于是贬他做了方城尉，流落到死。（一说：宣宗微行，在旅舍与温相遇，温不识龙颜，以为是长史一流的小官，以是被贬。）中书舍人裴坦，负责给贬他的公文写理由，提笔想了很久，才写道："孔门以德行居先，文章为末。"终其一生，飞卿的最大官职是国子助教，故后人以温助教称之。

飞卿在正史野乘中，都被视为文人无行的典型。然而与之同时的诗人文士，同情其际遇者颇众，飞卿被贬作方城尉，大家争相为他饯行，赋诗相赠。进士纪唐夫赋诗曰："凤凰诏下虽沾命，鹦鹉才高却累身。"才高累身，说出了飞卿郁郁一生的真相。

飞卿才华横绝一时，然任何一位才华横绝者，在本质上都是孩子。他们永远按照快乐原则而不是现实原则去生活、去处世。飞卿少年时的一些狭邪之行，原不过是青春的精力不知如何宣泄所致。这种人生当然不值得提倡，但须知这仅仅是心智不成熟的表现，较之那些从很小就懂得曲意逢迎、懂得攫取利益的人，飞卿的内心要纯净得多。他只是单纯地追寻快乐而已。

飞卿因少年误入歧途而自绝仕进之路，便开始放浪形骸，代人作弊，他以一种独特的方式表示出对那个忌才忌个性的时代的抗议。任何一个社会，最终都是像令狐绹那样的平庸者获得最大利益，飞卿的悲剧，是令狐绹们的喜剧。其实，即使飞卿在令狐相国的书馆中懂得装低伏小，令狐相国也不会助他成就功名。平庸者不会理解才华卓异的天才，他们只会觉得这样的人身上充满不安定的因素，说不定会给自己带来什么麻烦。令狐绹只把飞卿当作文学弄臣，仅此而已。可以说，飞卿一生的悲剧，令狐绹要负极大责任。然而，现实永远是令狐绹们的世界，飞卿只能靠他的文学，震荡着千载以降无数敏感的心灵。

飞卿终身困顿，不得一展怀抱。实则其人颇有经世之志。《过陈琳墓》是他的代表作之一，诗云：

曾于青史见遗文。今日飘蓬过此坟。

词客有灵应识我，霸才无主始怜君。

石麟埋没藏春草，铜雀荒凉对暮云。

莫怪临风倍惆怅，欲将书剑学从军。

陈琳是三国时人，原为袁绍幕僚，曾衔命作《为袁绍檄豫州文》，历数曹操罪状，且诋及其父祖，文章极富煽动性。袁绍兵败，曹操要杀他，他说那是受命所为，"如箭在弦上，不得不发"。曹操爱其才，用为记室。诗人经过陈琳的坟墓，遥想当年陈琳际遇，自伤身世，遂成此篇。"词客有灵应识我，霸才无主始怜君"一联是全诗主旨所在。"词客"当然是指陈琳，下句"霸才"或谓指曹操，这是不确的。"霸才"即指作者以及其他与作者一样，空负绝世才华，却不得一用的失意之士。"怜君"的"君"，是对陈琳的敬称。整句的意思是：君生前为辞章作手，如果地下有知，也当引我为知己；我亦如君有犖犖大才，却不得明主赏识，当然要同情君的际遇了。作者才华本不逊陈琳，然或遇或不遇，无怪飞卿要感慨"欲将书剑学从军"了。乱世之中，通常平庸者获取最大利益的机会要少一些，而天才的机会则相对多了一些。他还有一首《赠蜀府将》，也表达了类似的意思：

十年分散剑关秋。万事皆从锦水流。

志气已曾明汉节，功名犹尚带吴钩。

雕边认箭寒云重，马上听笳塞草愁。

今日逢君倍惆怅，灌婴韩信尽封侯。

灌婴、韩信，都是武人，都得封侯，飞卿作为读书人，惊才绝艳，却不得一用，这种对照对他的心灵来说，无疑是一种极残酷的折磨。

也正因此，清代常州词人张惠言评飞卿词，认为他的《菩萨蛮》十四首都是"感士不遇"的作品，其言妆饰之华妍，"乃《离骚》初服之意"。今录三首如下：

菩萨蛮

小山重叠金明灭。鬓云欲度香腮雪。懒起画蛾眉。弄妆梳洗迟。　　照花前后镜。花面交相映。新帖绣罗襦。双双金鹧鸪。

水精帘里颇黎枕。暖香惹梦鸳鸯锦。江上柳如烟。雁飞残月天。　　藕丝秋色浅。人胜参差剪。双鬓隔香红。玉钗头上风。

玉楼明月长相忆。柳丝袅娜春无力。门外草萋萋。送君闻马嘶。　　画罗金翡翠。香烛销成泪。花落子规啼。绿窗残梦迷。

第一首词，是讲一位贵族女子，内心寂寞，无可排遣，晨起梳妆的情态。"小山"一般皆解作枕屏，是搁在床上枕前用以挡风的屏风。"金明灭"指朝日映射，光亮如金。"鬓云"一句指乌发如云，与香腮雪肤，适成对比。萧继宗先生则以为，"小山"指美人之额，因唐宋人惯以黄涂额，故曰"金明灭"。他引温庭筠《照影曲》诗"黄印额山轻为尘"、《菩萨蛮》其三"蕊黄无限当山额"、《汉皇迎春词》"柳风吹尽眉间黄"、《偶游》"额黄无限夕阳山"，五代牛峤《女冠子》词"额黄侵腻发"、毛熙震同调词"修蛾慢脸，不语檀心一点，小山妆"为例，证明小山妆乃指女子额上涂黄；又谓眉间之黄层层涂染为一圆点，正中最浓，四周渐匀渐淡，所谓"小山重叠"即指此。"小山"如作山额解，则上片①全写妆裹梳洗之事，遂与下二句"懒起画蛾眉。弄妆梳洗迟"更为扣合。说懒，说迟，总是寂寞抑郁之状。下片是说妆台前有一镜，手中又持一镜，以手持之镜，照着脑后所簪的花，女子必要左右挪动身体，好在前镜中看到后镜内的影像，读者自可想象其婀娜之姿。萧继宗先生认为"帖"就是熨，"新帖绣罗襦"就是新熨绣罗襦，上有鹧鸪成双，暗指女主人公却孤独一人，不得双栖。全词的色彩基调是浓烈的金色，这本是暖热的色彩，但鬓云之玄黑、香腮之胜雪，却是森冷的淡色，这才是女主人公内心的底色。

---

① 词有的不分段，有的分段。分段的，两段叫作双调；三段叫作三叠；四段叫作四叠。每一段又叫作一片。从第二段开始，每一段的第一个韵叫作过片。——作者注

以辉煌映衬荒凉，是大作家的手段。

第二首词，更像是一部精心剪辑的微电影，其镜头的运用，堪称出神入化。先是一个远景：晶莹剔透的水晶穿成的帘子中，是同样晶莹美丽的颇黎（美玉名）枕，屋子里熏着香，盖着的是绣有鸳鸯的锦被，非常温暖。这个镜头仿佛是把人给丢了，其实作者是让你想象，如此精致的器用，使用者当然是一位佳人。第二个镜头，忽然转到残月在天、柳色如烟的江岸，那大概是佳人与情人分别的地方吧？是往事，是梦境，都不易晓，只知那是她心中隐藏最深的一幕。"柳"谐音"留"，在古人诗文中常与送别相关，而北飞的大雁，则象征着对爱的追随，是佳人灵魂的投射。这是春夜将阑时的景致。过片镜头再转，转到初秋时节。此句古人多不作解释，近时有学者认为是指衣服的颜色，像秋天的藕，色淡黄，我不能赞同。我以为这是说时节正当秋色未浓，天高云淡。用藕丝之色喻秋色，正见秋色之浅淡，且"丝"又谐音"思"。古时荆楚风俗，正月初七为人日，人们会剪彩纸或金箔作人形，贴到屏风上或插戴在头鬓上，用以厌胜邪祟，故称人胜。自"江上"句以下，四句时间是由春到秋，再到新年的人日。四句合观，正见相思之酷、追慕之久。结尾则是一个特写的镜头，着重在佳人的鬓发。先是从两鬓边望去，能看到香腮上涂抹着胭脂，再就是头上插的玉钗，忽然一下子动了，那其实不是风吹钗动，而是她的内心，忽然被什么给触动了。

飞卿的这种镜头转接式写法，后来被宋代词人周邦彦、吴文英用到了长调中，成为一种非常高明的艺术手法。

第三首词，较偏于叙事。但他的叙事不是平铺直叙，而是先由倒叙插入。首二句用"玉楼""明月""柳丝"等与别后相思有关的意象堆砌起来，写别后思忆之深，以致百无聊赖，做什么都没有心力。春无力者，非关天公不作美，是主人公心中乏力罢了。"门外"二句，回想送别时的情景。"萋萋"是有出典的，汉淮南小山《招隐士》云："王孙游兮不归，春草生兮萋萋。"后来作诗词，但凡说王孙、春草、萋萋，便是说送别了。这本是程式化的描述，偏偏加上一句"送君闻马嘶"，不仅立刻就有了视觉上春草萋萋的绵远，更有了听觉上萧萧马鸣的悽恻。过片又是两个特写镜头的映带。一是罗扇上画着金色的翡翠鸟（一种极难捕获的珍禽），既以罗扇隐喻女子身世，被人抛弃，如秋扇先捐，又以翡翠鸟隐喻女子的美好；二是蜡烛将尽，融成蜡泪，则女子当别后偷弹无数香泪，自然可知。结句是到了春暮杜鹃（即子规）啼叫，韶光垂尽的时节，绿树阴浓，遮蔽窗户，这绿色浓郁得化不开，便如女子的残梦，怎么也走不出情感的陷阱。

我以为，飞卿词并无寄托，但他一腔牢愁失意，使得他看人看事，总透出一种悲观与荒凉。即使金碧辉煌，凝妆端坐，也掩饰不了那种凄凉的底色。他的词之感人即在此。然而，这些词更像是透过毛玻璃看到他朦胧的身影，却不是照片中的影像。

另举三首《更漏子》：

柳丝长，春雨细。花外漏声迢递。惊塞雁，起城乌。画屏金鹧鸪。　　香雾薄。透帘幕。惆怅谢家池阁。红烛背，绣帘垂。梦长君不知。

相见稀，相忆久。眉浅淡烟如柳。垂翠幕，结同心。待郎熏绣衾。　　城上月。白如雪。蝉鬓美人愁绝。宫树暗，鹊桥横。玉签初报明。

玉炉香，红蜡泪。偏照画堂秋思（sì）。眉翠薄，鬓云残。夜长衾枕寒。　　梧桐树。三更雨。不道离情正苦。一叶叶，一声声。空阶滴到明。

本是咏更漏的本意词①，然而词中所述之相思，缠绵到死，爱得浓，爱得挚，这是心灵之光的曲折投射。飞卿的人生外表放诞，实则极其认真，他一生忠于他的性情，有此诚于中的品性，乃有形于外的芳馨悱恻的词作。

复如《诉衷情》：

---

① 凡是词牌名即是主题的词，称作本意词。——作者注

莺语。花舞。春昼午。雨霏微。金带枕。宫锦。凤凰帷。柳弱蝶交飞。依依。辽阳音信稀。梦中归。

题材略如唐之闺怨诗，写丈夫远戍辽阳，妻子在家思念不置，而意态凄绝，是其独擅。

他也有清丽浑挚之作，如《梦江南》：

千万恨，恨极在天涯。山月不知心里事，水风空落眼前花。摇曳碧云斜。

虽是男子作闺音，却写得那么真切自然。

才人多厄，自古皆然。《花间集》收飞卿词六十六首，这六十六首词，展现的是一个有缺陷的灵魂。飞卿不幸成了性格的奴隶，令人千秋之后，犹一掬同情之泪，然而不可否认，他极真挚地忠于自己的性格，哪怕这种性格最终带来的，是人生的无穷屈辱。

他始终是一个纯净的孩子。

春日遊 杏花吹滿頭 陌上誰家年少 足風流

小乙木夏至於京中

湖上雨，对对浴鸳鸯。画舸浅眠思帝阙，春垆沉醉忆仙乡。尘结鬓边霜。

右韦相

洛阳才子他乡老——说韦端己

　　韦庄，字端己，是由晚唐入五代的著名诗人、词人。自来温韦并称，《花间集》所辑录的词人，以温庭筠与韦庄成就最高，影响后世词风也最深。

　　王国维在《人间词话》一书中，比较花间词的这两大作家说："温飞卿之词，句秀也。韦端己之词，骨秀也。李重光之词，神秀也。"李重光是作品未收入《花间集》的南唐后主李煜。在古人那里，秀是比丽更高的审美境界，有钟灵毓秀、神清骨秀等语。说端己的词"骨秀"，意思是"其秀在骨"，就像一位娟娟美好的女子，她那秀美的气质是骨子里带来的，而不在眉眼肌肤之间。虽不及后主其秀在神，但已是非常高的评价了。王国维又批评清末词论家周济说："词至李后主而眼界始大，感慨遂深，遂变伶工之词而为士大夫之词。周介存置诸温、韦之下，可谓颠倒黑白矣。"周济的原话是："毛嫱、西施，天下美妇人也。严妆佳，淡妆亦佳，粗服乱头，不掩国色。飞卿，严妆也。端己，淡妆也。后主则粗服乱头矣。"意思是说，词就像是天下间的绝色美妇人，宜浓宜淡，即使粗服乱头，也不掩其动人的容光。周济对温、韦、李本无轩轾，王国维显然曲解了周济话里的意思。

但何以王国维会曲解周济的意思呢？这就涉及王国维所遵奉的美学旨趣了。

王国维自作《人间词》中，有一首赠人之作《蝶恋花》：

窈窕燕姬年十五。惯曳长裾，不作纤纤步。众里嫣然通一顾。人间颜色如尘土。　　一树亭亭花乍吐。除却天然，欲赠浑无语。当面吴娘夸善舞。可怜总被腰肢误。

他颂扬的这位未沾尘俗的少女，是北京城中酒家女子，年纪在十五六岁间。她平时总穿一身曳地的长裙，行动处一派自然，不似一般的受礼教影响的女子，走着纤纤细步。她在人群中回眸，嫣然一笑，便把世间的各种美女都比了下去。这位少女就像是一株亭亭玉立的花树，树端缀满了待放的花苞，她的绝世标格，只有"天然"二字才能形容。与她的天然态度相比，那位来自江南吴地的舞娘，尽管有着纤细柔软的腰肢，却显得太过造作了。由此可见，王国维的美学旨趣是反对人为的雕饰，而追求天然的情致，即所谓"自然真切"。在王国维的美学序列当中，韦庄次于李煜而高于温庭筠。他既有此强烈的分别心，遂下意识地认为周济以严妆为尚，次乃淡妆，而视粗服乱头为最下。

我认同王国维的排序，即后主高于韦庄，韦庄又高于温庭筠，但我并不认为严妆不如淡妆，淡妆又不及素颜之美。《花间集》选词最多者为温庭筠，六十六首，其次是孙光宪，六十一首；端己的词选了四十八首，在数量上不及温，但我读端己词，总比读飞卿词更多感动。究其原因，不是王国维所分剖的句秀与骨秀之别，也不是韦词比温词更加自然，而是因为温词多是代言之作，借人家的酒杯，浇自己的块垒，终嫌隔了一层；韦词却多有个人经历蕴于词中。至于李后主的词，迥出温韦之上者，乃是因后主的人生最具悲剧性，他又把自己的全部生命浇铸成了后来者无法跻攀的词作。

韦氏世居杜陵（今陕西省西安市东南），端己的祖上韦见素，是唐玄宗时的名臣，韦庄父韫，韫父彻，彻父厚复，厚复父即诗人韦应物，曾为苏州刺史，与柳宗元齐名，号韦柳。韦庄在华州下邽（今陕西省渭南市下邽镇）及长安御沟西边度过了无忧无虑的童年，曾有诗纪云："昔为童稚不知愁，竹马闲乘绕县游。曾为看花偷出郭，也因逃学暂登楼。"（《下邽感旧》）"晓傍柳阴骑竹马，夜隈灯影弄先生。巡街趁蝶衣裳破，上屋探雏手脚轻。"（《涂次逢李氏兄弟感旧》）成年后的韦庄，诗写得很秾艳，性格也疏旷不拘小节，与一般我们所理解的儒家士子不同。他性情通达，见事明白，析理深刻，后来在政治上颇有一番作为，这是温庭筠所不能及的地方。

端己在入仕以前，曾久居长安应考。唐代的科举，五十岁能中进士，都算是年轻的，端己直到近六十岁才中进士。广明元年（880）他赴长安应试，偏遇上促使唐代加速灭亡的黄巢起义。端己身陷长安城内，不能走脱，直到两年以后中和二年（882）的春天，他才逃离长安，取道往东，到了洛阳。中和三年（883），他写下了他一生最重要的也是唐代最伟大的史诗之一《秦妇吟》。厥后流寓南方，先在润州（今江苏省镇江市）给人做幕僚，再至婺州（今浙江省金华市），总之是间关万里，备尝苦辛。景福二年（893）他重赴长安应试，仍没考上，直到次年即乾宁元年（894）终于考中，授官校书郎，当时已经是年近六十的老人了。他在词中说自己是"洛阳才子他乡老"，跟我们想象的那种风流倜傥、年少有为的才子是很不一样的。

《唐才子传》这样评价端己：

庄早尝寇乱，间关顿踬，携家来越中，弟妹散居诸郡。江西湖南，所在曾游，举目有山河之异。故于流离漂泛，寓目缘情，子期怀旧之辞，王粲伤时之制，或离群轸虑，或反袂兴悲。四愁九怨之文，一咏一觞之作，俱能感动人也。

大致是说，大唐经黄巢之乱，山河举非畴昔，加以人生的流离颠沛，无不增加他的愁怀诗思，他就像写《思旧赋》的向秀、写《登楼赋》的王粲一样，内心孤独、悲凉，写出的诗文，可以与屈原的《九歌》、张衡的《四愁诗》，以及兰亭雅集的那些作品相媲美，感动人心。

清人赵翼诗云："国家不幸诗家幸，赋到沧桑句便工。"晚清诗人文廷式也说："生人之祸患，实词章之幸福。"人生遭遇的不幸，会增加诗料，但不会让本不具有诗人天性的人成为诗人，端己天生情感敏锐，中年以后，又饱经忧患，他的人生阅历，都成了他诗词的素材，但仍须经他性情的蕴酿，方得成为文学。这正像蜜蜂酿蜜，最关键的不是花粉，而是把花粉变成蜜的转化酶。

端己在唐昭宗乾宁元年登进士第，直做到左补阙的官职。当时有个军阀王建，任西川节度使，唐昭宗派端己、李洵到蜀地宣谕旨意，王建看中了端己的才华，把他留了下来，除为掌书记，不久升任起居舍人。王建自立蜀国（史称前蜀）后，端己官至吏部侍郎兼平章事，已是宰相之职了。前蜀的宪章礼乐号令，刑政礼乐，均是端己手定，不过到武成三年（910，武成是王建称帝年号），端己就逝世了，谥号文靖。

端己是通经致用的儒家典范。他才干过人，在给王建做掌书记时，史载他"文不加点，而语多称情"。原来，唐五代时，写公文一定要写骈体文，既要有骈体文对仗工丽、辞藻富赡的文体特点，又要晓畅明白，打动人心，殊为不易。端己写骈体的公文，属稿已成，不加点窜（修改），每句话却明白晓畅，直入人心。当时西蜀有一县令，经常扰民，王建令端己作文宣谕，用作警告，端己写的不是死板的官样文章，而是以情理动之。文中有这样两句："正当凋瘵之秋，好安凋瘵；勿使疮痍之后，复作疮痍。"意思是正当年成不好的时候，你就要让老百姓休养生息，不要让战乱之后的老百姓再受一层盘剥。这两句话说得入情入理，对仗又精切，所以流行一时，蜀地民众也多借这两句话，抵住了官吏的盘剥。

唐朝末年，内有宦官专政之祸，外有藩镇不臣之忧。唐昭宗一生被人胁迫，做着傀儡皇帝，先是受制于宦官，后来则受制于大军阀朱温。朱温出身本来就非常坏，他本是黄巢部下，后来反戈一击，投靠朝廷，改名为朱全忠。昭宗有一段时期被宦官囚禁，朱全忠把那些擅政的宦官杀掉，自己胁迫昭宗，得掌实权。这时候朱全忠就让昭宗改了一个年号，叫作天复，以示朝廷的恶势力已清。在天复年间，王建作为地方割据政权的首领，很担心自己的地位不稳固，所以就派端己到朝廷去入贡，真实的用意是跟当时权倾朝野、实际的国家掌舵人朱全忠修好，大意略谓：你放心，我一定是你地方上坚强的后盾，你永远是大哥，我永远是小弟。端己有着非常好的外交才干，他不轻易说话，但只要一出声，就一定是切实可行的方案，所以朱全忠也对他十分欣赏。

王国维曾说，有主观之诗人，有客观之诗人，主观之诗人不必多阅世，客观之诗人必多阅世。端己的情况却要复杂得多。历史上很多的诗人，政治上、生活上幼稚得一塌糊涂，端己从宦后，却一直备受器重，他的政治嗅觉非常灵敏，判断力不是一般的好。天复四年（904），朱全忠终于等不及了，派手下入宫杀害了唐昭宗以及昭仪李渐荣，立昭宗子李柷为皇帝，即后来的唐哀宗。三年以后，又废哀宗自立为帝，同时改国号为大梁，并且还把自己的名字改作朱晃。这时候他就派了使者司马卿到西川去，宣读"圣旨"。先至兴元，兴元节度使王宗绾又派使者用驿马把这份"圣旨"传给王建。王建很想恢复大唐，端己却看出大唐气数已尽，劝王建说兵者为大事，不可仓促而行，于是代王建起草复信，峻责王宗绾不能为大唐守节。文中有这样一段话：

> 吾家受主上恩有年矣，衣衿之上，宸翰如新；墨诏之中，泪痕犹在。犬马犹能报主，而况人之臣子乎？自去年二月，车驾东还，连贡二十表，而绝无一使之报，天地阻隔，叫呼何及！闻上至谷水，臣僚及宫妃千余人皆为汴州所害，及至洛，果遭弑逆。自闻此诏，五内糜溃，今两川锐旅，誓雪国耻，不知来使何以宣谕？（见《蜀梼杌》）

责以大义，封住王宗绾之口，又勒令王宗绾自决进退，司马卿一看此情形，只得悻悻然向朱全忠返报。

梁篡唐后，端己与诸将佐劝王建自立为帝，端己也因此成为前蜀的开国宰相。朱全忠自知无法统一全国，又派使者跟王建通好，信中卑辞自抑，尊称王建为兄，端己一看书信，就明白了朱全忠的用心，笑谓左右，说这是"神尧骄李密之意"。神尧，指的是唐高祖李渊。隋末之时，天下反隋者众，李渊势力渐大，但仍不及瓦岗寨的首领李密，所以李渊给李密写信，把李密捧得很高，让李密自骄自大，出兵抵挡东都强敌，李家却专心一意扫平关中，据有关河之险，休养生息，直待其他反王鹬蚌相争，而坐收渔人之利。端己政治上的成熟老练，可见一斑。

在古往今来的诗人、词人当中，端己可算是非常另类的。他的另类就体现在，他在政治上非常成熟，在情感上又非常真挚，非常浓烈。他让我想起梁羽生先生的小说中有一章的回目："中年心事浓如酒，少女情怀总是诗。"端己就是中年心事浓如酒的典型，他的情感是有阅历、有思想的人的情感，不是毛头小伙子的荷尔蒙冲动。他什么都经历了，什么都见过了，却仍然选择奋不顾身地去爱，这才是耐人回味的诗性人格。正因为端己的词里包蕴的是这样一种浓烈深挚的情感，才更加沉郁动人。

怎么会是这样？我的看法是，端己的政治成熟、见事机敏并不是来自他的天赋，而是来自读书和阅历。现实中有很多人，因为出身微贱，很小就懂得钩心斗角、看人眼色，这样的人往往能在政治舞台上青云直上，但在情感上绝对不可能纯粹执着。因为这样的人从懂事起就是彻底的利己主义者，他把社会看作彻底的功利场，所有思考的出发点，所有选择的目的，无非是获取最大的好处，这样的人是不可能像端己这样既有经世之才，又不失为一纯粹之诗人的。端己是宗奉儒学的士人，他读书出仕，是为了治国平天下，并不是为了追逐名利。儒家经典的实质都是政治哲学，端己就在经典中汲取为政之道。另外，他从青年时期便读书有成，开始考进士，一直考到将近六十岁，方才考中，这中间又经历黄巢兵燹，流寓江南时为人做幕僚，也锻炼了他的心智和才干。但是一个人成为什么样的人，归根结底是由其性情决定的，读书和阅历，没有戕贼他的性情，他以赤子之心对待感情，又以赤子之心忠君爱民。在政治上，端己智而不诈；在情感上，端己深情眷眷，他是一位诗性的循吏。

端己有诗集《浣花集》，集名浣花，是因为端己希望成为杜甫一流的大诗人。他自到成都后，觅到当年杜甫在成都住的浣花溪的遗址，那里本有杜甫的草堂，其时房屋已坏，但柱基仍存，于是他令人芟草培土，重加整治，新建草堂居住。在他去世后，他的弟弟韦蔼给他编集子便叫作《浣花集》。

但是在《浣花集》里面，偏偏没有收录端己一生写得最好、最重要的那首长诗《秦妇吟》。这首长诗湮没了一千多年，直到二十世纪初敦煌藏经洞被发现，人们才重新阅读到这首旷古烁今的史诗。

《秦妇吟》作于中和三年癸卯（883），作者时年四十八岁。他由长安城逃出，寓居洛阳，借一位"三年陷贼留秦地"的女郎之口，备述黄巢兵祸造成的"丧乱漂沦"。端己写《秦妇吟》，诗成耸动天下，人称"秦妇吟秀才"[①]。但一千多年中，人们仅能从诗话里知道，这首诗里有"内库烧为锦绣灰，天街踏尽公卿骨"二句。又传说端己出仕后，因这两句得罪当时官场，故"深讳之"，不愿谈及此诗，还作《家戒》，要子子孙孙不得"垂《秦妇吟》障子"。唐代凡房屋之中用于区分隔间的可拉式糊纸木制窗门或布帘，均可称为障子，后者又称软障，是由屋顶垂下来者。障子上往往会印上一些图画或诗句，《秦妇吟》就成了当时障子商人用得最多的素材。既然连《秦妇吟》障子都不许使用，其诗不收入《浣花集》，也就没有悬念了。

当代学者俞平伯先生对于端己深讳这首诗的原因，有着另外的考释。他认为《秦妇吟》鞭挞黄巢，更鞭挞了当时围城的官兵。其时黄巢被围困在长安城里，金银珠宝，堆积如山，却没有食物来源，于是就开始吃人肉，把城里面的人都吃光了，就向围城的官兵买人。官兵从山里抓来老百姓，卖给黄巢的队伍当饭吃。这样官兵不用拼命，就能得钱无数。这一段历史，

[①] 唐代的"秀才"是进士的意思，跟明清两代科举考试的最低一层学位不是一回事。——作者注

当朝者当然想要从人们的记忆中永久抹去，端己后来担心因此诗招祸，也就可以理解了。

《秦妇吟》是一首长庆体的长诗。长庆体，是唐代长庆年间（821—824）由白居易和元稹创立的诗体，在体裁上属于长篇的歌行，音节和婉，文辞绮丽，多用对仗，擅长铺叙，故殊便于传唱。我们且来看下面这一段，写战乱之后的萧瑟破败：

> 长安寂寂今何有？废市荒街麦苗秀。
> 采樵斫尽杏园花，修寨诛残御沟柳。
> 华轩绣毂皆销散。甲第朱门无一半。
> 含元殿上狐兔行，花萼楼前荆棘满。
> 昔时繁盛皆埋没。举目凄凉无故物。
> 内库烧为锦绣灰，天街踏尽公卿骨。

文辞绮丽哀怨，又明白如话，这正是长庆体的特色。

传统文学史认为端己的一生可以分为前后两期，前期是在唐朝做官，后期是到西蜀，"委身伪朝"，在王建手下干事；前期创作以诗为主，后期以词为主。还有一个流传甚广的故事，说端己本有美姬善文翰，王建托以教宫人为词，强行夺去。端己无可奈何，作《谒金门》词忆之，姬闻之不食而死。这种传说只可当小说家言，当不得真。只要细读韦词，就知无论是说端己词多作于仕蜀时，还是说《谒金门》词是怀念被夺的姬人，都不思之甚。

实际上，端己词主要作于他流寓江南直到中举后不长的那些年。他作品中的情事不像李商隐诗那样迷离惝恍，而是有非常明晰的时间序列。他的词都是写一己之情事，没有特别的寄托。比如下面这首《浣溪沙》：

　　夜夜相思更漏残。伤心明月凭（píng）阑干。想君思我锦衾寒。　　咫尺画堂深似海，忆来惟把旧书看。几时携手入长安。

明是在京应举思念爱人之作。词中的女主人公，当是他在流寓江南时所识，故结句希望与她携手进京。首句中的"更漏"，是古时计时工具，是用铜壶钻孔，往下滴水以计算时刻，古时一夜分作五更，每一更有人击柝鸣锣，宣布更点，叫作更鼓，故计时工具称作更漏。更漏内的水已干，不再往下滴了，即所谓"更漏残"。首句意谓五鼓天明，夜色将尽，还是睡不成觉。何以夜夜失眠呢？因相思之情，备极残酷，故辗转反侧，不能成睡。次句则云既不能寐，不如倚着栏杆，看看天上的月色，寄托伤心吧。第三句"想君思我锦衾寒"写得不是一般的好，他不说我在想你，而是说想着你在想我之时，虽然盖着锦被，但是孤独难遣，依然感到寒冷。这样，情感就更深入了一层。

过片有可能暗用唐元和年间（806—820）诗人崔郊的诗《赠去婢》典故："侯门一入深如海，从此萧郎是路人。"先秦时，唯有贵族家庭，屋宇才许雕饰，普通老百姓只能住不经雕饰漆画的白盖之屋，是谓白屋，故"画堂"一般指权贵豪富之家。女子既已嫁入豪门，画堂虽仅咫尺，两人之间的距离却深似大海，在思念她时，只能拿从前的书信慰解相思。但还有另一种可能，即该女子本出身一豪富之家，因家中阻挠，不能与尚未释褐的端己结缡。结句还蕴有万一的希望，若是天可怜见，我们有机会再在一起，我又能高中进士，到那时携手游览京城，当是何等愉快？

《花间集》里还有端己的五首《菩萨蛮》，这五首词一气呵成，与温庭筠的十四首作于不同时、不同地不一样。这五首词，也并不是像张惠言所讲的那样，是入蜀为官怀念唐王寄意忠爱之作，而是他结束在江南的十年流寓，再经洛阳，怀念江南所作。昭宗景福二年癸丑（893），端己赴京应举，又一次落第。这五首词殆即作于是年。洛阳是唐代水陆交通之枢纽，是由江南赴长安应举的必经之地。江南并不是端己的家乡，但他在长安饱经战乱，流寓江南的日子反倒是难得的安乐时光，加之在洛阳等待应举，前途未定，追忆江南旧欢，思归不得，情绪十分复杂。

红楼别夜堪惆怅。香灯半卷流苏帐。残月出门时。美人和泪辞。　　琵琶金翠羽。弦上黄莺语。劝我早归家。绿窗人似花。

　　人人尽说江南好。游人只合江南老。春水碧于天。画船听雨眠。　　垆边人似月。皓腕凝双雪。未老莫还乡。还乡须断肠。

　　如今却忆江南乐。当时年少春衫薄。骑马倚斜桥。满楼红袖招。　　翠屏金屈曲。醉入花丛宿。此度见花枝。白头誓不归。

　　劝君今夜须沉醉。尊前莫话明朝事。珍重主人心。酒深情亦深。　　须愁春漏短。莫诉金杯满。遇酒且呵呵。人生能几何。

　　洛阳城里春光好。洛阳才子他乡老。柳暗魏王堤。此时心转迷。　　桃花春水渌。水上鸳鸯浴。凝恨对残晖。忆君君不知。

　　五首是一整体，但又可分前后两个层次。前三首为一层，重在对江南情事的追忆；后二首又是一层，重在暂寓洛阳的所经所感。

第一首，劈头直入，由江南情事直接写开去。它讲的是与江南一位青楼女子的恋情。上片写夜半临歧，美人依依不舍，垂泪分别。但一经渲染以红楼、香灯、半掩的垂着流苏的锦帐、残月等意象，立时营造出一种凄美的氛围。过片二句，是说忘不了这位歌伎弹奏琵琶的场景：琵琶上装饰着金翡翠的羽毛，弦上流转出黄莺一样悦耳的声音，可是还没有完，主题是在一结："劝我早归家。绿窗人似花。"这位美人很清楚与主人公的爱情只是昙花一现，她善解人意，劝道：你该回去了吧，你心爱的妻子在家里等着你呢。

第二首是对第一首的回应。难道主人公不愿意回到家中吗？可是自己求取功名不得，又怎能轻言回去呢？"人人尽说江南好。游人只合江南老。"写得多美！但这种美，不是靠意象的美烘托，却是靠浓挚的情感，而且是经过理性浸润后的浓挚的情感动人。江南之美，甲于天下，但寓居在此，逃避战乱的人，又怎么会有归属感？故这两句是沉郁的。"春水碧于天。画船听雨眠。"说的是碧绿的春水，比天空还要明净，躺在游船画舫之中，和着雨声入睡，又是何等之美，何等之空灵。前二句的沉郁，与后二句的空灵，形成了难以言喻的艺术张力。

过片暗用卓文君之典。汉时蜀人司马相如，与巨富卓王孙之女卓文君私奔，因卓王孙宣布与文君断绝关系，司马相如就令文君当垆卖酒，自己穿着短裤，在大街上洗涤酒器。所以"垆边人似月。皓腕凝双雪"，"垆"就是酒垆，放酒瓮的土台，

"垆边人"指的就是自己的妻子，也就是上一首中的"绿窗人"。主人公何尝不思念这位面如皎月、肤色赛霜雪的妻子？但是"未老莫还乡。还乡须断肠"，古人云富贵而不还乡，就像衣锦而夜行，而一事无成的人回到家乡，心情却只能是更加抑郁哀凉。这两句没有任何艺术技巧可言，纯粹靠人生阅历和情感动人，成为千古名句。清末大词人王鹏运提出，写词要符合"重、大、拙"三字诀，这两句就是"拙"的审美境界。

第三首，画面立足现在，追忆江南，有今昔对照之慨。"如今却忆江南乐"一句领以下七句，一气贯注直下，笔力很是惊人。上片二三四句谓在江南时，自己尚是意气风发的年纪，穿着鲜艳的春衫，衬托出健美的身材，在斜桥边随便摆个姿势，就会引来满楼的歌伎争相招揽。过片接着写风流情事，情节是"醉入花丛宿"，镜头却是"翠屏金屈曲"，这是很高明的蒙太奇手法。"屈曲"是合页铰链，用铜做成，所以叫金屈曲，以形容它的美。给翠屏、金屈曲一个特写镜头，把"醉入花丛"之后的情节遮掩住了，就让人多了一层想象。词是极美丽的文体，要想写得好，就要善于设色，要懂得调配色彩。全词以春衫的鲜艳、红袖的热烈、屏风屈曲的金碧为基色，最后却是白头的萧瑟，浓淡明暗，映带前后，情感更见悲凉。一结"此度见花枝。白头誓不归"，是一决绝语，更是一反语。所谓决绝语，就是用发誓的方式说话，这是古诗词中常用的修饰手法。在诗词当中用上这种修辞手法，感觉就像是古乐府，非常质朴非常有力。说它是反语，乃是指词人无时无刻不在思念尚居越州的妻子，愈是说"白头誓不归"，愈是思归。

萧继宗教授评说这三首词的结尾，说：

> 此三首后结，首云"劝我早归家"，次云"未老莫还乡"，末云"白头誓不归"，实有层次，年愈老而语愈坚，思愈深而情愈苦。

堪称独具只眼。我们经常听到有些人说，时间会改变一切，但有些情感、有些事物、有些人是永远不会变的，反而是时间越久，心中的苦痛越加深挚。端己正是这样一位性情中人。

从第四首开始，转为现在时。对于第四首，明代诗人、戏曲家汤显祖没有读懂，他说："一起一结，直写旷达之思，与郭璞《游仙》、阮籍《咏怀》，将毋同调。""一起"是指"劝君今夜须沉醉。尊前莫话明朝事"，"一结"是指"遇酒且呵呵。人生能几何"。这是没有体悟到端己故作旷达，而内心沉痛的感觉。李冰若先生《栩庄漫记》反驳说："端己身经离乱，富于感伤，此词意实沉痛，谓近阮公《咏怀》，庶几近之，但非旷达语也，其源盖出于《唐风·蟋蟀之什》。"他认为，说韦词与阮籍的《咏怀》诗八十二首相近是对的，但说成是旷达语就不对了。

"遇酒且呵呵。人生能几何"，表面上很旷达，有人生苦短，宜及时行乐的意思，实际上用在这里是反语。端己的生命态度极其认真，在词中故意说跟自己生命状态完全不同的话，反而显得更加沉痛。这两句的意思就是，你干吗要那么认真啊，还不如多喝点酒，多快乐点，傻笑点。这是对他的人生态度的忏悔，更是对他的人生态度的坚持，他把人生无限难以言说的无可奈何，都表现在这首词里面了，所以根本不是旷达，而是悲凉。

第五首是对前四首的一个总结，也是端己对他现实人生的冷静观照。"洛阳城里春光好。洛阳才子他乡老。"老而无成的才子，对着冠盖如云作为陪都的洛阳城的春光，尤其是想到西晋初年，东吴故相陆逊之孙陆机、陆云，年少风流，到这座伟大的城市来，"誉流京华，声溢四表"（臧荣绪《晋书》语），心中的郁结可想而知。"柳暗魏王堤。此时心转迷。""魏王堤"是指洛水流经洛阳城内的一段堤坝，为当时名胜，因曾赐给魏王李泰为苑囿，故称魏王堤。"柳暗"是说柳色转深，春天将尽了。见物候变易而心转迷，迷的是什么呢？作者并没有点明。他把心中无限的悲伤、无限的矛盾痛苦、无限的绝望，全都藏在心底，只是告诉你，主人公心事转迷，他的心里面有多么复杂多么难受，你自己去品喊。

过片"桃花春水渌。水上鸳鸯浴"，是说桃花漂在澄明透澈的春水之上，水面上浮游着对对鸳鸯。自《诗经·桃夭》之后，桃花就有了与婚姻、爱情相关的意义，鸳鸯当然更是爱情的象征，故很自然地，主人公想到了远方的爱人："凝恨对残晖。忆君君不知。"这个结句称得上是神完气足，情感特别充沛。

朱庸斋先生说："韦庄之《菩萨蛮》与温庭筠风格不同。温词作风古艳，韦词作风古朴。温词'江上柳如烟。雁飞残月天'，写无人之境，幽峭而哀怨；韦词'春水碧于天。画船听雨眠'写有人之境，和谐、舒畅而静谧。可见韦庄善于搜索突出之典型景物，加以描绘，以表现当时之境况。"温词开出后来吴文英一路，韦词开出后来姜夔、张炎一路，前者秾艳精雅中，饶蕴幽怨，后者清丽妩媚中，自寓精壮。

再看端己的《归国遥》：

金翡翠。为我南飞传我意。罥画桥边春水。几年花下醉。　　别后只知相愧。泪珠难远寄。罗幕绣帏鸳被。旧欢如梦里。

唐五代词，一般乐主词从，词牌是曲子名，词的内容都与曲名相关，与后来的词既有词牌又有题目不同。这样的词，词人如果一定要加个题目，便叫作"本意"，就是词的内容即是词牌本来的意思。这首词就是一首"本意"，写归到故土，对客地人的怀念。

上片以祈令语开头，"金翡翠。为我南飞传我意"，写得非常质朴，像是民歌的感觉。接下来两句，点明所思之人身在何处，以及对当日欢情的怀念。"罨画桥"可能是指浙江湖州罨画溪上的桥，也可能是指美如设色之画的桥。罨画桥边，花下沉醉，是和谁呢？不必说出，说出来就没有韵味了。

过片也是因为情感太浓挚，所以根本用不到虚笔写景。最后叙写细节，"罗幕绣帏鸳被。旧欢如梦里"，写得非常炽热大胆，但又特别真挚。

端己的两首《荷叶杯》，也写得深情眷眷：

绝代佳人难得。倾国。花下见无期。一双愁黛远山眉。不忍更思惟。　　闲掩翠屏金凤。残梦。罗幕画堂空。碧天无路信难通。惆怅旧房栊。

记得那年花下。深夜。初识谢娘时。水堂西面画帘垂。携手暗相期。　　惆怅晓莺残月。相别。从此隔音尘。如今俱是异乡人。相见更无因。

谢娘原是唐代李德裕的家伎谢秋娘，这里用作歌女的代称。显然这样的词与政治寄托毫无关系，也是讲他的一段感情，对词中这位绝代佳人的思念。最后两句"如今俱是异乡人。相见更无因"，非常平白，简直就是口语，但又非常感人，因为它能够引起很多跟他有相同经历之人的共鸣。

下面这两首，不是端己很好的作品，但可以作为旁证，证明我认为端己词都有明确的时间序列的观点。二词写他中进士以后的快乐，把皇帝比作玉华真君，而自己也就飘然欲仙了：

喜迁莺

人汹汹，鼓冬冬。襟袖五更风。大罗天上月朦胧。骑马上虚空。　　香满衣，云满路。鸾凤绕身飞舞。霓旌绛节一群群。引见玉华君。

街鼓动，禁城开。天上探人回。凤衔金榜出云来。平地一声雷。　　莺已迁，龙已化。一夜满城车马。家家楼上簇神仙。争看鹤冲天。

端己中举前还有两首《谒金门》，按照萧继宗先生的观点，是写作者与一个女道士的爱情。前曾说过，唐五代时词都是咏本意，《谒金门》词牌本就是表现女道观，端己的这两首词是写对女道士的爱情，也就顺理成章了。

春漏促。金烬暗挑残烛。一夜帘前风撼竹。梦魂相断续。　　有个娇娆如玉。夜夜绣屏孤宿。闲抱琵琶寻旧曲。远山眉黛绿。

空相忆。无计得传消息。天上嫦娥人不识。寄书何处觅。　　新睡觉来无力。不忍把君书迹。满院落花春寂寂。断肠芳草碧。

唐代女道士，在身份上与妓女比较接近，很多唐代的诗人，都与女道士发生过感情，端己也未能免俗。其第二首，就是前人的诗话里说的，被蜀主王建抢了姬人后的追念之作。但这两首词的情感，只是淡淡的惆怅，不是那种爱人被强夺去的痛苦。"天上嫦娥人不识。寄书何处觅"更是在暗示女主人公的身份。因唐诗里面特别喜欢把女道士比作天仙。

另有两首《女冠子》，据词牌看应该也是写的与女道士的爱情：

四月十七。正是去年今日。别君时。忍泪佯低面，含羞半敛眉。　　不知魂已断，空有梦相随。除却天边月，没人知。

昨夜夜半。枕上分明梦见。语多时。依旧桃花面，频低柳叶眉。　　半羞还半喜，欲去又依依。觉来知是梦，不胜悲。

端己的词里，我最喜欢的是这首《思帝乡》：

春日游。杏花吹满头。陌上谁家年少，足风流。妾拟将身嫁与，一生休。纵被无情弃，不能羞。

贺裳在《皱水轩词筌》中说："小词以含蓄为佳，亦有作决绝语而妙者。如韦庄'陌上谁家年少，足风流。妾拟将身嫁与，一生休。纵被无情弃，不能羞'之类是也。牛峤'须作一生拚（pán）。尽君今日欢'，抑亦其次。柳耆卿'衣带渐宽终不悔，为伊消得人憔悴'，亦即韦意，而气加婉矣。"这首词堪为韦词压卷，好就好在写得非常决绝。端己哪里是在写怀春的女子，他是在借这位女子的口，说出自己一毫不肯苟且的生命态度。他用生命的炽热与真诚，泼画出花间词的又一个高峰。

晚出閒庭看海棠　風流學得內家妝　小釵橫戴
一枝芳　鏤玉梳斜雲鬢膩　縷金衣透雪肌香
暗思何事立殘陽

乙未夏夜於京

猿啼住，棹月一身闲。故国烟波青嶂外，

楚王宫殿碧流前。曾着此殷顽。

右李宾贡

翻是波斯有逸民——说李德润

花间词人三大家，一般指温庭筠、韦庄和孙光宪，李冰若先生和我的太老师朱庸斋先生则认为，温、韦而外，仅李珣有独特风格。

按照明人胡应麟的观点，大家是"具范兼镕"，名家则是"偏精独诣"，但也有诸体俱工而不免名家，如王维；在某一体裁上微有短板，却不失大家的，如李、杜。以具范兼镕论，孙光宪的词风固然非常独特，时有警句，但风格不够浑成，与温、韦并列，恐怕还有未当。而若论情感的浓挚，只能温、韦并称，堪比昆仑泰岱，其余只能算名山而已。在诸名家词中，我偏爱李珣的词。

李珣有一个特殊的身份。从血统上说，他并非中原人氏，而是波斯人的后代。但他生于中国，长于中国，接受儒家文化，最后成为五代时期一位罕见的有士大夫气节的词人。

李珣，字德润，出生在梓州（今四川省绵阳市三台县）。他的先祖是唐敬宗时波斯商人李苏沙。唐敬宗喜欢大兴土木，建造宫室，李苏沙曾献上罕见的沉香木材。李苏沙后来一直生活在中国，大概也与中国人通婚，传到德润这一辈，有一个弟弟李玹，字廷仪，还有个妹妹李舜弦，被前蜀的后主王衍纳为昭仪。

德润虽身膺外戚，但并没有靠这层关系攀龙附凤做大官，因为《花间集》仅仅把德润叫作李秀才，或者叫作宾贡。所谓宾贡，就是地方政府听说某人很有才干，于是具名推荐到中央去，让朝廷来考核这人是不是有资格当官，他到了朝廷会受到上宾一样的接待，所以叫作宾贡。另外据宋代《茅亭客话》记载，德润"所吟诗往往动人。国亡不仕，词多感慨之音"。他在前蜀被灭后，甘愿做遗民，其词就有很多感慨兴亡之作。

近代中国人，受进化论和唯物论的影响，不吝用保守、反动等恶谥加诸忠于前朝的遗民头上。但在古代并不如此。司马迁著《史记》，列传中第一篇就是《伯夷列传》，赞美不食周粟的殷商遗民伯夷、叔齐。选择做遗民，不仅是读书人的气节，有时还是一种鲜明的文化立场。比如宋、明的遗民，他们所守望的，不仅是内心的道德律令，还是历劫犹存的中华文化。

德润是给一个什么样的国家去做遗民呢？不妨来看一看宋代诗人张咏的《悼蜀四十韵》，是他到蜀地做官后写的。诗中首先说蜀地的风土人情："蜀国富且庶，风俗矜浮薄。奢僭极珠贝，狂佚务娱乐。"蜀地很富庶，老百姓很有钱，但风俗浮靡浇薄，只知追求虚荣，人情淡漠。"浮薄"是不淳厚朴实的意思。大家争相买奢侈品，花钱无度，成天不干正事，就想着去娱乐。那么蜀地的统治者又是什么样子呢？"当时布政者，罔思救民瘼。不能宣淳化，移风复俭约。"当时主政的人没有想过要救民疮痍，他们不能够让风俗变淳，让德化施行，让不好的风气转移掉，恢复到勤俭节约的正常风俗当中去。至于一般当官的，"情性非方直，多为声色着"，他们的性情本来就不是很正直，一天到晚想的是声色犬马。"从欲窃虚誉，随性纵贪攫。"任凭欲望支配本能，窃取他们不配得到的名誉，放纵自己的性情去掠夺。"蚕食生灵肌，作威恣暴虐。"像蚕一样去一点点噬食老百姓的肌肉，作威作福，肆意地施行暴虐的政令。"佞罔天子听，所利惟剥削。"这些善于逢迎拍马的佞人，把皇帝的耳朵都闭塞住了，整天想的是对老百姓剥皮削骨。这就是德润所仕之国。

然则他所侍奉的君主又是什么样的人呢？在晚唐之时，剑南西川节度使王建利用自己手中的兵权，以及军阀混战、藩镇割据的大势，把蜀地据为己有，建立了蜀国；后来蜀国被后唐给灭掉，复有人建立新蜀国，史称前蜀后蜀。前蜀是王氏，后蜀是孟氏。王建原先也算英明神武，但他年老昏聩，宠幸徐贤妃，废掉太子，改立徐贤妃所生的儿子王宗衍。宗衍登基后把"宗"字去掉改名王衍，是为前蜀后主。后主登基后，尊母亲徐氏为皇太后，又尊姨母徐淑妃为皇太妃。这姐妹俩贪狠非常，发明了官员岗位拍卖制，从刺史以下，每缺一官，就暗行拍卖，谁给的钱多谁就上位。就此犹嫌不足，另派亲信在通都大邑建起官营的旅店商铺，跟老百姓争利。

王衍继承了其母系的恶劣基因，荒淫无道，年少的时候就只管自己享乐，国事全部交给几个太监。王衍建造了很多漂亮的宫舍，跟狎客、妇人日夜酣饮其中。有一年的重九，他又大摆宴席，嘉王王宗寿流泪进言，说皇帝你一定要注意啊，这样下去国家就要危殆了。那些狎客何尝把王爷放在眼里，就说嘉王是喝醉了不由自主地流泪，叫作"酒悲"，然后一起辱谩嘲笑他，王衍却在一旁作壁上观，漠然视之。

王衍还有一个爱好是微服出游。当时蜀人性好新奇，流行一种特别小的帽子，只能盖住头顶，一低头帽子就掉下来，号称"危脑帽"，王衍认为"危"字不祥，于是颁令禁戴。他别出心裁，喜欢戴大帽，后来人们只要一见戴大帽的就知道是他，他又令都城中人必须都戴大帽。王衍还发明了一种新式玩意儿，就是把头巾裹在头上，裹得尖尖的像个锥子。后宫的女子，也都戴上金莲花冠，就是用金箔折成莲花状的帽子，再穿上道士服，把脸颊涂红，号曰"醉妆"。太后太妃游青城山，随行宫娥衣服上都画着云霞，飘然若仙。其好逸荒政，往往若是。

王衍要是生活在现代社会，可以做一名优秀的时装设计师，或是会所设计师，命运却使他做了一名帝王。这是老百姓的大不幸，然而他自己又何尝幸运？其下场很是悲惨，国家亡给了后唐庄宗李存勖，全家上下也均被杀害。庄宗本来应承，只要王衍归降，不失封侯之位，但因伶人进谗，庄宗还是背信弃义，杀了王衍一家。杀到徐太妃时，徐太妃就说：我儿子带同一国诚心归降，你却如此无信，将来必遭报应。后庄宗果死在乱箭之下。

王衍有一首《醉妆词》流行于世：

> 者边走。那边走。只是寻花柳。那边走。者边走。莫厌金杯酒。

词中的"者"，今天写作"这"。这首词篇制十分短小，却有一种豪宕不羁之气。我在北大读书时的老师张鸣先生，非常不喜欢这首词，但是我的至友陆杰，却觉得此词非常有帝王气象。陆杰可以找到他的知音，那就是古龙先生。古龙先生在《大旗英雄传》里边，写到夜帝之子朱藻出场时，便是以手拍腿，高歌此词。古龙评价说："这阕《醉妆词》，乃是五代残唐蜀主王衍所写，此刻在他口中歌来，果然有一种帝王之豪气。"

我也觉得这是一首好词，它展示的是抛开世间俗务，追求纯粹的快乐的生命精神。孔子说过："为政以德，譬如北辰，居其所而众星共之。"统治老百姓其实很简单，就是像北斗星一样端居天中，清静无为，不去多打扰老百姓的正常生活，与民休息，自然天下大治。这是题外话，表过不谈。

总结一下，前蜀是一个人情浇薄、习于奢侈的国度，它的君主后主王衍又是一个荒淫无道、不理政事的昏君。问题来了，这样的国、这样的君，值得德润为之守节不移，甘当遗民吗？

我们看一看陈寅恪先生《王观堂先生挽词并序》就明白了。

王观堂，即学术大师王国维。他曾任清华研究院国学门导师，与梁启超、陈寅恪、赵元任并称四大导师。他本是前清秀才，后在上海东文学社得名学者罗振玉的赏识，由罗资助东渡日本留学。王国维在日本开始做甲骨文研究，暨宋元戏曲研究，后来终成大师。清朝虽亡，罗振玉却仍忠于清室，他得到已经逊位的末代皇帝溥仪的赏识后，便挈带王国维做了南书房行走的五品官。而到1927年，因先有军阀冯玉祥部下鹿钟麟，不顾国民政府与清室签定的《清室优待条件》，把溥仪和整个皇室赶出宫去，又有大学者叶德辉在湖南被枪毙，王国维深受刺激，选择于1927年的6月2日，夏历端午的前二日，写了一封遗书放在口袋里，跟他的同事借了五元钞票，租了辆黄包车直到颐和园，在鱼藻轩边投入昆明湖自尽。昆明湖水并不深，但王国维是头下脚上，一头栽进去的，湖底的淤泥把他的口鼻塞住了，不旋踵即窒息而亡。尸体被捞上岸时，衣服还没有完全湿透，遗书的字迹也十分清晰，开头四句是："五十之年，只欠一死。经此世变，义无再辱。"

王国维的自杀，对清华师生触动殊巨。此事一发生，梁启超就召集学生训讲，把王国维跟屈原并论。陈寅恪则写了一首长庆体的诗《王观堂先生挽词》以表哀思，这首诗是学唐代元稹的《连昌宫词》，前有小序，大旨是认为王国维之自沉，不是殉清，而是殉人伦、殉文化。小序中最有名的一段话是这样说的：

> 吾中国文化之定义，具于《白虎通》三纲六纪之说，其意义为抽象理想最高之境，犹希腊柏拉图所谓Idea者。若以君臣之纲言之，君为李煜，亦期之以刘秀；以朋友之纪言之，友为郦寄，亦待之以鲍叔。

所谓的"三纲六纪"，"三纲"指君为臣纲，父为子纲，夫为妻纲；"六纪"指诸父有善，诸舅有义，族人有序，昆弟有亲，师长有尊，朋友有旧。以君臣之纲而言，就算皇帝是像李煜一样无能的君主，也要把他当光武帝刘秀那样的英主看待；以朋友之纪言之，就算朋友是郦寄，也要把他当鲍叔一样对待。郦寄是初汉时人，与吕禄为友，吕后擅权时，把刘氏宗族几乎杀光，大汉快变成吕家的天下了。郦寄欺骗吕禄，骗得兵符，交给太尉周勃，于是周勃等人就把诸吕全部诛杀。鲍叔是春秋时人，他跟管仲是好朋友，两人合伙做生意，赚来的钱管仲给自己分得多，给鲍叔分得少，鲍叔不以管仲为贪，知他有老母在堂需要供养；管仲用鲍叔的本钱做生意，亏了好多钱，鲍叔不认为他愚笨，而归咎于时运未济。在陈寅恪看来，三纲六纪都不是外在的道德规范，而是内心的道德律令，是个人所应追求的道德上和文化上的理想。

所以，德润给这样的国守贞，给这样的君主守节，这是他的精神理念超拔之处，正体现出他高岸的人格。说他不懂得权变，不懂得顺应时代，这样的思想恰恰是卑贱庸俗的小人之见。正因历次改朝换代，都有不食新朝俸禄的大人君子在，中国文化的基本价值观才能代代绵延。

德润选择这样的人生道路，固然与他深受儒学熏染有关，但根本上是因为他生具坚强不磨的性情。也正因有此性情，他的词才在婉丽中透出贞刚的力量。

浣溪沙

晚出闲庭看海棠。风流学得内家妆。小钗横戴一枝芳。　　镂玉梳斜云鬓腻，缕金衣透雪肌香。暗思何事立残阳。

访旧伤离欲断魂。无因重见玉楼人。六街微雨镂香

尘。　　　　早为不逢巫峡梦，那（nuó）堪虚度锦江春。遇
花倾酒莫辞频。

第一首写一位女子，向晚时分，闲愁难遣，到庭院中看海
棠消闷。她态度风流，学得了宫中的装束，把一枝小钗横插在
发髻上。这发钗上，还沾有她的体泽，因此一定也是芬芳的。
古典诗词的美，妙处往往难言，有时需要读者调动眼耳鼻舌身
全部的感觉器官，才能深入体悟。老辈学者丘良任先生曾对我
说，像唐诗"蜻蜓飞上玉搔头"，其幽微隐约之旨，必得用嗅
觉感知。我想"小钗横戴一枝芳"也是这样。这位女子的鬓发
发质特别光腻，浓密得像云一样，那是用美玉雕镂成的梳子梳
就的，她穿着金缕衣，透出雪样的肌肤，她的体香令人发狂。
可是，这样令人爱慕不已的女子，心中一定有什么解不开的幽
恨，她定是想起什么来了，在残阳下含情悄立，忘记了傍晚时
分，夜露风寒。这首词与《花间集》中很多作品风格相似，但
"暗思何事立残阳"一句，写得非常峭直，非常有力量，这是
用一句结句对前面五句的意思进行了翻转，因此也就更耐人寻
味。清代大词人纳兰性德也有一首《浣溪沙》：

　　　　谁念西风独自凉。萧萧黄叶闭疏窗。沉思往事立残
阳。　　　　被酒莫惊春睡重，赌书消得泼茶香。当时只道是
寻常。

"沉思往事立残阳"，实际上就是学的"暗思何事立残阳"这一句。

第二首中"早为不逢巫峡梦，那堪虚度锦江春"两句，在当时非常流行。但是我认为大众并不一定都有判别文学经典的能力，能够流行的，往往并不是真正高妙的作品，或者虽然是高妙之作，大部分人只是震炫于一些表层的东西，并不能真正理解作者的苦心孤诣。方残唐五代之时，社会动荡，整个社会人情浇薄，普通人生活朝不保夕，所以他们读到"早为不逢巫峡梦，那堪虚度锦江春"这两句时，自然感到"于我心有戚戚焉"。但实际上，德润要表达的并不是这种对自己的人生放任自流的意思。李冰若先生不愧是花间词的知音，他指出：

> "无因重见玉楼人"，故"遇花倾酒莫辞频"。非曰及时行乐，实乃以酒浇愁，故其词温厚不儇薄。

这是情深之至的伤心人语，而不是儇薄无行之辈的情欲放纵。

《花间集》中有很多儇薄的词，如张泌的《浣溪沙》：

> 晚逐香车入凤城。东风斜揭绣帘轻。慢回娇眼笑盈盈。　　消息未通何计是，便须伴醉且随行。依稀闻道太狂生。

鲁迅翻译如下：

夜赶洋车路上飞。东风吹起印度绸衫子，显出腿儿肥。乱丢俏眼笑迷迷。难以扳谈有什么法子呢？只能带着油腔滑调且钉梢。好像听得骂到"杀千刀"！

德润的《浣溪沙》，气息完全不同。他不是要表现人生苦短及时行乐，不是在描写放纵，而是刻画出一个为爱执着，不惜用酒麻醉自己的情种形象。

浣溪沙

红藕花香到槛频。可堪闲忆似花人。旧欢如梦绝音尘。翠叠画屏山隐隐，冷铺纹簟水潾潾。断魂何处一蝉新。

词的上片，以红藕花香频频吹入窗台起兴，逗引出闲情闷闷，思念佳人，不堪相思之苦。"旧欢如梦绝音尘"，是说从前两个人在一起的快乐日子现在回想起来就像做了一场春梦，朦朦胧胧无法捉摸，隔断了音尘。一个"绝"字，用得非常见力度。过片描绘内室屏风寝具的精美，隐藏的意思却是因相思而失眠，因为只有失眠的人，才会有心思关注屏风寝具。屏风上画着重重叠叠的青山，绵绵不断，就像是我对伊人的思念；清凉沁骨的细竹席上有美丽的花纹，铺在床上，仿佛粼粼碧水。如此精室，可堪独宿？唯有相思割不断，吹不去。结句"断魂何处一蝉新"，萧继宗教授对其评价是："情境交融，尽遗俗腐。""尽遗俗腐"的意思是不作寻常套语，而能写出新的仪态来。"一蝉新"，是说蓦地听到秋蝉的鸣叫，才忽然意识到：哦，秋天到了，而我竟然整个夏天都是在思念、煎熬中度过的。夏季蝉鸣不绝，但唯有秋蝉孤鸣之声，才让人"断魂"，才让人感到蝉鸣之"新"。这是一种移情于物的手段，隐藏的意思是，我的痛苦只有这孤独的秋蝉能够知会吧。

德润的一些作品，可说是花间词的别调：

渔歌子

楚山青，湘水渌。春风澹荡看不足。草芊芊，花簇簇。渔艇棹歌相续。　　信浮沉，无管束。钓回乘月归湾曲。酒盈尊，云满屋。不见人间荣辱。

荻花秋，潇湘夜。橘洲佳景如屏画。碧烟中，明月下。小艇垂纶初罢。　　水为乡，蓬作舍。鱼羹稻饭常餐也。酒盈杯，书满架。名利不将心挂。

柳垂丝，花满树。莺啼楚岸春山暮。棹轻舟，出深浦。

缓唱渔歌归去。　　罢垂纶，还酌醑。孤村遥指云遮处。下长汀，临深渡。惊起一行沙鹭。

　　九嶷山，三湘水。芦花时节秋风起。水云间，山月里。棹月穿云游戏。　　鼓清琴，倾渌蚁。扁舟自得逍遥志。任东西，无定止。不议人间醒醉。

　　德润在蜀亡之后，可能去到湖南一带隐居。这组词大概就是写隐居高旷之情。词中充盈着勃勃的生机。

　　第一首的"酒盈尊，云满屋"写得最好。战国时伟大的思想家庄子，提出一个重要的哲学概念，"独与天地精神往来"，这两句就表达了这样的生命精神。

　　第二首相对上一首，微嫌刻意，但仍可见德润胸次之开阔。"酒盈杯，书满架"及不上"酒盈尊，云满屋"，何妨做一个不识字的渔夫呢？这才是更高旷的境界。德润毕竟是儒生，他可以放下名利，放下小我私己，却放不下士大夫与生俱来的东西：忧患意识。所以他还是忘不了他的"书满架"。

　　第三首起句"柳垂丝，花满树。莺啼楚岸春山暮"，实化自南朝丘迟《与陈伯之书》中的名句："暮春三月，江南草长，杂花生树，群莺乱飞。"整首写出了作者与天地合一、宇宙交融的襟抱。"下长汀，临深渡"，好像看起来跌宕很大，实际上一丘一壑，尽在渔翁胸中。

第四首"水云间，山月里。棹月穿云游戏"，写得多好，一颗心随着月亮，穿云游戏，月亮就仿佛是一条小船，一颗心就是这条小船上的撑篙人。宋儒常讲，"鸢飞鱼跃，活泼泼地"，这颗心正该如此。"鼓清琴，倾渌蚁。扁舟自得逍遥志。""渌蚁"一般写作"绿蚁"，是酒的别称。新酿的酒，一般是乳白色，放上一段时间，颜色会变绿，上面浮着一层薄沫，乍看像蚂蚁一样，故称绿蚁。鼓琴饮酒，扁舟自适，该是很多人向往的境遇吧！"任东西，无定止。不议人间醒醉。"抒写的是忘怀物我的自由境界。"不议人间醒醉"用《楚辞·渔父》之典。屈原被放逐后，行吟泽畔，形容枯槁，遇一渔父，互相对答，屈原说自己落到如此田地，是因"举世皆浊我独清，众人皆醉我独醒"，渔父劝他不如和光同尘，从俗全己，屈原不从，决意投水自沉，渔父莞尔一笑，敲着船桨，唱着《沧浪歌》离去。这个故事是儒家人生观与道家人生观的一次交锋，到德润这里，却同时超越了屈原与渔父，他是"不议"人间醒醉，真正达到了庄子"齐物"之境。

巫山一段云

古庙依青嶂，行宫枕碧流。水声山色锁妆楼。往事思(sì)悠悠。　　云雨朝还暮，烟花春复秋。啼猿何必近孤舟。行客自多愁。

这首《巫山一段云》，龙榆生先生的《唐宋名家词选》选过，是一首千古名作。《巫山一段云》词牌出自战国时楚国辞赋家宋玉的《高唐赋》，是讲楚怀王游高唐，怠而昼寝，梦一女子与之欢会，自述："妾在巫山之阳，高丘之阻。旦为朝云，暮为行雨。朝朝暮暮，阳台之下。"德润的这首《巫山一段云》，也是咏巫山神女的本意之作。不过，此词借古讽今，有强烈的现实感，因此也就别出机杼。上片借古庙行宫眼前之景起兴，想象巫山神女正在水声山色之中，转以感慨兴亡，由楚王的荒淫无道，映衬蜀后主王衍，故曰"往事思悠悠"。过片是说，巫山云雨，依然朝朝暮暮，何尝真见神女其人？像轻烟一样缥缈美丽的花儿，年年盛开，可是当年地连千里的大国楚，今又何在？二句感慨非常。三峡两岸的猿啼非常有名，《水经注》记载："每至晴初霜旦，林寒涧肃，常有高猿长啸，属引凄异，空谷传响，哀转久绝。故渔者歌曰：'巴东三峡巫峡长，猿鸣三声泪沾裳！'"猿啼本已备极哀戚，行客之哀，却又更甚于猿啼了。"行客自多愁"并不是游宦在外，漂泊思乡之愁，而是亡国之人，眷怀故国之哀。

德润的作品突破了花间词专写男女情爱的习惯，触及更加广阔的社会情形，尤其是用词来描写南国风土人情，以十首《南乡子》，最臻其妙。兹举三首：

烟漠漠，雨凄凄。岸花零落鹧鸪啼。远客扁舟临野渡。

思乡处。潮退水平春色暮。

　　渔市散，渡船稀。越南云树望中微。行客待潮天欲暮。送春浦。愁听猩猩啼瘴雨。

　　相见处，晚晴天。刺桐花下越台前。暗里回眸深属意。遗双翠。骑象背人先过水。

下面这两首我认为是寄托亡国情怀的作品。一首《菩萨蛮》：

　　回塘风起波纹细。刺桐花里门斜闭。残日照平芜。双双飞鹧鸪。　　征帆何处客。相见还相隔。不语欲魂销。望中烟水遥。

"相见还相隔"，相隔的不是一个特定的人，而是他所思念、所缅怀的故国，所以才有"不语欲魂销。望中烟水遥"之慨。烟水相隔，远望不见，隐喻过去的所有美好、所有欢乐，再也追不回来了。这个国再坏也好，再怎么样也好，也是我的家园。"残日照平芜。双双飞鹧鸪"二句，上句阔大，下句纤微，上句凝重，下句轻灵，艺术手法非常高明。

《西溪子》同样应该是有寄托的作品：

金缕翠钿（tián）浮动。妆罢小窗圆梦。日高时，春已老。人来到。满地落花慵扫。无语倚屏风。泣残红。

此词表面上是讲女子思春，慵懒无聊，偶因所触，流过脸颊的眼泪和着胭脂，就成了"红泪"。实际上，更像是一位遗民，对着已亡之国洒下的哀凉之泪。"泣残红"暗用三国时魏国薛灵芸之典，她被征送入宫，临行哭泣不已，以玉唾壶承泪，壶呈红色。及至京师，壶中泪凝如血。故后世以"红泪"代指女子的眼泪。

德润还有未选入《花间集》的一些作品，也很有特色，如《渔父》三首：

水接衡门十里余。信船归去卧看书。轻爵禄，慕玄虚。莫道渔人只为鱼。

避世垂纶不记年。官高争得似君闲。倾白酒，对青山。笑指柴门待月还。

棹警鸥飞水溅袍。影侵潭面柳垂绦。终日醉，绝尘劳。曾见钱塘八月涛。

旷达中见深婉。还有一首《定风波》：

雁过秋空夜未央。隔窗烟月锁莲塘。往事岂堪容易想。惆怅。故人迢递在潇湘。　　纵有回文重叠意。谁寄。解鬟临镜泣残妆。沉水香消金鸭冷。愁永。候虫声接杵声长。

清末大词人况周颐认为有"故君故国之思"，我认为这种说法是成立的。况周颐认为："李秀才词清疏之笔，下开北宋人体格。"强调他风格的独特。李冰若则说："李德润词大抵清婉近端己，其写南越风物，尤极真切可爱。在花间词人中自当比肩和凝而深秀处且似过之。……花间词人能如李氏多面抒写者，甚鲜。故余谓德润词在花间可成一派而可介立温韦之间也。"则是将德润与温、韦并列为三大家了。我以为，德润词的妙处在于包罗万象，他不是把词只当成应酬歌女的工具，而是用它来抒情、忧患、白描、交往，这实际上是把词当作诗来写，拓展了词的功能。

与德润同时期有个叫尹鹗的人，写诗嘲讽他："异域从来不乱常。李波斯强学文章。假饶折得东堂桂，胡臭熏来也不香。"出语轻薄，徒令人不齿。其实五代十国士大夫风骨扫地，能够有一个波斯人，接受儒家文化熏陶，坚强不磨，是该让当时很多士大夫羞愧的。故清代周之琦评价德润，最称公允："杂传纷纷定几人。秀才高节抗峨岷。扣舷自唱南乡子，翻是波斯有逸民。"

最是倉皇辭廟日教坊猶奏別離歌

垂淚對宮娥

尘乙未夏夜於京

花月泪，沾袖复横颐。壮气不随王气没，朱颜争似醉颜颓。万古有余悲。

右后主

问君能有几多愁——说南唐二主

俗语云"文无第一，武无第二"，但若要问，谁是千古第一词人？恐怕谁也不会怀疑李后主的地位。在五代的割据政权中，南唐虽时仅三十八个春秋，地仅三千里江山，却贡献了李璟、李煜、冯延巳三位大词人，其中尤以后主李煜横绝千古，他虽是现实人生的失败者，却允为词人中的帝王。

南唐共历三帝，首先是开国的烈祖皇帝李昪，然后是李昪的长子元宗李璟，史称南唐中主，最后则是庙号怀宗的李煜，他是李璟第六子，因系亡国之君，故史称后主。在五代十国中，南唐经济最发达，文化最优胜，中主、后主及其身边的词臣，数量虽不及西蜀词人，而成就实远过之。

关于南唐二主，现代词学家龙榆生先生有一段非常精辟的论述：

> 诗客曲子词，至《花间》诸贤，已臻极盛。南唐二主，乃一扫浮艳，以自抒身世之感与悲悯之怀；词体之

尊，乃上跻《风》《骚》之列。此由其知音识曲，而又遭罹多故，思想与行为发生极度矛盾，刺激过甚，不期然而迸作怆恻哀怨之音。

龙榆生先生受业于晚清四大词人之一的彊村老人朱祖谋，为彊村临终托砚弟子。但龙先生论词，非常注重词与音乐、声情的关系，此为彊村所未及，故龙先生特地强调南唐二主的"知音识曲"。南唐二主词，相对《花间集》的多数词作，特点是一扫浮薄轻艳之风，沉郁有风骨。其所以如此，乃因此二子不仅能自写身世，且更能将这种发端于对自身的怜惜，扩充到对宇宙人生的深切同情。这就是悲悯情怀。正因有此悲悯情怀，南唐二主才升华了词的境界，本只是"艳科"的曲子词，才能与《诗经》《楚辞》并列，汇入中国文学的主流。

《花间集》所选十八家，能于作品中自抒身世的，除韦庄、李珣外，只有薛昭蕴、鹿虔扆，但若与南唐二主相较，终是感觉不够沉郁、不够深婉。这是与南唐二主淳厚浓挚的性情以及他们所处的独特境遇分不开的。

孟子论诗，提出两项基本原则，一是知人论世，了解诗人的生平出处，讨论他所处的时代风云；二是以意逆志，强调读者必须根据自己的情感体验，去感知诗人究竟想表达什么。论诗说词，离不开这两大原则。然则南唐究竟是一个什么样的政权，南唐二主又是何等样的人呢？

首先须知，南唐获得政权，用的是当时最温和、最文明的方法。唐末淮南节度使杨行密，拥兵自立，都于广陵（今江苏省扬州市），国号吴，史称南吴，亦称杨吴。南吴在疆域最大时，据有今江苏、安徽、江西和湖北等省的一部分。南唐烈祖李昪本系孤儿，但有唐朝皇室血统，他是唐宪宗第八子建王李恪的玄孙。[①]其父李荣早逝，依伯父李球长育。杨行密任淮南节度使时，一见尚在孩提的李昪就非常喜爱，认为此子头角峥嵘，必非池中物，便想收为义子。偏偏行密长子杨渥心胸狭隘，不能相容，行密只好让李昪拜在大将军徐温膝下，以为螟蛉，并改从徐姓，名知诰。

李昪在杨行密军中，迭立战功，到杨隆演称吴王时，他已做到左仆射参知政事，相当于今天的国务院副总理。古代官制，是先官衔后职务，左仆射是官衔，参知政事是他的职务。李昪为官，工作勤勉，生活节俭，不与老百姓争利，待人宽厚，法令简易，很得人心。杨行密死后，大将军徐温已实际掌握吴国的军政大权，皇帝成为傀儡。正常情况下，徐温有可能取代南吴自立为王，或者徐温死后，由他的儿子再行禅让之事，但有两大机缘使李昪坐收渔人之利，终于南唐取代了南

---

① 宋人多谓其为自高身份，如刘备自称为中山靖王之后，而不能举其世系者，甚有谓其本潘氏，冒姓李者，故不承认其续唐之统。此用陆游《南唐书》所载。——作者注

吴，成为大唐正朔的继承者。

先是，徐温子知训，骄泰无礼，贪图享乐，对下属甚是刻削，在天祐十五年（918），就有朱瑾造反，把徐知训杀掉。李昪借平定叛乱之机，顺理成章取代徐知训，成为他义父徐温以下的第二号实权人物。

再是，徐温的另一子知询，位在李昪之下。金陵行军司马徐玠，劝徐温防备李昪，把实权交给自己的亲儿子。徐玠这厢刚向徐温建议，那厢即有人偷偷告诉李昪。李昪慌忙给徐温写表陈情，以退为进，自请辞去一切军政要务，只求到江西外任地方官。结果表未上，徐温即已病重，他未及宣布把权力移交亲子知询就已去世。徐温殁后，徐知询与李昪争权失败，从此李昪取代徐温成为南吴的实际掌权人，官衔是太尉中书令，同时出镇金陵（今江苏省南京市）。

后来，在李昪的胁迫之下，吴国皇帝先封他为大元帅，接着又封他作齐王，改名徐诰。过了几年，李昪就要求吴帝禅位，定国号为齐，尊奉禅让帝位给他的吴帝为高尚思玄弘古让皇帝，自称受禅老臣诰，又追尊徐温为太祖忠武皇帝。两年后，李昪授意群臣分批上书，说陛下是李唐的后人，系李姓而非徐姓，宜改国号为唐。李昪当然要表示推辞，几次乔张致，把里子面子都做足，这才恢复本姓，并改名为昪，改国号为唐，史称南唐。

在中国历史上，要获得政权只有两种方式，一是革命，一是谋朝篡位。传统儒家一般对谋朝篡位大加鞭挞，却称颂成功的革命是"汤武革命""（周武王）诛一夫纣"，何以如此？原来，儒家认为革命的起因是君王无道，不再拥有天子之德，反而成了残虐百姓的独夫，革命者是顺天应人；而谋朝篡位往往是因为幸臣先导君主于不道，再取而代之，靠的是阴谋诡诈。但就实际效果而论，谋权篡位对社会生产力的破坏较小，杀人盈野、血流漂杵的情形也较少见。更何况，南吴割据政权的土地人民，本取自唐室，原先就不具有合法性，李昪以唐代吴，倒的确是当时人心所向呢！

李昪对待百姓十分宽厚，继位的中主李璟、后主李煜，都是性情和易的皇帝，这样，南唐在五代十国中经济文化就最为发达。南宋诗人陆游本非史官，却特地去写了一部《南唐书》，借著史来哀挽一个文明高度发达的国家。看待一个政权是不是具备合法性，有一个词叫作"正朔"，陆游是把文化传统视为真正的"正朔"的。再联想到北方建立的金国，在宋钦宗靖康二年（1127）驱入宋都汴梁，掳去徽、钦二圣，高宗乃向金俯首称臣，接受金的册封，陆游著史的目的，更是呼之欲出。

元代天历年间（1328—1330），有赵世延为《南唐书》写序，感慨李昪系出唐宪宗，经过四代艰难困苦，才有了江淮之地，结果只延祚三十多年，就被宋朝灭掉。他说虽然南唐土地不广，但文物之盛，冠于同时诸国。南唐辅国之臣，虽不及诸葛亮那样的政治才华，但像张延翰、刘仁赡、潘佑、韩熙载、孙忌、徐锴这些人，文才武略，忠节声华，炳耀一时，是不能被掩盖的。当时北方后晋、北汉的皇帝，个个在契丹人面前俯首称臣，反倒是像南唐这样的江淮小国，与契丹平起平坐，互相通使不绝，契丹并厚赠骆驼、羊、马之类以千计。高丽也每年给南唐进贡。可见，契丹和高丽都承认，南唐才是中原政权的正朔。

所谓中原，并不是血统的概念，而是文化的概念。中原之所以是中原，华夏之所以是华夏，便在于它在文化上高于周边民族，故中原的对义词是四夷，华夏的对义词是夷狄。南唐虽偏据一隅，实是当时中华文明的正统所系。当中主之时，国势渐衰，保大十三年（955）后，北方后周三度入侵，南唐无力抵抗，江北之地全献给后周，并向后周称臣，自去年号，迁都南昌。到后主干脆国破家亡，系身衔璧而为囚徒。文明敌不过野蛮，二主对过往韶光的依恋，对文明沦胥的伤痛，如巴峡哀猿、华阳杜宇，有非同时词人所能想见者。

中主性情非常仁厚。陆游《南唐书》称：

> 元宗多才艺，好读书。便骑善射，在位几二十年，慈仁恭俭，礼贤睦族，爱民字孤，裕然有人君之度。

中主天性恬淡，对权力并不热衷，度其初志，本来是要做庐山中的隐士，诗酒风流，只是身承大统，不得不继位罢了。

既为李唐苗裔，又负担着恢复祖业的责任，先灭闽国，旋却被吴越夺去大块地盘，先有楚地，又不能禁楚人之叛，两番军事失利，促使中主复其本心，调整国家战略为自保谦守，不再用兵事了。当时有一位大臣向他进谏说，希望皇上十数年中不要再用兵了，中主的回答意味深长，他道："兵可终身不用，何十数年之有？"

时有歌者王感化，为中主唱歌，唱来唱去就一句"南朝天子爱风流"，中主听后非常感慨，说如果当初陈后主能得人如此进谏，又何至于受"衔璧之辱"呢？古时国君投降，须肉袒自缚，把象征国家政权的玉璧衔在嘴里，所以叫"衔璧之辱"。陈后主在隋兵攻入景阳宫时，准备逃进胭脂井里藏身，谁知身躯太过胖大，卡在井口，上不得，下不得，被隋兵捉住，那可比"衔璧之辱"丢脸多了。中主非不知军事力量的重要性，只是他天性仁慈恬退，不希望人民陷入战争的苦难之中，与陈后主之荒淫无道，迥非同流。这种性情当然不适合做政治家，却使得他没有悬念地成为一位不失赤子之心的词人。

应天长

一钩初月临妆镜。蝉鬓凤钗慵不整。重帘静。层楼迥。惆怅落花风不定。　　柳堤芳草径。梦断辘轳金井。昨夜更阑酒醒。春愁过却病。

这首词在《全唐诗》《历代诗余》中均收在后主的名下，其实是后主手书的"先皇御制歌词"，宋时这幅手迹尚由晁公留收藏。词的主题，不过是描写女子的闺怨，可能受到了唐代诗人王昌龄《长信秋词》"金井梧桐秋叶黄。珠帘不卷夜来霜。熏笼玉枕无颜色，卧听南宫清漏长"的影响。尽管如此，却仍有自己的创造。上片写夜深人静，女主人公感叹春去无情，不能成寐；下片写迷梦中难忘别离时的杨柳堤、芳草路，却因井台上汲水的辘轳声而惊醒。结句的"春愁过却病"，意思是怏怏的春愁比得了病还要难受。"过却"可能是当时的口语。只此一句，全词意境俱新。

浣溪沙

风压轻云贴水飞。乍晴池馆燕争泥。沈郎多病不胜衣。沙上未闻鸿雁信，竹间时听鹧鸪啼。此情惟有落花知。

这首词亦见于《东坡乐府》，王仲闻先生《南唐二主词校订》一书考订为东坡所作。但我以为，此词的气象与东坡不侔，词中有着独特的南唐风致，故此处仍依传统说法，系于中主名下。此词抒写的是春色将阑伤春之绪，上片写春云低重，被风吹着仿佛贴着水面飞动，经过一场春雨，园林池馆都透出晴天的气息，燕子在争着衔泥垒巢。可是韶光将尽，词人就像那瘦损腰围的南朝诗人沈约，多愁多病，身子很虚弱，连身上衣服的重量都难以承受。一个"压"字，一个"争"字，写出的是自然界的不和谐，而这种不和谐，正是作者内心矛盾苦闷的象征。中主是可爱的，他没有把自己当成君主，而是把自己比成一位古代的读书人，这与鞭秦皇、挞汉武的霸主心态，完全异趣。

过片两句"沙上未闻鸿雁信，竹间时听鹧鸪啼"，"鸿雁信"用苏武之典。当年苏武出使匈奴，被流放北海，不辱汉节，一十九年不得归国。汉朝使者知苏武未死，向匈奴讨人，诡言大汉天子在上林苑射落一只大雁，雁足上系有苏武的书信。中主用这个典故当然并不表示他真的在盼望远人的书信，而是隐指对国家前途命运的焦灼等待。对于未来，他无比忧惧，却只能在竹林中听着鹧鸪的鸣叫。结句"此情惟有落花知"情感十分沉重，春尽花落，旧时韶光一去不复返，自己的心事，也像落花一样无奈而哀婉。所谓的"惟有落花知"，是指只有落花是自己的知己，也只有落花才能明了自己的心事。

摊破浣溪沙

菡萏香销翠叶残。西风愁起绿波间。还与韶光共憔悴，不堪看（kān）。　　细雨梦回鸡塞远，小楼吹彻玉笙寒。

多少泪珠何限恨，倚阑干。

手卷真珠上玉钩。依前春恨锁重楼。风里落花谁是主，思（sì）悠悠。　　青鸟不传云外信，丁香空结雨中愁。回首绿波三峡暮，接天流。

此二首是中主的名作。《摊破浣溪沙》又名《山花子》，算是《浣溪沙》的变格。词的音乐部分有时候会做一些调整，分出添声、歇拍、摊破、减字等变格，《摊破浣溪沙》始自中主，故又名《南唐浣溪沙》。《摊破浣溪沙》是把《浣溪沙》的上下片的第三句，由和婉的七言句法，变作一个七言句和一个三言句，三言句字少语精，表现力就比《浣溪沙》要强很多。

两首名作，自字面意思看，前一首悲秋，后一首伤春，这本是千古文人热衷的题材，只是中主在低回婉转中不失悲壮，故为难能。

试看"菡萏香销翠叶残。西风愁起绿波间"，开笔即已苍茫正大，绿波无垠，枯荷狼藉，而愁心正如这无垠的绿波，漫无涯际。人与韶光一同憔悴，已是伤心不忍言，就像是书法中的提笔，再加以"不堪看"三字，譬如书法中的顿笔，一提一顿，自然真气流行。过片"细雨梦回鸡塞远，小楼吹彻玉笙寒"，由哀怨转为凄婉，是化实为虚之笔。把实在的浓愁转化为凄婉的虚景，给人以想象的空间，这算是作诗填词的一个重要技巧。到结二句则用重拙之笔，反以直露为美。不过直露之笔，设非情感极其浓挚，是很难动人的。

第二首伤春之作，很见天赋，不仅仅是创作技巧的高明。开笔"手卷真珠上玉钩。依前春恨锁重楼"就是天才的杰构。意谓能挂起珍珠帘，却挂不住郁结在心的春恨，堪称兴中有比。兴，是欲说甲事偏先说乙事；比，即以甲事喻乙事。二句欲说春恨难遣，先说手卷真珠，又暗以真珠上玉钩喻春恨锁重楼，故意味尤其绵长。"风里落花谁是主"，此句显示词人的无意识。非不知谁是东君之主，实是词人心中摇摇无主，不知国家的前途命运何在。"青鸟不传云外信，丁香空结雨中愁"也是名句，青鸟本为西王母的使者，后喻指爱情之使，丁香开花细小，但繁茂非常，以青鸟、丁香的纤微，映照云外、雨中的苍茫浩瀚，喻指人在难测的命运面前，是何等之渺小，即使生为帝王，又如何能摆脱命运的摆布？一结"回首绿波三峡暮，接天流"，以三峡之水，喻浓愁不断，有一种浩荡奔流的气势，婀娜中见出刚劲，这才是大作家的手段。

王国维特赏"菡萏香销翠叶残。西风愁起绿波间"二句，以为"大有众芳芜秽，美人迟暮之感"。龙榆生不同意他的观点，以为中主实有无限感伤，非仅流连光景之作，他说正因中主忍辱含垢，委曲求全，所以才有百折千回之词心。王国维对这两句的解释偏于形而上，是哲学化的理解，相对而言，龙榆生的见解更具说服力。

后主是李璟的第六子，本名从嘉，字重光，登帝位后才改名李煜。后主生得两腮丰满，额头开阔，且一目重瞳。重瞳是眼中有两个瞳孔，古代相人以为是帝王异相。但后主初为帝王，终沦降虏，最后竟被宋太宗赐牵机药酒毒死，人生遭际之惨，反不如南唐普通百姓了。

后主的性情，比诸乃父更加柔弱。他天资纯孝，侍奉元宗恪尽子道。李璟崩殂之时，他痛哭伤身，以致虚弱到只能拄着拐杖才能站立。从保大十三年开始，北周三次侵略南唐，南唐经济受到很大破坏，后主嗣位后，专以爱民为急，减轻税赋，不随意征调人民服役，宁愿向中原政权俯首称臣，也不启衅用兵，南唐百姓遇到这样旷世难逢的仁德之君，总算过了十五年的安生日子。后主虔心向佛，崇奉沙门，甚至亲自削厕筹①给和尚用。他也不怎么吃荤，曾买禽鱼放入山林大泽，谓之放生，后世信佛之人放生，即自后主始。他居心极慈，御史弹劾大臣，过于峻急的，都不做批复，遇有死刑需报皇帝批决，一定是从轻发落，相关部门援法力争，他没法再为死囚开脱才流泪同意死刑。有一次，他从青山打猎回来，心血来潮跑到大理寺去，逐个审问，开释了不少囚犯。大臣韩熙载上疏，说皇帝不该直接干预司法，更不该驾幸监狱之地，应该从皇帝的内库

---

① 古人如厕不用纸，用竹片刮，名曰厕筹。——作者注

里罚钱三百万给国库。后主虽未听从，但也毫不生气。在他的身上，是见不到一点专制帝王的阴刻凶残的。他的死讯传到江南，不少老百姓跑出家门，到巷子口哭泣着祭奠他。

如果没有外患，李后主大概可算历史上最好的皇帝之一。固然他崇奉沙门，起造寺庙，荒废政事，但相对他带给人民的宽松环境，不过是小节。然而，他不幸面对的是北方虎视眈眈的强权，他柔弱的性情和糟糕的驭下能力终于酿成了千古悲剧。宋太祖赵匡胤曾说："南唐又有什么罪过？不过我的卧塌之侧，不容旁人鼾睡罢了。"宋太祖的这段话，决定了南唐和后主的命运。

后主本乏为政之才，又不能知人善任，尽起用徒有文才却乏实干经验的人，并在皇宫内苑设置澄心堂，颁行旨意，中书省枢密院反而成了徒有虚名的机构。当宋唐交战之时，他临阵换帅，大臣竟然一无所知。南唐有一举子樊若水，久考不中，遂暗中实测长江江面宽窄、江水深浅，私通宋人。宋军从其议，造浮桥过江，围住金陵，城内百姓惶怖不知何日就死，后主却晏居净室，听和尚德明、云真、义伦、崇节讲《楞严经》《圆觉经》，用鄱阳隐士周惟简为文馆《诗》《易》侍讲学士，延入后苑讲《易经》否卦，厚给赏赐。群臣皆知国家将亡，只有宠臣张洎，尚引征符命，说什么"玄象无变，金汤之固，未易取也。北军旦夕当自引退"。一派胡言，后主尚信以为真。当宋军围城时，竟还开科举取中三十八人。

陆游对李后主非常同情，说他"虽仁爱足以感其遗民，而卒不能保社稷"。历史上像李后主、宋徽宗这样的皇帝，多被史家斥为昏君，但我有不同意见。后主、徽宗这样的皇帝，倘若生在国际社会形成文明规则的历史阶段，都不能算是坏皇帝，他们不是错生在帝王之家，而是错生在文明必须和野蛮共存，且没有足够的力量制衡野蛮的时代。

　　我想起的是摩西·门德尔松的经典论述："启蒙的滥用削弱道德情感，导致铁石心肠、利己主义、无宗教和无政府主义。文化的滥用产生奢侈、伪善、软弱、迷信和奴役。"后主精于诗词、音律、书法，生活精致，他习惯用两个指头夹住笔悬腕写字，创造了一种独特的书体，又能绘事，是多方面的艺术天才。国灭以后，他的一位宠姬被宋将所获，到了晚上掌灯时，闭眼说受不了烟气，于是换成蜡烛，她说气味更难闻，宋将大奇，说你们南唐宫中就不点蜡烛吗？此女说我们哪里点过蜡烛，都是用大夜明珠照明。惊人的奢侈，却共生着品位高绝的生活情趣，文化的畸形发展，又相伴着难以置信的孱弱愚昧，这并不是文化的错，因为人生的终极，应当就是追求文化，努力过上高雅的生活，只是过度的文化销蚀了人性当中兽性的一面，以至于无法抵抗野蛮。

　　宋军围城时，徐铉奉命与宋人议和，见宋太祖，说：我主有圣人之能，所写秋月诗天下传颂，你徒恃武力，我们南唐的人是不会屈服的。宋太祖嘿嘿一笑，道：这是酸秀才写的诗，我是武人，但也有两句诗你听听，"未离海底千山黑，才到天中万国明"！徐铉听了这两句，当即匍匐拜倒，山呼万岁。这个故事见诸宋人陈师道的《后山诗话》。其实宋太祖的诗句并不是真正美好的文字，一切美好的文字，都是靠作者的思想感情、作者的语言技巧和对美的再创造打动人心，宋太祖的这两句诗却是靠强权的隐喻去威慑人。从古以来，人类都崇尚武力，膜拜强权，却不知唯有美与善良，才有永恒的力量。宋太祖成就了江山一统，李后主却如北极星一样端拱天中，成为词中的帝王。

后主降宋后，被封为违命侯，他的人生也就此分作前后两截。降宋前，他的生活优渥，也不怎么关心国事，但其时形势迫人，他并非草木无知，自然时生忧惧。这种忧惧感不同于士大夫的忧患意识，却是一心想超离尘世，求得隐逸安稳的幽微情绪。这样，他早期的词作尽管不如后期作品那样，激荡着沛然广大的悲剧情怀，却有一种低回婉约的情致。

渔父

浪花有意千里雪，桃花无言一队春。一壶酒，一竿身。快活如侬有几人。

一棹春风一叶舟。一纶茧缕一轻钩。花满渚，酒盈瓯。万顷波中得自由。

这两首词，是后主为画师卫贤《春江钓叟图》所作的题画之作。我读来丝毫不觉有"快活如侬有几人"（"侬"即是我）的得意，作者内心的幽寂苦闷溢于言表。他所向往的快活、自由，都需要脱身九五，深隐山水之间，他无力担荷整个国家的前途命运，因此他想远遁，想幽居，但他的命运是一早就注定了的。

捣练子

深院静，小庭空。断续寒砧断续风。无奈夜长人不寐，数声和月到帘栊。

云鬟乱，晚妆残。带恨眉儿远岫攒。斜托香腮春笋嫩，为谁和泪倚阑干。

捣练即捣衣，是唐人制作寒衣的程序：用杵捶打葛麻衣料，使之柔软熨帖，易于缝制，更使麻布与里面的棉絮粘连为一体。又因为是要制作寒衣，所以一定在秋天进行。李白诗"长安一片月，万户捣衣声"，杜甫诗"用尽闺中力，君听空外音"，都借捣衣写了同样的主题：丈夫出征远戍，妻子在家相思不已。"捣衣"这一文学母题，是对这些女子的人道主义同情。后主的《捣练子》（"子"的意思是小曲）所写，依然是唐代这一著名的文学母题，大概是平时作来用于宴会之上侑酒的，但因为他以赤子之心待人，以赤子之眼视世，他的同情也就特别赤忱。

长相思

一重山。两重山。山远天高烟水寒。相思枫叶丹。

菊花开，菊花残。塞雁高飞人未还。一帘风月闲。

清平乐

别来春半。触目愁肠断。砌下落梅如雪乱。拂了一身还满。　　雁来音信无凭。路遥归梦难成。离恨恰如春草，更行更远还生。

后主特重兄弟情分，他的弟弟李从善入宋为质，后主时常想念到流泪。这两首词，或皆为思弟之作。后主词有一特点，或者说从中主开始，他们父子二人的词有一共同特点，就是婉约中寓着一种豪宕潇洒的气息。后主比中主更甚，他的用词往往更口语化，不事渲染而声色俱足。

后主入宋后，宋太祖对他尚算优容，但自宋太宗继位，情形大变。太宗对后主十分猜忌，又垂涎小周后，召她入宫横加污辱，宋人笔记曾载："李国主小周后，随后主归朝，封郑国夫人，例随命妇入宫，每一入辄数日，而出必大泣，骂后主，声闻于外，后主多婉转避之。"他日夕以泪洗面，只有他的词作，慰藉着这颗绝望的心。但后主最终还是难逃一死，他本生于七夕，在四十二岁生日时，被赐牵机药毒酒，死得极其痛苦。初入宋时，后主的心情抑郁中带着麻木，但到生命最后几年，越来越奔泻无余，悲剧意态也达到了顶峰。

锦堂春

昨夜风兼雨，帘帏飒飒秋声。烛残漏滴频欹枕，起坐不能平。 世事漫随流水，算来一梦浮生。醉乡路稳宜频到，此外不堪行。

上片写初经亡国，仍希保全性命，虽抑塞不平，还想着麻醉自己，好偷生苟且。下片语拙而情浓，"醉乡路稳宜频到，此外不堪行"数语，人人心中所有，人人笔下所无。

他不由得缅怀从前的美好生活：

忆江南

多少恨，昨夜梦魂中。还似旧时游上苑，车如流水马如龙。花月正春风。

多少泪，沾袖复横颐。心事莫将和泪滴，凤笙休向月明吹。肠断更无疑。

闲梦远，南国正芳春。船上管弦江面绿，满城飞絮混轻尘。愁杀看花人。

闲梦远，南国正清秋。千里江山寒色暮，芦花深处泊孤舟。笛在月明楼。

四首《忆江南》，意思很浅，但写得清峭中不失和雅，他的情感，仍是要靠意内言外的风格来稍作掩饰，尚有些欲说还休，在这个时候，他的痛苦显然还未臻极致。但随着欺侮的日益加深，后主词中的故国之情，愈来愈少顾忌。

破阵子

四十年来家国，三千里地山河。凤阙龙楼连霄汉，玉树琼枝作烟萝。几曾识干戈。　　一旦归为臣虏，沈腰潘鬓销磨。最是苍黄辞庙日，教坊独奏别离歌。垂泪对宫娥。

这首词不是初被掳时所作，而是入宋既久，凌侮日深，对往昔的追怀和痛悔。苏轼批评后主说，亡国之日，应该痛哭于九庙之前，怎么还能垂泪对宫娥？苏轼本来也是词人，他实在不该问出这样政治正确的废话。倘若后主不是性情柔弱到对着宫娥垂泪，未必至于亡国。而且当天地苍黄翻覆之际，垂泪对宫娥才更加动人，这是艺术对比的魅力。

相见欢

林花谢了春红。太匆匆。无奈朝来寒雨晚来风。　胭脂泪，相留醉，几时重。自是人生长恨水长东。

无言独上西楼。月如钩。寂寞梧桐深院锁清秋。　剪不断，理还乱，是离愁。别是一般滋味在心头。

第一首，情感一泻无余，"自是人生长恨水长东"，意谓亘古以来，水都是向东奔流，直到永远。天地不改，山河无极，人生的愁苦也就没有终结。第二首，在痛苦中多了一丝恐惧、一丝抑郁，"别是一般滋味"，是对上苍的痛苦追问：这种痛苦，何时是个了结？这种含而不露的写法，对比上一首的雄直，各有各的动人。

浪淘沙

帘外雨潺潺。春意阑珊。罗衾不耐五更寒。梦里不知身是客，一晌贪欢。　　独自莫凭阑。无限江山。别时容易见时难。流水落花春去也，天上人间。

到了这首词，后主情感的发抒已近肆无忌惮。"流水落花春去也，天上人间"是千古名句，说的是无论时光怎样流转，不管天地如何阔大、人间怎样繁华，他的愁苦都无处安放。这种悲剧情怀，是面对命运时的骄傲和冷嘲，他在承受苦难中完成了自我救赎。

后主之死，与他一生最重要的一首作品《虞美人》密切相关。宋太宗读到"雕栏玉砌应犹在。只是朱颜改。问君能有几多愁。恰似一江春水向东流"时，终于动了杀机。然而，我以为这一切早已在后主的意料中。他必然早已知道，如此没有顾忌地填词寄怨，只能给自己招来杀身之祸。这是一条自我毁灭的道路，面对宋太宗的凌侮，他用词人的独特方式选择了死亡。死，对于他不仅是痛苦的解脱，更是高贵面对卑贱、文明面对野蛮而从未屈服的明证。

楊柳岸曉風殘月

乙未夏於京

残酒盏，哀乐逼中年。冷落关河供醉啸，

凄清馆舍寄华颠。抱影正无眠。

右柳屯田

戚氏凄凉一曲终——说柳三变

宋初词坛，作风渐变，由花间小令的一统天下，衍至以长调为主，气象为之一新。令词短制，一变而为铺辞摘藻的长调，使得本来只适合片段式、跳跃式叙事的词，也能铺叙张皇。这就像画坛上本来都是些山水小品，忽然有人开始作数十尺的长卷，表现力当然大有不同。这一转变主要由两位词人完成，一是张先，一是柳永，二人中柳永的贡献更大，影响也更深远。

柳永，本名柳三变，字景庄，崇安（今福建省武夷山市）人，有《乐章集》。南宋文献学家、藏书家陈振孙认为其词格并不高，不过是音律谐婉，语意妥帖，把真宗、仁宗两朝的太平气象写得淋漓尽致，且因他擅长写行路旅人、江湖漂泊无依之辈的感慨和心情，所以影响力巨大。与对其词作的有弹有赞不同，陈振孙认为其人殊不足道。因为按照正统儒家的观点，人生应该追求三不朽事业：太上立德，其次立功，其次立言，三变无一可立，当然不能算是上等的人品。

陈振孙的观点代表了当时士大夫对三变的普遍见解。但近千年来，却有无数人被三变的词作打动，他也因那些燃烧生命积烬而成的词作进入了永恒。

　　三变若生于今日，会比林夕、方文山更有影响力，当代词家中能与之相提并论的，大概只有黄霑。可是，他生活的时代，只有"学成文武艺，货与帝王家"才是唯一的正途。偏偏这是一条不适合他走的道路，这就注定了他一生的痛苦矛盾。

　　三变过了五十岁才考中进士，步入宦途又偃蹇多故，只好改名柳永，字耆卿，才得磨勘（考核）改官。宋仁宗本身雅好文学，但他要求文学必须符合主旋律，也就是正统儒家的意识形态，十分反感浮艳虚薄的文字。三变年轻时常流连于秦楼楚馆，跟很多妓女建立起深厚的友谊，作了很多在正统儒士看来是淫冶下流的词曲。他的《鹤冲天》词中有两句："忍把浮名，换了浅斟低唱。"意思是中进士做官不过是浮名，还不如喝着酒唱着小曲来得潇洒。那一年他参加进士试，本已取中，但宋仁宗见取中的进士中有他，当即在卷子上批示："且去浅斟低唱，何要浮名？"所以他过了好多年，一直到景祐元年（1034）恩科，才重又进士及第。以后又因为填词忤旨，虽然磨勘及格，但久不得改官。

　　这首《鹤冲天》的原词是：

　　黄金榜上。偶失龙头望。明代暂遗贤，如何向。未遂

风云便，争不恣狂荡。何须论得丧。才子词人，自是白衣
卿相。　　　烟花巷陌，依约丹青屏障。幸有意中人，堪寻
访。且恁偎红倚翠，风流事、平生畅。青春都一饷。忍把
浮名，换了浅斟低唱。

词或是他上一次科场失利后所作。这首词体现出的情感，
不是古典的，而是现代的，要是忽略掉这首词创作的时代，它
其实就是追求肉体解放、心灵自由的现代作品。"才子词人，
自是白衣卿相"一句虽然直白，但背后的精神非常了不起。唐
代对衣服品级有着很严格的规定，举子只能穿白色苎麻衣，这
种衣料多洗几次就会变成褐色，中了进士后赴吏部选官，就可
以脱下白麻衣换成绯红色的官服，叫作"释褐"。所谓白衣卿
相，即是说没有功名在身，却敢于笑傲卿相的人。当时天下读
书举子都把功名利禄当作人生的唯一目标，三变却敢于保持自
己的自由思想、独立精神，这种词格，还能说不高吗？得了皇
帝的"御批"之后，他更加狂放恣肆，自称"奉旨填词柳三
变"。他的心底，本就有几分对权势的傲兀，经此打击，更逗
起狂奴故态，他索性脱屣庙堂，甘愿在江湖沦落，也在江湖上
建立起绝大的声名。庙堂里的老爷们鄙视他、嘲笑他，却又在
歌筵酒会上点他的新词。秦楼楚馆里的妓女真诚地喜爱他、仰
慕他，以得到他的新词为荣。

　　但他毕竟傲兀得不够彻底，又或者是江湖苦况到了忍受不

下去的那一天，终于在景祐元年，三变还是考中了进士。这一年，一直摄政的太后去世了，仁宗既得亲政，遂决定开恩科，不但扩大进士及其他科目的名额，而且还觅遗钿于洛浦，访旧佩于汉皋，录野取遗，特别优待下列几种人：曾考过五次进士，且年龄过了五十的；考其他科目六次以上且年过六十的；参加过殿试未中，已考过三次进士或者五次其他科目的；宋真宗时参加过殿试未中的。这几种人都直接给赐进士出身，是为"特奏名"。三变在这一年，成为一名"特奏名"的进士，这时他已过五十岁了。

三变步入仕途后依然坎坷重重。宋制，文官分作选人与京朝官两大层次，选人只相当于今天的科员，京朝官才是真正的干部。京朝官又分京官与朝官，京官是秘书郎以下未常参（定期入朝谓之常参）者，常参者才叫朝官。由选人升京朝官，叫作改官，从京官到朝官，叫作转官。无论是改官还是转官，都要经磨勘制度考核。三变一生未得任朝官，即使是由选人升京官，也殊不顺利。

选人要升京官，若照景祐二年（1035）前的制度，其实并不十分艰难。当时只要有两员上级推荐，即得为令，为令无过遣，升职事官，任上又无过遣，遂得改京官，相当于两员举荐人保了被举荐人三任。时有御史王端，奏称此举易滋庸碌之辈幸进，朝廷接受了他的建议，改为每一任都须有新人推荐，才得升迁，否则就只能在原来的位置待下去。同时，改革后的人事制度还为举荐人增设了更多的限制，愈加精密但也愈加死板。三变任睦州团练推官，到任不到一个月，知州吕蔚就推荐他，马上被侍御史知杂事郭劝参奏一本，说三变到任未及一月，能有什么工作成绩，吕蔚推荐三变，必涉徇私。朝廷得此奏，宣布选人必须要经过考试合格，才得升任，皇帝还亲自下诏：作为选人，必须要考六次才能升为京官，如果中间犯了一些过失，还要再加一考。又规定知杂事、御史、观察使以上的官员，每年举荐选人不得超过两名。这样，三变就只能在选人的位置上三任六考，足足做满九年。

历览中国各朝各代，凡是强盛的、充满创造力的时代，一定是人治与法治相调和，有相当程度自由的时代。全靠一个人或少数人说了算的彻底的人治，当然会造成民族的极大灾难；但一切遵行法度，往往会伏下未来衰落的祸根，却非浅人所知了。

仁宗以前，选人改京官的年限规定，执行得并不严格，选人初任，即被上司赏识推荐，所在多有。须知古人七十岁致仕（退休，“致”是归还的意思），除非少年即擢巍科，否则要经三任六考，人生能有几个九年呢？这种磨勘制度，磨掉的是初入仕途者的锋芒与个性，朝政也会因之死气沉沉，社会也就难得进步。景祐二年，吕蔚想推荐三变破格升京官，本来符合朝廷惯例，仁宗皇帝竟专诏不许，并就此严格了选人改京官的制度。仁宗对三变的偏见，不仅让三变沉沦下僚多年，更确立了逆淘汰的遴选人才的机制。

三变的狂者心性使得他终生无法适应守成审慎的体制，这就是他的命运。庆历三年（1043），三变年限已足九年，磨勘也及格，按理应该改官了，但吏部就是不下文，三变只好找宰相晏殊诉冤。晏殊也是著名词人，见面却问："贤俊作曲子么？"柳永以为仍因《鹤冲天》一事，心想词人何苦为难词人，于是反诘道："只如相公亦作曲子。"晏殊从容回答："我晏殊虽然填词，可没写过'针线慵拈伴伊坐'。"潜台词是，这样的句子品格太低。柳永无言以对，只好告退了。

但实际上吏部不放三变改官，不是因为他写这类士大夫眼中的淫词亵曲，而是因他的《醉蓬莱》词得罪了皇帝，而这件事恰恰是不能拿到台面上说的。

三变的词曲，雅俗共赏，传播至广，甚至仁宗皇帝每次饮酒，都让教坊官妓唱柳词。三变知道这件事后，认为自己的机会来了，于是托人找到宫中的太监，请为美言。这一年老人星现于天上，太史奏为祥瑞之兆，时当秋清气朗，宋仁宗在后宫摆宴庆贺，提出需要应景的新词，身边太监已得三变之嘱，当然一力举荐，加之仁宗也确实喜欢三变的词，就同意让三变一试。三变得诏，不敢怠慢，当即细细制了一篇《醉蓬莱》，词曰：

渐亭皋叶下，陇首云飞，素秋新霁。华阙中天，锁葱葱佳气。嫩菊黄深，拒霜红浅，近宝阶香砌。玉宇无尘，金茎有露，碧天如水。　　正值升平，万几（jī）多暇（xià），夜色澄鲜，漏声迢递。南极星中，有老人呈瑞。此际宸游，凤辇何处，度管弦声脆。太液波翻，披香帘卷，月明风细。

　　这首词只用了一个典故：金茎。汉武帝好神仙，于宫门前立铜柱十二，号曰金茎，上有铜人捧露盘，承接天上的露水，方士言这种露水和着金泥玉屑，服后可致长生。用这个典故，紧扣老人星亦即寿星的主题，十分熨帖。整首词咏皇家气象，也非常淡雅清新。谁知人主之喜怒，有出于臣子望外者。此词呈上，仁宗一看第一个字是"渐"字，心中先自不悦，或许是因为仁宗想到了"大渐"一词。大渐指病危，渐者剧也，《尚书·顾命》有"王曰：呜呼！疾大渐，惟几"这样的话。再读到"此际宸游，凤辇何处"，恰好跟仁宗御制哀挽真宗的诗构思暗合，仁宗马上就念及先皇，心中很是难受。又读至"太液波翻"一句，更觉大不吉利，太液池是宫中池沼，用"翻"字，恐怕要成国家倾覆的谶纬，这时皇帝终于发作，把柳词投掷于地，道："何不用'波澄'？"至此宫中不复再歌柳词。仁宗尚不罢休，正巧三变得吕蔚荐应当改官，特出诏申明制度必须严格，以堵住三变改官之路。三变找宰相晏殊申诉，别说晏殊本无回护之意，就算有意成全，也无法跟王命相抗。三变无法可施，最后只好更名柳永，终于在庆历三年，趁着范仲淹庆历新政的东风，加上已改名柳永，方得改官，一直做到屯田员外郎。这时他已是六十上下的老人了。所谓员外郎，就是定员以外候补之意，他的一生都被权力边缘化，没有青云得意的辰光。

三变何以写"波翻"不写"波澄"呢？其一是前文已有"夜色澄鲜"，要避重字；其二，更重要的是三变深谙乐理，他懂得字的四声要跟音乐的旋律相配合，"澄"是一个阳平字，"翻"是一个阴平字，可能跟音乐更加符合一些。

民间传说，三变一生流连于秦楼楚馆，死时无钱营葬，是由妓女出资安葬他的。又说每岁清明，妓女到郊外踏青，都到他的墓茔前凭吊，并组成一个雅集，号称"吊柳会"。实则此二事皆是后人捏造，并无实事。三变死在润州（今江苏省镇江市），死时身边没有儿女，棺木放在一所僧庙里，是润州太守王平甫出钱安葬了他，墓址在真州（今江苏省仪征市）西一个叫仙人掌的地方。清代诗人王渔洋《真州绝句》有云："残月晓风仙掌路，何人为吊柳屯田。"三变生时虽极失意，但在千古诗家心中，他是一位管领风月的性情中人，更不必说他的词在当时的影响力，没有第二人能及。

有人说，三变的《乐章集》虽被人称道，但无非是羁旅穷愁之词、闺门淫媟之语，比诸欧阳修、苏轼、黄庭坚、张先、秦观这些人，相差辽远。又云其所以传名，只是因为他语多近俗，下层市井人士易解易晓罢了。(《艺苑雌黄》)这人不懂得，雅与俗本非绝对相反，而更多的是共生共荣的关系。俗，能为雅增添生命力；雅，能提升俗的品格。俗而能雅，比单纯的雅要难得多，更不是单纯的俗所能望其项背的。我师张卫东先生常言："要俗得那么雅，不要雅得那么俗。"三变的词作，堪称俗得那么雅的典范。

女词人李清照也看不上三变的词，她不忿三变的《乐章集》"大得声，称于世"，认为柳词"虽协音律，而词语尘下"。苏轼的看法就公允了许多："世言柳耆卿曲俗，非也。如《八声甘州》云：'渐霜风凄紧，关河冷落，残照当楼。'此真唐人语，不减高处矣。"

柳词的特质正在俗中见雅，故往往一篇既出，天下传唱。范仲淹谪贬睦州 (今浙江省杭州市淳安县)，经富春江严陵祠下，正好遇上当地人岁时祭祀，巫女迎神，唱的竟是三变的《满江红》词："桐江好，烟漠漠。波似染，山如削。绕严陵滩畔，鹭飞鱼跃。"又据时人记载，当时的一位大官僚韩维酒后也喜欢吟咏柳词，此人对另一位词人晏几道十分刻薄，但由他喜爱柳词这一点来看，也非全无识见。

三变更在他活着时就取得"国际"影响力。时有外交官从西夏回来，说西夏国凡是有井水的地方，就有人唱柳词。而柳词更引发一场战争，尤令人感慨历史的不可思议。

当时已是南宋了。北方大金国皇帝完颜亮，在宫中听李贵儿唱三变咏钱塘景致的《望海潮》，以为神仙境界，尤其是这两句——"有三秋桂子，十里荷花"——更觉心痒难搔。臣下又从旁怂恿，说江南一地，以木樨花为柴火，又有扬州琼花、镇江金山、苏州平江、杭州西湖诸般美景，皆为天下之美，金主闻而大喜，遂兴提兵百万、立马吴山（杭州城内山名）之志。谁知金国后院起火，完颜雍在后方称帝，完颜亮也在采石矶被宋将虞允文打得大败，最后死于叛军之手。这首《望海潮》词，是宋真宗咸平六年（1003）三变上两浙转运使孙何的干谒之作，全词是：

东南形胜，三吴都会，钱塘自古繁华。烟柳画桥，风帘翠幕，参差十万人家。云树绕堤沙。怒涛卷霜雪，天堑无涯。市列珠玑，户盈罗绮，竞豪奢。　　重湖叠巘清嘉。有三秋桂子，十里荷花。羌管弄晴，菱歌泛夜，嬉嬉钓叟莲娃。千骑拥高牙。乘醉听箫鼓，吟赏烟霞。异日图将好景，归去凤池夸。

整首词只是铺陈杭州城的繁华景致，思想情感都甚为苍白，算不得一等一的词作，但竟令金主身死名灭，这是三变当日万万想不到的。南宋诗人谢处厚有诗云：

谁把杭州曲子讴。荷花十里桂三秋。

那知卉木无情物，牵动长江万里愁。

即咏这一段史事。后来梁羽生写武侠小说《萍踪侠影录》，书中主人公张丹枫就吟诵过这首诗。

历代词选，多会选这首《望海潮》，原因就是它背后的本事（诗词背后的故事叫作本事）值得大书特书。但柳词的真正佳处，还是在写羁途旅况、别绪愁怀。这些情感本是当时市井之人共通的情感，但三变的很多作品，都是因为他本有此经历，能有感而发，才尤其感人。

雨霖铃·秋别

寒蝉凄切。对长亭晚，骤雨初歇。都门帐饮无绪，方留恋处，兰舟催发。执手相看泪眼，竟无语凝噎。念去去、千里烟波，暮霭沉沉楚天阔。　　多情自古伤离别。更那（nuó）堪、冷落清秋节。今宵酒醒何处，杨柳岸、晓风残月。此去经年，应是良辰好景虚设。便纵有、千种风情，更与何人说。

《雨霖铃》的音乐非常凄苦，是由唐明皇作来怀念在马嵬坡被赐死的贵妃杨玉环的。这支曲子最好用哑觱篥吹奏，才更见苍凉。全词仿照的是近体诗起承转合的结构。上片"寒蝉凄切。对长亭晚，骤雨初歇"三句是起，"都门帐饮无绪，方留恋处，兰舟催发"是承，"执手相看泪眼，竟无语凝噎"是转，"念去去、千里烟波，暮霭沉沉楚天阔"是合。"念去去"三句，把看不见、摸不着，只能由感觉得之的别离之绪，转化为历历如绘的意象画面，这种手法是由实返虚的高明之笔。

下片"多情自古伤离别。更那堪、冷落清秋节"二句为起，但这是平地陡起，作者不局限于一人的怨别伤离，而是陡地拔高，说明自古钟情之辈，莫不伤于离别，更何况老天爷还来助兴，时当清秋时节，落木萧萧，这就容易引起读者的情感共鸣。"今宵酒醒何处，杨柳岸、晓风残月"是三变的千古绝唱。古龙楚留香系列之《桃花传奇》中，有这样一段描写：

杨柳岸。

月光轻柔。

张洁洁挽着楚留香的手，漫步在长而直的堤岸上。

轻涛拍打着长堤，轻得就好像张洁洁的发丝。

她解开了束发的缎带，让晚风吹乱她的头发，吻在楚留香面颊上，脖子上。

发丝轻柔，轻得就像是堤下的浪涛。

苍穹清洁，只有明月，没有别的。

楚留香心里也没有别的，只有一点轻轻的、淡淡的、甜甜的惆怅。

人只有在自己感觉最幸福的时候，才会有这种奇异的惆怅。

这又是为了什么呢？

张洁洁忽然道："你知不知道我最喜欢的一句词是什么？"

楚留香道："你说。"

张洁洁道："你猜？"

楚留香抬起头，柳丝正在风中轻舞，月色苍白，长堤苍白。

轻涛拍奏如乐曲。

楚留香情不自禁，曼声低吟。

"今宵酒醒何处，杨柳岸、晓风残月。"

张洁洁的手忽然握紧，人也倚在他肩边。

她没有说什么。她什么都不必再说。

两个人若是心意相通，又何必再说别的？

"今宵酒醒何处，杨柳岸、晓风残月。"

这是何等意境？何等洒脱？又是多么凄凉？多么寂寞！

楚留香认得过很多女孩子，他爱过她们，也了解过她们。

但也不知为了什么，他只有和张洁洁在一起的时候，才能真正领略到这种意境的滋味。

一个人和自己最知心的人相处时，往往也会感觉到有种凄凉的寂寞。

但那并不是真正的凄凉，真正的寂寞。

那只不过是对人生的一种奇异感觉，一个人只有在已领受到最美境界时，才会有这种感受。

那种意境也正和"念天地之悠悠，独怆然而泪下"相同。

那不是悲哀，不是寂寞。

那只是美！

美得令人魂销，美得令人意消。

一个人若从未领略过这种意境，他的人生才真正是寂寞。

长堤已尽。

那种爱人别离的惆怅与忧惧，三变写了出来，但过了九百多年，才有一个同为江湖浪子诗人气质的小说家懂得。虽然九百多年中有无数的人在吟咏这几句，但只有古龙真正地懂得那种美得让人心碎的况味。

"此去经年，应是良辰好景虚设"又是一转，到结句"便纵有、千种风情，更与何人说"，作为绾合，这种感情是炽热的，也是沉郁的。相比上片结句由实返虚的高明技巧，下片结句不炫技法，只是以情动人的手法，更加沉着，更加动人。

八声甘州

对潇潇暮雨洒江天，一番洗清秋。渐霜风凄紧，关河冷落，残照当楼。是处红衰绿减，苒苒物华休。惟有长江水，无语东流。　　不忍登高临远，望故乡渺邈，归思（sì）难收。叹年来踪迹，何事苦淹留。想佳人、妆楼颙望，误几回、天际识归舟。争知我、倚栏干处，正恁凝愁。

这首词在婉约中寓着豪宕之气，上片一气贯注，实在是凌云健笔，气概非凡。从写作手法上说，上片是纯粹写景的赋笔，铺陈其事，写得像一幅浩渺的泼墨山水画卷。当然，他描写的是晚秋衰败之景，色彩的调配偏于暗淡、凄冷，自然烘托下片的情致。自过片开始抒情，同样也是一气贯注。这种结构，是简朴的折线型，与诗中的古风结构相似。因此，相对一般的婉约词作，这首词要劲直得多。

前人对这首词评价好坏杂陈，普遍的看法都认为上片写得非常好，但是到了"想佳人、妆楼颙望，误几回、天际识归舟"的时候就有些浅俗了。其实一首词通过写景含蓄婉曲地表达情感，是较为清空的写法，而清空必须有情感做底，方不是空疏，如果全词都是像上片一样赋笔写景，那就是空洞而不是清空了。

满江红

　　暮雨初收，长川静、征帆夜落。临岛屿、蓼烟疏淡，苇风萧索。几许渔人飞短艇，尽载灯火归村落。遣行客、当此念回程，伤漂泊。　　桐江好，烟漠漠。波似染，山如削。绕严陵滩畔，鹭飞鱼跃。游宦区区成底事，平生况有云泉约。归去来、一曲仲宣吟，从军乐。

　　这首词表面豪放，实则内心沉郁。词为游富春江（桐江为其上游，词中"桐江"为富春江在桐庐县的河段）所作，词的上片，作者先淡笔轻描富春江上秋清人寂的暮色，而结以"遣行客、当此念回程，伤漂泊"二句，一下子就让前面的写景都有了着落，原来这样清寂的景致，只增行客的凄怆之怀，他在江湖上漂泊，不知何日是个了结。过片及下两句的写景也绝非闲笔。严陵即严子陵，本为汉光武帝刘秀做太学生时的同学。他不肯攀龙求富贵，宁愿在富春江上钓鱼，是一位千古知名的高士。今富春江上，尚有严子陵垂钓台，台下有七里长滩，号曰七里泷，风光幽绝。"严陵滩畔，鹭飞鱼跃"，隐喻着逃脱尘网，放下功名富贵后的天机流行、生机盎然。然而，词人仍是放不下，逃不脱，纵然平生与山泉白云有偕隐之约，还是不能忘情这爱恨交加的功名之路。这是他无法抗拒自己命运的哀叹。最后，他感慨自己何不像三国时的王粲（字仲宣），能在乱世中随军参谋，一展才华。

这首词正是范仲淹听到巫人唱的那一首，当是三变任睦州团练推官时作。我以为，三变在这首词中，已经有了对自己生平的反思，他在默默地向上苍诘问，为什么这个体制对他如此不公？难道真的只有投笔从戎，才是他的出路吗？词的文字，看似豪放，他的情感，却是极其苍凉抑郁的。

少年游

一生赢得是凄凉。追前事、暗心伤。好天良夜，深屏香被，争忍便相忘。　　王孙动是经年去，贪迷恋、有何长。万种千般，把伊情分，颠倒尽猜量。

这是一首同情歌伎的作品。不同于一般代言之作由女子的衣饰、情态写起，词人一开口便是一句极富同情心的感慨："一生赢得是凄凉。"这种感慨不只是针对女主人公，其实也是针对词人自己而发。词中的女主人公，曾为王孙公子贪恋，她以为寻找到了真正的爱情，梦想着能嫁得良人，厮守一生。然而，薄幸的男子一去经年，音书全无，女主人公只能追想前事，暗自心伤。从前是甚等光景？"好天良夜，深屏香被"，恩爱无已，如今唯剩凄凉而已。女主人公明知男子早已负心，却仍是痴情不断，"万种千般，把伊情分，颠倒尽猜量"。三变对女性的心理，竟能理解得如此透彻！也许正是因为他潦倒落魄，才会深刻理解被伤害的女子的芳心吧！

戚氏

晚秋天。一霎微雨洒庭轩。槛菊萧疏，井梧零乱，惹残烟。凄然。望乡关。飞云黯淡夕阳间。当时宋玉悲感，向此临水与登山。远道迢递，行人凄楚，倦听陇水潺湲。正蝉吟败叶，蛩响衰草，相应喧喧。　孤馆度日如年。风露渐变，悄悄至更阑。长天净、绛河清浅，皓月婵娟。思（sì）绵绵。夜永对景那（nuó）堪。屈指暗想从前。未名未禄，绮陌红楼，往往经岁迁延。　帝里风光好，当年少日，暮宴朝欢。况有狂朋怪侣，遇当歌、对酒竞留连。别来迅景如梭，旧游似梦，烟水程何限。念利名、憔悴长萦绊。追往事、空惨愁颜。漏箭移、稍觉轻寒。听呜咽、画角数声残。对闲窗畔，停灯向晓，抱影无眠。

这是一首三叠词。词中篇制最长的是四叠的《莺啼序》，其次就是《戚氏》这个牌子了。词牌名"戚氏"，其音乐应该是表现汉高祖的宠姬戚姬，在高祖死后被吕后制为"人彘"的凄惨故事。三变就用这样凄惨的调子，对自己的一生做了总结。首叠以战国时的辞赋家、中国悲秋文学的老祖宗宋玉自况，先写晚秋凄恻之景，为下文起兴。中叠以今日旅况之幽寂无聊，追想当年未名未禄时走马章台的潇洒，这一段切勿轻轻看过。其实，人在痛苦无聊之时，回想起往昔的欢乐，决计不会冲淡痛苦，也决计感受不到欢乐带来的甜蜜，只会觉得那些日子都是虚掷掉的、浪费掉的。如果再有重新开始的机会，宁愿不曾有过那些欢乐的记忆。三叠的过片，先承上写往昔之欢，那是他对少年荒唐岁月的追悔痛恨，绝非对旧日欢娱的怀念。这才有"追往事、空惨愁颜"的感慨。表面上，他埋怨名缰利锁，让他不得自由，实则他真正痛悔的，是他不受羁绊的性格，让他求仕、仕途都充满屈辱绝望。

南宋王灼《碧鸡漫志》卷二记："前辈云：《离骚》寂寞千年后，《戚氏》凄凉一曲终。"这位前辈不知是谁，但他真堪称三变的知己！他显然读出，《戚氏》是三变对自己人生的痛悔和总结，也是他对一个崇尚乡愿的社会，绝不肯给狂狷者一点机会的悲剧的总结。

彩袖殷勤捧玉鍾
當年拚卻醉顏紅
舞低楊柳樓心月
歌盡桃花扇底風

從別後
憶相逢
幾回魂夢與君同
今宵剩把銀釭照
猶恐相逢是夢中

乙亥秋

繁华歇，歌拍自天真。彩袖劝来芗泽动，

霞觞捧去锦词新。梦冷到巅云。

右小山

欲将沉醉换悲凉——说晏小山

每一个文学爱好者，都会在心里为他熟知的文学家排一排座次，掂一掂谁是状元，谁是榜眼探花。有时候，这种排位只体现评论者的个人喜好，他在说"某某是最了不起的大诗人"时，其实意思是"某某是我最喜爱的大诗人"。但如果评论者本身也是行家作手，他的排位就绝不可等闲视之，体现出的实是他的文学观。传统词论家都是词人，他们的意见当然值得重视。历代词话中，对北宋词人的排位大致分作两派，一派推崇周邦彦，一派则推崇苏轼。

周邦彦，字美成，号清真居士，词集名《片玉集》，又称《清真集》。陈振孙《直斋书录解题》评价其集：

> 多用唐人诗语，檃栝入律，浑然天成。长调尤善铺叙，富艳精工，词人之甲乙也。

这是从作词的技巧上推崇清真。

陈郁的《藏一话腴》则称：

> 二百年来，以乐府独步。贵人学士，市儈妓女，知美
> 成词为可爱。

这是自清真词的传播之广、受众之博而立论。

刘肃为陈元龙集注本《片玉集》作序，对清真同样推崇
备至：

> 周美成以旁搜远绍之才，寄情长短句，缜密典丽，流
> 风可仰。其征辞引类，推古夸今，或借字用意，言言皆有
> 来历，真足冠冕词林，欢筵歌席，率知崇爱。

"旁搜"是指他擅长用典故，"远绍"则是说他擅于继承
唐人的诗风。说他"征辞引类，推古夸今，或借字用意，言言
皆有来历"，这简直是把清真比作江西派[①]的诗人。这是针对
他的语言风格典雅近诗，以及以学问为词的特点而言。

宋元之际，沈义父作《乐府指迷》，这是一部教人填词的

---

① 江西派，又称江西诗派，是宋代诗歌流派之一。杜甫为江西派始祖，黄庭坚、
陈师道、陈与义并称江西派三大宗。吕本中（南宋著名诗人）二十岁左右戏作
《江西诗社宗派图》使"江西派"定名。该诗派重视文字的推敲技巧，崇尚瘦硬
奇拗的诗风，追求字字有出处，是宋代最有影响力的诗歌流派。——编者注

著作，书中说：

> 凡作词当以清真为主。盖清真最为知音，且无一点市井气，下字运意，皆有法度，往往自唐、宋诸贤诗句中来，而不用经、史中生硬字面，此所以为冠绝也。

这同样是讲清真的风格典雅，语言醇正。

同时尹焕作《梦窗词序》，则直截了当地说：

> 求词于吾宋，前有清真，后有梦窗。此非焕之言，四海之公言也。

但对清真推崇到无以复加之地步的，竟然是早年非常不喜欢清真，称清真方诸秦少游，有娼妓与良家之别的王国维。王国维晚年作《清真先生遗事》，直把清真与杜甫并列：

> 以宋词比唐诗，则东坡似太白，欧、秦似摩诘，耆卿似乐天，方回、叔原则大历十子之流，南宋惟一稼轩可比昌黎，而词中老杜，非先生不可。读先生之词，于文字之外，须更味其音律。今其声虽亡，读其词者，犹觉拗怒之中，自饶和婉，曼声促节，繁会相宣，清浊抑扬，辘轳交往，两宋之间，一人而已。

王国维这样推崇清真，一个原因是王氏本身就不是一位感情丰富的词人，他的《人间词》理致苦多而情致苦少，故对于清真那些淡薄寡情的作品较能赏会；另一个原因则是他重视清真词的音律，却不知词体最初虽是音乐文体，它的文学性还得靠情感的浓挚才得建构。

另一派所推崇的是苏轼。王灼《碧鸡漫志》这样称说：

> 东坡先生以文章余事作诗，溢而作词曲，高处出神入天，平处尚临镜笑春，不顾侪辈。……东坡先生非心醉于音律者，偶尔作歌，指出向上一路，新天下耳目，弄笔者始知自振。

王灼的评价，着重在东坡格高调逸，所谓向上一路，指的是东坡对词的内容的拓展。从东坡开始，词就不仅是抒情的文学，更可以用来表现词人的思想。

南宋军事家、抗金名将向子谚是一位豪放派词人，胡寅为他的《酒边词》作序，有云：

> 词曲者，古乐府之末造也。文章豪放之士，鲜不寄意于此者，随亦自扫其迹，曰谑浪游戏而已也。唐人为之最工者。柳耆卿后出，掩众制而尽其妙。好之者以为不可复加。及眉山苏氏，一洗绮罗香泽之态，摆脱绸缪宛转之

度，使人登高望远，举首高歌，而逸怀浩气，超然乎尘垢之外，于是《花间》为皂隶，而柳氏为舆台矣。

胡寅特赏东坡的"逸怀浩气"。逸怀是庄子思想的体现，意味着对尘世的坐忘与超越，而浩气则是孟子的精神，表现为对理想的执着坚守百折不回。胡寅认为词到了东坡，则花间词人直到柳永，都只配给苏轼当佣人轿夫而已。

推崇清真的把清真比作老杜，清代刘熙载则以为东坡意似老杜，格似太白，兼有二家之美：

东坡词颇似老杜诗，以其无意不可入，无事不可言也。若其豪放之致，则时与太白为近。太白《忆秦娥》，声情悲壮。晚唐、五代，惟趋婉丽。至东坡始能复古。后世论词者，或转以东坡为变调，不知晚唐、五代乃变调也。

而清末四大词人之一的王鹏运，对东坡的评价可谓至矣尽矣，蔑以加矣：

北宋人词，如潘逍遥之超逸，宋子京之华贵，欧阳文忠之骚雅，柳屯田之广博，晏小山之疏俊，秦太虚之婉约，张子野之流丽，黄文节之隽上，贺方回之醇肆，皆可模拟得其仿佛。惟苏文忠之清雄，敻乎轶尘绝世，令人无从步趋。盖霄壤相悬，宁止才华而已？其性情，其学问，其襟抱，举非恒流所能梦见。词家苏辛并称，其实辛犹人境也，苏其殆仙乎！

王鹏运列数潘阆、宋祁、欧阳修、柳三变、晏几道、秦观、张先、黄庭坚、贺铸的词风，以为虽各尽其美，后人都可得而模仿，唯东坡堪称天才，无从模仿，无从追蹑。他认为词中苏辛并称，辛词虽亦影响巨大，但不过是人中的高境，东坡词却是仙境。他这样推崇东坡词，当然是把格高视作文学评判最高标准的缘故。

我在大学读书时，与同舍友陆杰就曾讨论过宋代谁的词最好的问题。我们观点完全一致，就是认为辛弃疾的词比苏轼的好。我们认为，悲剧是一切文学样式当中最高的文学样式，而辛词中激荡着无与伦比的悲剧情怀，是真正的崇高美，而苏词所缺乏的，正是这样一种悲剧情怀，因为他虽亦是守死善道之士，但在饱经现实的铁拳后，他从庄子那里汲取力量，养成一种旷达的人生观，不时给自己以心理暗示，遂常常自我排解，悲剧意识在蓄积未深时，就先被冲淡，到不了崇高之境。苏词格是很高的，但格高并不是好，真正的好，是能让人感动，是靠执着于人间的悲剧情怀让人感动。东坡本来可以创作出更加精警动人的诗词，但可惜的是，他太善于自我排解，这就在很大程度上抵消了作品的悲剧意味。

而清真的词，我认为一点也不好。单看艺术技巧，清真的确十分高明，他首创了一种蒙太奇式的写作方法，用在长调里，只是通过镜头的转接，就完成了词的叙事，而淡化了时空的顺序，让读者随着词的意脉行进；文辞也典丽可诵，不像柳三变那样，市井气较重。但文学史应该是灵魂的历史，在清真词中，我们见不到感人的力量，因为它们太缺乏灵魂。

清真的根本毛病就在于，他绝大多数的词都是写众人的情感，比如说他写别情，写的是世人分别时那种普遍的情感，而不是写他个人独特的私密的情感，违背了中国学问、中国文学的最高原则：为己。中国的学问是为己的学问，中国的文学是为己的文学，故修辞而立其诚，是学问、文章最基本的要求。做学问作文章，一定要说自己最想说的话；作诗填词，一定要写自己内心最想表达的东西，要写个人独特的心理体验、生命体验。清真的绝大多数词，是写给他人的，写给大众的，是"为人"的文学，是商业化的写作。

所以我赞同刘熙载的观点："周美成词，或称其无美不备。余谓论词莫先论于品。美成词信富艳精工，只是当不得一个'贞'字。是以士大夫不肯学之，学之则不知终日意萦何处矣。"何谓"当不得一个'贞'字"呢？这是说清真的心"不得其正"（《大学》）。须知道，文学创作一定要正心诚意，要把自己的生命倾注其内，才可能写出好作品。一切文学经典都必须是"有病呻吟"，若是无病呻吟，哪怕呻吟得再像，也是赝品。清真的词，就是高仿的文学赝品。

在千古词人中，我最推崇的当然是后主，而若于北宋词人中选出一位鳌头，我的票投给晏几道，这是因为晏几道真正是用生命在写词，他的词是由血泪凝成的红冰。

推崇晏几道《小山词》的人，放诸文学史中，绝对是少数。但我于古人中，也并非全无知音。陈振孙虽称清真是词人中之甲乙，对小山也不免左袒：

> （小山）词在诸名胜中，独可追逼《花间》，高处或过之。其为人虽纵弛不羁，而不苟求进，尚气磊落，未可贬也。

小山词何以独可追逼《花间》，甚且高处或过之？这是因为，小山是一位有精神洁癖的狷者。他虽不似狂者柳三变一样放荡恣肆，却绝不肯苟且求进，终生捍卫着心灵的自由，故终生全心全意地写词，全心全意地爱，全心全意地恨，全心全意地歌，全心全意地哭，他的人格铸就了他的词格。黄庭坚说小山词"清壮顿挫，能动摇人心"。清壮顿挫本来是诗的风格，以之来形容小山的词，评价已不可谓不高，更何况还能动摇人心？须知动摇人心就是文学的最高境界，也只有其人与其作品合而为一，以生命为词，以情感的纯粹干净动人，这样的词才是值得一遍遍咀嚼的文学精品。

近代词人夏敬观云：

> 晏氏父子，嗣响南唐二主，才力相敌，盖不特词胜，尤有过人之情。叔原以贵人暮子，落拓一生，华屋山邱，身亲经历，哀丝豪竹，寓其微痛纤悲，宜其造诣又过于父。山谷谓为"狎邪之大雅，豪士之鼓吹"，未足以尽之也。

夏氏结合小山的人生阅历谈他的词，指出小山词是以生命铸就，非常深刻，至于点明小山词有过人之情，更是知味之言。要知道，诗至缘情，无以复加，一位文艺家如果情感特别充沛，他人的文艺技巧再精熟，都没法与之匹敌。这样的文艺作品，只能用"元气淋漓"四字来评论。所以我的观点是，单就词而论，东坡词不仅比不上小山，比起秦观来也颇有不如。冯煦《宋六十一家词选例言》说："淮海、小山，古之伤心人也（淮海就是秦观，秦观自称为千古第一伤心人）。其淡语皆有味，浅语皆有致。求之两宋词人，实罕其匹。"固已先我得之矣。

现代著名女词人沈祖棻，她的《涉江词》总体艺术成就极高，易安以后，一人而已。她于文学也有独特的赏会，宣称自己情愿给晏叔原做小丫头，对小山的崇爱之情，可见一斑。

晏几道，字叔原，号小山。他的父亲晏殊，既是官运亨通的太平宰相，又是一位著名词人。但小山完全没有学得乃父做官的本领，反倒成为当时权贵名流眼中的异类。他的词不同于晏殊的华贵矜持，而是高贵中透出兀傲倔强，宣告着与这个污浊的世界决不妥协的决心。

晏殊，字同叔，谥号元献，抚州临川（今江西省抚州市）人，生于宋太宗淳化二年（991），卒于宋仁宗至和二年（1055）。晏殊七岁被乡里视为神童，十四岁以神童之名荐入朝廷，宋真宗亲自面试，赐同进士出身。三十岁就出任翰林学士。到了宋仁宗朝，做到了同中书门下平章事（即宰相）兼枢密使。晏殊的气质很特异，被认为是"天生富贵"。据吴处厚《青箱杂记》记载，晏殊虽出身普通农家，但他的文章诗词，有天然富贵之气。有一次，看到一个叫李庆孙的人写的《富贵曲》中有"轴装曲谱金书字，树记花名玉篆牌"两句，晏殊就嘲笑道："这是乞丐相，根本没见过真正的富贵。我要是写诗咏到富贵，我不去讲金玉锦绣，我只讲气象。比如说'楼台侧畔杨花过，帘幕中间燕子飞''梨花院落溶溶月，柳絮池塘淡淡风'，这样的句子才是真的富贵，那些穷人家有这样的景致吗？"

这种天生富贵的气象，实际上反映的是晏殊天生适合做官的性情。正因为晏殊的性情是恬淡的而不是深挚的，是冷淡的而不是激烈的，所以他才能做那么大的官，而且一生太平无事。在他身后，学生欧阳修为他制挽词三首，其中第三首开头就说："富贵优游五十年。始终明哲保身全。"性格决定命运，能明哲保身，更多的是因为性情，而不是因为他正巧碰上好时代。三首挽词中第一首是五律，谈到晏殊的性格是"接物襟怀旷"，一个"旷"字，便是晏殊的性格密码，有这样性格的人，一生不会有过人的快乐，也不会有过人的痛苦。唯拥有这种性情的人，才可以做一个成功的官僚，但拥有这种性情的人，却决计做不了第一流的文学家。

现代著名学者顾随先生说，中国诗词最动人之处，便在于"无可奈何"四字。晏殊的名句"无可奈何花落去，似曾相识燕归来"，写无可奈何之情，本来最易动人，但由他写来，却丝毫不能给人以哀婉深挚的感觉。至于下面这首《浣溪沙》：

一向年光有限身。等闲离别易销魂。酒筵歌席莫辞频。

满目山河空念远，落花风雨更伤春。不如怜取眼前人。

完全没有了《花间集》里对爱情的天真决绝，"须作一生拚。尽君今日欢"（牛峤《菩萨蛮》）、"妾拟将身嫁与，一生休。纵被无情弃，不能羞"（韦庄《思帝乡》）的至情至性，到了晏殊这儿，竟然成了"不如怜取眼前人"的世故成熟，这正是晏殊作为官僚成功的地方，也正是他作为词人失败的地方。王国维说："词人者，不失其赤子之心者也。"晏殊便是太早熟、太不天真、太不像孩子，所以我们读出的是那个淡而寡味的富贵中人，而不是让千秋儿女洒泪西风的词人。

小山与他的父亲完全是两类人。

小山生于宋仁宗宝元元年（1038），卒于宋徽宗大观四年（1110），活了七十三岁，历经仁宗、英宗、神宗、哲宗、徽宗五朝。晏殊过世时，小山才十八岁，他的内心太过兀傲不群，是以很快家道中落，一生仕途偃蹇，只做过推官、镇监一类的小官，完全没有他父亲阅历名场的一套本事。在他沉沦下僚的生涯里，还曾因为友人郑侠之事牵累，险遭大难。

宋神宗当政后，任用王安石为相，推行新法。所谓新法，本质是国进民退，把所有资源都垄断到政府，民间资本遭到扼杀，而且权力越集中，国家财政收入越多，百姓就越贫困，官员腐败也就越厉害。新法行而天下民困，但王安石性情固僻，听不进不同意见，他的身边更聚集了一大批逢迎拍马、借新法发财的小人。熙宁年间（1068—1077），新法之弊愈深，有小吏郑侠把百姓苦况绘成了图，呈交神宗，神宗看了以后大受感动，下诏废新法，结果吕惠卿、邓绾一班从新法中大捞好处的小人，跟神宗说：我们好不容易推行了新法，眼看国家要强大了，现在又要贸然取消，这哪行啊！于是神宗又改主意复行新法，并把郑侠下狱治罪，与郑侠交好的人都受到牵连。小山是郑侠的老友，当然也被抓了起来。他能安然出狱，是因抄郑侠家时发现小山所赠诗："小白长红又满枝。筑毬场外独支颐。春风自是人间客，张主繁华得几时。"神宗读此诗大为称赏，特诏释放。

郑侠曾受王安石赏识，但因不赞成新法，未获擢用。他以监门之小吏，绘图记新法祸民之状，上书神宗，被冠以反对新法的罪名入狱。小山的诗，如果深文罗织，可以说成是"恶毒攻击新法"——"小白长红又满枝"，指新法小人在朝廷得势，"筑毬场外独支颐"，指反对新法的君子投闲置散，"春风自是人间客，张主繁华得几时"，谓王安石的势位也不得长久，又能维持新法多久呢？幸好神宗没有做这样的"文本阐释"，若是遇到最擅长兴文字狱的明太祖、清世宗，小山不但不能出狱，一定还会被满门抄斩。

小山的朋友，除了郑侠这样的骨鲠之士，还有同样反对新法、列名苏门四学士的黄庭坚。从一个人的交游最能看出这个人的本质，小山平素所善，都是风骨嶙峋的君子，则其品格为何如，自可想见。

小山致仕后，住到当年皇帝赐给他父亲的宅第中去，闭门谢客，不与权贵交往。当时权倾朝野、气焰不可一世的奸相蔡京，想要借重小山的声名，重阳、冬至二节，都派人造访，请小山填词，小山挥手而就《鹧鸪天》二首：

九日悲秋不到心。凤城歌管有新音。风凋碧柳愁眉淡，露染黄花笑靥深。　　初过雁，已闻砧。绮罗丛里胜登临。须教月户纤纤玉，细捧霞觞滟滟金。

晓日迎长岁岁同。太平箫鼓间歌钟。云高未有前村雪，梅小初开昨夜风。　　罗幕翠，锦筵红。钗头罗胜写宜冬。从今屈指春期近，莫使金尊对月空。

二词应景应节，雅淡天然，却无一语颂扬蔡京，这是何等伟岸的人格！

天命之谓性，高贵傲岸，这就是小山的天命，是生来就具足的气质。黄庭坚说他："磊隗权奇，疏于顾忌，文章翰墨，自立规摹，常欲轩轾人，而不受世之轻重。诸公虽称爱之，而又以小谨望之。遂陆沉于下位。"小山天资绝高，他绝非不明白一个真理：只有卑贱自处，才能在这个世界上如鱼得水，但他宁愿陆沉下位，也不愿稍改自己的狷介，与这个荒诞的世界做哪怕一点点妥协。他的"疏于顾忌"，不是因为他不懂得，而是因为他永远不肯降志取容。这既是他的立场，也是他的天命之性。

人们很难想象一位激情澎湃的诗人，同时也是一位深刻的思想家，但其实诗人的勇决与思想家的沉潜本来并不矛盾。小山于儒学及诸子百家之学，皆能潜心玩味，他的论断非常高明，却决不以之博取声名。黄庭坚问他何以不多写些论学的文章，小山答道：我平时处处注意言论，还被当代的这些名流忌恨，要是我把我所思考的东西都愤愤然地照直说出来，那不是直接把唾沫唾人脸上了吗？

高贵的灵魂只要存在于世，就构成了对平庸者的威胁，尽管小山已经努力掩藏自己思想的优秀，还是不能不被平庸的名流巨公们所仇恨。他只有把一腔幽愤，都化为那些清壮顿挫、能动摇人心的词作。

黄庭坚归纳小山平生有四痴：做官始终不顺利，而不肯向贵人大佬逢迎拍马，这是一痴；文章保持自己的风格，绝不写一句歌功颂德的话，这又是一痴；万贯家财挥霍干净，家人吃不饱、穿不暖，还像前辈隐士徐孺子那样，满不在乎，这又是一痴；别人怎样对不起他，他也不会记恨，信任一个人，永远不会怀疑对方会欺骗自己，这又是一痴。比诸晏殊的肤浅闲适，小山的身上有着真正的富贵气象，他用生命实践着一位真正的贵族的人生。

古语云，同声相应，同气相求。小山的身上，自然流露出的是极高贵、极纯净的气息，而这种气息，天然地会让卑贱的灵魂恐惧颤抖。一种人，性情卑贱，是天生卑贱的功利主义者，他们活在世上为的就是蝇营狗苟，从最低的两餐一宿直到高官厚禄、娇妻美妾，永远都被生物本能所驱使，小山的至情至性，对精神世界的热爱，对高雅与美的沉浸，映衬出他们的生活的卑微可笑，因此仇恨小山；另一种人，见到高贵的灵魂会心生妒忌，他们不忿于别人可以这样毫无顾忌地生活，毫无顾忌地爱恨，毫无顾忌地活在自己的世界里，因此仇恨小山。尽管仇恨的程量无法估算，但后一种人，无疑是懂得小山的生命价值远高于一般人的，他们一面嫉恨小山，一面在内心深处也有着一份对高贵与高雅的企慕。后一种人对小山的恨，往往表现得更加刻毒。小山任颖昌府许田镇镇监时，缮写了自己的词，呈给府帅韩维。韩维本是晏殊的老部下，接小山词覆信说："得新词盈卷，盖才有余而德不足者。愿郎君捐有余之才，补不足之德，不胜门下老吏之望。"其内心的嫉恨刻毒，在"捐有余之才，补不足之德"十字中尽显无遗。

小山狷介高贵的品性，就像麝脐之香，无从掩藏。譬如其《玉楼春》：

清歌学得秦娥似。金屋瑶台知姓字。可怜春恨一生心，长带粉痕双袖泪。　　从来懒话低眉事。今日新声谁会意。坐中应有赏音人，试问回肠曾断未。

这首词的立意，我认为是学习晏殊的《山亭柳·赠歌者》：

家住西秦。赌博艺随身。花柳上，斗尖新。偶学念奴声调，有时高遏行云。蜀锦缠头无数，不负辛勤。　　数年来往咸京道，残杯冷炙谩消魂。衷肠事、托何人。若有知音见采，不辞遍唱阳春。一曲当筵落泪，重掩罗巾。

但即使题材相同、立意相似，小山词中都有一个明显的

"我"在，他写词总会把自己的身世、自己的情怀寄托到歌者的身上，而晏殊对歌者的叙写却是冷静的、旁观的。这就是《小山词》远远高于《珠玉词》的原因所在。

无疑，小山是有精神洁癖的。除了那些同样不醉心功名、视利禄为浮云的朋友，他就只把青眼投向那些风尘中的歌女。他的好友沈廉叔、陈君龙家有莲、鸿、蘋、云四位歌女，四位佳人的身上，没有达官贵人的装腔作势、鄙陋庸俗，她们一个个性若冰雪，才擅咏絮，与小山结成知己、腻友。小山每一词成，都交这四位佳人演唱，而小山则与沈、陈二君持酒听之，以为笑乐。多年以后，小山仍寤寐思之，怀而不忘。他的名作《临江仙》讲的就是初见小蘋时所受到的艺术冲击和情感涟漪：

梦后楼台高锁，酒醒（xǐng）帘幕低垂。去年春恨却来时。落花人独立，微雨燕双飞。　　记得小蘋初见，两重心字罗衣。琵琶弦上说相思。当时明月在，曾照彩云归。

小山不是见一个爱一个的花心大佬，他对莲、鸿、蘋、云的感情是纯然艺术性的。他欣赏着也爱着她们，然而这种爱不是以占有肉体为目的，而是与她们一道，潜逃到一个灵魂的孤岛上，沉浸在艺术和诗歌所构建的房子中，忘记世间的牢愁失意。小山不是爱着某一位具体的女性，他爱的是爱本身。他的爱纯粹而高尚，因此也长久地感动着我们。

词的开始，小山营造出一种迷离惝恍的境界。"梦后楼台高锁，酒醒帘幕低垂"，是说春梦醒来，了无痕迹，宿醉初醒，恍如失忆。上着锁的高楼，低垂的帘幕，反映出的其实是主人公心窗紧闭，这个世界对他而言是百无聊赖的。他见不得绚烂的花儿凋谢，更见不得吹折花枝的狂风暴雨，"去年春恨却来时"，是说年年伤春，此恨无有穷已。

他忙于哀悼春光的短暂，美丽的不长久，他沉浸在这样一种哀伤的情绪中，落花微雨，沾身不觉，双燕低飞，心灰如死。幸好，还有艺术慰藉着他，带给他生意与温暖。"落花人独立，微雨燕双飞"，本是五代时诗人翁宏的一首五律中的两句，原句在诗中毫不出彩，然而一用在词里面，就显得特别清壮顿挫，乃成千古名句。

过片"记得小蘋初见，两重心字罗衣"，如电影特写镜头，定格住初见小蘋时的讶异，也定格住小蘋的永恒之美。所谓"两重心字罗衣"，是指衣领开襟，像是篆体的心字。其装束在当时必系时尚先锋，故小山才一见不忘。"琵琶弦上说相思"，非谓小蘋对他一见倾心，而是说小蘋弹奏琵琶、曼声低唱的是相思的词作，这是当时词曲的普遍主题。小山对小蘋，是尊重与欣赏的成分居多，他能与这些歌女结下深挚的情谊，是因为他不论出身，只看灵魂，他欣赏小蘋身上的艺术气质，更尊重小蘋的灵魂。他比喻小蘋行走时的仪态，仿佛彩云一朵，优雅轻灵。当初唱了什么、说了什么，可能都已忘却，唯有明月朗照着这位佳人像彩云一样飘去的情景，久久地铭刻在小山的心上。

小山特别擅长截取片段的、细节的场景来叙写情感。以视觉艺术喻之，小山就像是一位高明的摄影家，他总是能捕捉到最让我们感动的画面，他把刹那化作了永恒。比如这首《鹧鸪天》：

> 彩袖殷勤捧玉钟。当年拚却醉颜红。舞低杨柳楼心月，歌尽桃花扇底风。　　从别后，忆相逢。几回魂梦与君同。今宵剩把银釭照，犹恐相逢是梦中。

这首词没有交代女主人公到底是谁，只知她是一位歌女。但她是谁并不重要，重要的是小山与她的爱，浓挚、炽热，相思入骨。

上片记二人初相缱绻，快乐得不知复有人间。"彩袖殷勤捧玉钟。当年拚却醉颜红"，句法上语序错综，正常的语序则应是"当年彩袖殷勤捧玉钟拚却醉颜红"。对酒当歌，人生几何，这是曹孟德的英雄气概，红巾翠袖，行歌侑酒，才是文士的风流。眼前的佳人，绮年玉貌，彩袖底露出纤纤素手，捧着和手一样莹白的玉杯，递到跟前劝饮，谁还忍心拒绝她的殷勤？于是他甘愿一醉，醉了不要紧，因为他看见她盯着自己的眸子明亮如星。

小山是现实残酷竞争的失败者，但他的纯净与真挚，使得他可以收获那些位高权重的老爷们永远无法得到的真爱。女主人公显然对他一见倾心，因之为他倾情歌舞。"舞低杨柳楼心月，歌尽桃花扇底风"二句，极言歌舞的凌风超月，因为她不是用歌喉来吟唱，而是用灵魂；她不是用身体在舞蹈，而是用生命。

相比上片的空灵婉约，下片陡转密实沉着。爱欲既炽，自然如胶似漆，即令不得不分别，别后也必相思无极，无有已时。爱情的美好之处，就在于双方既没有谁更快一步，也没有谁更慢一步，完美的爱，一定是同时堕入爱河，不需要一方苦苦追逐，一方再勉强接纳，千里万里，魂牵梦萦，不以时久地隔，始终默契于心。这才是爱的胜境。小山显然是享有了这样的爱情。"几回魂梦与君同"一语，既见小山之深情，又见彼此相爱之殷，故此难得。"今宵剩把银釭照，犹恐相逢是梦中"化自杜甫的名句："夜阑更秉烛，相对如梦寐。"杜诗记战乱后的重逢，重大沉郁，欲说还休，小山词则轻灵飞动，一派天真，但深情眷眷，却与老杜一般心肠。

鹧鸪天

小令尊前见玉箫。银灯一曲太妖娆。歌中醉倒谁能恨，唱罢归来酒未消。　　春悄悄，夜迢迢。碧云天共楚宫遥。梦魂惯得无拘检，又踏杨花过谢桥。

这首词译作白话，大概是：

　　歌女在酒筵上歌唱着动听的小令，就中一位最出色，芳名叫玉箫。她唱着《剔银灯》曲子，怎么那么妖娆！这样的佳人来劝酒，何妨醉倒！酒阑人散，归家的路上，酒劲儿未去，歌声还在耳畔萦绕。啊！这夜色多么宁谧美好。碧云天末，我还想念着她的容貌，可她却像巫山的神女，虚无、缥缈。罢了罢了！我这做着春梦的人儿，礼法且自全抛，快快踏着杨花，到谢娘桥边把妙人儿寻找。

　　这首词里有三个典故："碧云天"用的是南朝江淹的诗句"日暮碧云合，佳人殊未来"。"楚宫"则用宋玉《高唐赋》之典，略谓楚王游高唐，有女子伴宿，自称系巫山神女，旦为朝云，暮为行雨，朝朝暮暮，阳台之下。"碧云天共楚宫遥"，整句是说我在思念着的佳人，却遥在高唐宫阙，无法相见。第三个典故是"谢桥"，即谢娘桥的省称。谢娘本指唐代李德裕的家伎谢秋娘，后指所眷女子。

　　这首词的结句写得清俊非常，但文字背后的精神气质更重要。这是破碎虚空，真正求得心灵自由的灵魂的咏唱。世人拘于礼俗，囿于成说，窘于衣食，远离自由久矣！因此，当世间终于出现一位自由的天才时，人们不是企慕、向往，而是震惊、诧异。理学家程颐听人诵此二句，不由失笑道："鬼语也！"虽说有赏识的意味在，更多的却是不信——不信世间有此自由之境，不信世间有此自由之人。

阮郎归

天边金掌露成霜。云随雁字长。绿杯红袖趁重阳。人情似故乡。　　兰佩紫，菊簪黄。殷勤理旧狂。欲将沉醉换悲凉。清歌莫断肠。

我认为小山这首词作于晚年，是他对自己哀乐过人的一生的总结。"天边金掌"指朝廷宫阙。汉武帝好神仙，在宫门外立十二根大铜柱，号曰金茎，上有金人手捧露盘，是为仙人捧露盘，方士哄骗武帝，用露盘所承之露和着金泥玉屑服下去，可致长生。金色与下文的翡翠杯之绿、侑酒人衫袖之红，本来都是明亮的色泽，但一加以"露成霜"三字，整个感觉完全变了。词人的情感基调是沉郁的，对绝大多数人而言，故乡人情最厚，"人情似故乡"一句，点出漂泊异乡内心凄苦之状，洒落中饱含热泪。

过片"兰佩紫，菊簪黄"二句句法非常矫健，它并不是

"佩紫兰，簪黄菊"的倒装，而是"兰宜佩紫，菊应簪黄"的省略。唐宋时不管男女老幼，在重阳节时都会在头发上插满黄花，身上有时候也会佩着兰草，这是许多人一年中难得放浪的一天，小山又怎样呢？他"殷勤理旧狂"，过往的生命，像电光石火一样，在他的心头飞快掠过，他追想自己狷介的一生，不肯俯仰贵人门前，坚守自己的原则，有所不为，终落得沉沦下僚，无以仕进。此时此刻，他后悔了吗？答案是否定的。他非但不后悔，甚至更有一种隐隐的骄傲，一种悲凉的、承受悲剧命运、担荷世界罪恶的骄傲，这才有"理旧狂"的"殷勤"。"欲将沉醉换悲凉，清歌莫断肠。"他的生命是悲凉的，然而又是丰盈的、充实的，这种悲凉贯穿了他的一生，并感染着九百年以后的我们。

"欲将沉醉换悲凉，清歌莫断肠。"小山这两句词不是写给他自己，而是用来抚慰他所有的读者，抚慰所有被他感动的人。

夜飲東坡醒復醉　歸來彷彿三更　家童鼻息已雷鳴
敲門都不應　倚杖聽江聲

乙未初秋於京

孤鸿影，今夕宿谁边。白首可怜机未忘，

沧江谁酹月新圆。露重玉葭寒。

右东坡

起舞弄清影，何似在人间——说苏东坡

一般来说，我们喜欢、认可乃至崇拜某一位作家，都是因为他的作品。我们通过阅读他的作品，去直觉感知他的内心，并由此获得情感共鸣。尽管孟子论诗，提出"知人论世"的原则，但更多的时候，我们还是愿意相信自己的直觉，而有意无意地屏蔽掉作者的生平出处、作品的背景之类的内容。钱锺书先生的名言："假如你吃了个鸡蛋，觉得不错，何必要认识那下蛋的母鸡呢？"如果你只是将之理解成他不愿与俗子交游的托词，未免肤浅。实际上，钱翁此语，隐藏着他对孟子"知人论世"观的商榷，他意图说明，文学本身，就有独立的审美价值，不需要依托于政事学术。钱翁此论尚矣，但我对东坡的态度正好相反，我爱赏其人，更甚于读他的诗词。因为在我看来，他的诗词作得怎样并不重要，他的人生已是天地间至善至美的鸿篇巨制。

如果我们认同《文心雕龙》所确定的"原道、宗经、征圣"三位一体的文学批评原则，自会承认，中正平和、温柔敦厚的《诗经》是最合于"道"的经典文本。但人生在世,忧多乐少,文艺不悲,则不足以动人,真诚的悲比真诚的快乐更能打动人,甚至高明者假造的悲,也要比真诚的快乐更加动人——因为悲伤比快乐更接近生命的底色。人们也许在理想层面上会认同《周易·系辞》里的名言:"乐天知命,故不忧。"而人非圣贤,孰无忧戚悲愁抑塞惟恻之情?往往是离经叛道的文学,才真正地打动人、感发人。正像苏珊·桑塔格所说的那样:"诸如克尔恺郭尔、尼采、陀思妥耶夫斯基、卡夫卡、波德莱尔、兰波、热内——以及西蒙娜·韦伊——这样的作家也因为他们那种病态的气质,现在对我们拥有了威望。他们的病态正是他们的可靠处,是带来说服力的东西。"[1]而东坡,他的人格太健康,太没有缺陷,所以注定他的人生是神一样的存在,他的多数诗词却很难打动被大众视为异类的若干人,包括我。

东坡最可贵的,不是他的诗词,而是他的人格。在千古文人之中,他罕见地优入圣域,真正达到了儒家人格的最高标准——中庸。孔子曾深慨中庸之难得:"天下国家可均也,爵禄可辞也,白刃可蹈也,中庸不可能也!"中庸既是为政处世的原则,更是完善人格的标杆。人格的中庸,又称中行,意味

---

[1] [美]苏珊·桑塔格.反对阐释[M].程巍,译.上海:上海译文出版社,2021:67.——编者注

着天性的各个方面充分自由地发展，意味着文质彬彬，温文尔雅，止于至善。而古今文人，或狂或狷，性情上总是有这样那样的缺憾，较诸东坡的浑浑灏灏，大美无言，均有所逊色。我依稀记得一位现代文学作家说过，你读李白的诗，当然觉得好，可是要想象一下你楼上住的是李白，那该是怎样的噩梦？但倘使这位作家活在宋代，有幸与东坡为邻，他一定不会觉得那是一件苦事。

东坡是一位球形的天才。以诗而论，尽管他的诗大多不感人，但想象奇瑰，句法灵动，用典使事，精妙有趣，仍不失名家。在天水一朝，他和学生黄庭坚并称"苏黄"，俨然与唐代的"李杜"相埒。顺便说一句，黄庭坚是宋代影响最大的诗人，但他的诗泰半淡薄寡情，徒逞技巧，我往往读之不能卒章。东坡的词，虽然历来也非议不小，好之者许为"开出向上一路"，恶之者贬为"著腔子好诗"，但可以肯定的是，苏词确实自成一格，对词的传统体性，是破坏，也是创新。他的书法，居宋代四大书家"苏黄米蔡"之首，也能绘事。而他的文章，更是一个时代所无法企及的高峰。

东坡进京赴考时才二十一岁，当时的文坛领袖欧阳修看了他的信，激动得毛孔偾张，汗出淋漓，致信好友梅圣俞，连呼"快哉"，自承天分不及："老夫当避路，放他出一头地也。"更连用两个"可喜"，表达了这位胸襟高旷的前辈学人对隐有出蓝之势的后辈由衷的喜爱。

曾经在定州（今河北省定州市）幕府追随过东坡的李之仪，在一封书信中说，欧阳修、王安石的文章，固然是一时之宗，东坡的文章却已臻文章至境。他形容东坡的文章如"长江秋霁，千里一道，滔滔滚滚，到海无尽"，这是说苏文的高旷雄浑，气盛言宜；又如"风雷雨雹之骤作，崩腾汹涌之掀击，暂形忽状，出没后先，耸一时之壮气，极天地之变化"，这是说苏文的善于变化，技法高明。而东坡的弟弟苏辙，在给他写的祭文中，干脆就说："兄之文章，今世第一。"

中国古人习惯于含蓄的表达，他们不会轻易说谁谁谁是天下第一，但苏辙能在这篇盖棺论定的重要文章中，如此干净利落地宣布苏文天下第一，乃是因为苏文的确引领一时之风会。直至南宋时，苏文依然是天下读书人摹习的最好范文。陆游《老学庵笔记》记载：建炎（南宋高宗的第一个年号）以来，读书人参加科举，都要摹习苏文，四川一地，其风尤盛，号称"苏文熟，吃羊肉；苏文生，吃菜羹"。意思是摹习苏文功夫到家，就能做官吃得起羊肉；要是学东坡学不到家，就只能吃菜羹了。菜羹是把蔬菜和米屑煮在一起，半汤半糊，为古代贫者所食。

衡之以现代科学理论，东坡是一位左右脑同等发达的天才。除了在文艺方面有超卓的天赋，他还是宋代儒学重要流派蜀学的代表人物。他才情如海，天下独步，以致时人不得不以仙才目之。王辟之《渑水燕谈录》云："子瞻文章议论，独出当世，风格高迈，真谪仙人也。"谪仙也就是俗称的文曲星下凡，王辟之称东坡是谪仙，一是认为他文章议论，滔滔雄辩，当世无与伦比；二是说他的文章风格，相对世俗人生，具有非常鲜明的超越性。后来推崇东坡的，又把他与诗仙李白相类比，称作词仙，或因其号东坡居士，而亲昵地呼之曰坡仙。

但是，词仙、坡仙的嘉号，恐怕东坡自己听到了，会心生"不够知己"之慨。是的，他达生乐天，豪宕不羁，对庄子深有会心，诗风词风，专主高旷雄浑，这些都没有错。但他的生命底色，却是君子儒。你读他的"九死南荒吾不恨，兹游奇绝冠平生""余生欲老海南村，帝遣巫阳招我魂。杳杳天低鹘没处，青山一发是中原"，如果不能读出他忠君眷民、九死不悔的执着，我们不妨再来看看他是如何评价杜甫的——

古今诗人众矣，而杜子美为首，岂非以其流落饥寒，终身不用，而一饭未尝忘君也欤？（《王定国诗集叙》）

王巩《随手杂录》一书，记载了东坡亲口跟他讲的故事：

子瞻为学士，一日锁院（指被任命为考官后必须立即锁宿，约五旬中，不得回家及与院外的人接触），召至内东门小殿。时子瞻半醉，命以新水漱口解酒，已而入对（当面接受皇帝的旨意），授以除目（除授官吏的文书）：

吕公著司空平章军国事，吕大防、范纯仁左右仆射。（以上是除目的内容，对吕公著、吕大防、范纯仁三人的人事任命。）承旨毕，宣仁（宋神宗之母高太后）忽谓："官家（皇帝）在此。"子瞻曰："适已起居矣（问候过皇帝起居了）。"宣仁曰："有一事要问内翰。前年任何官职？"子瞻曰："汝州团练副使。""今为何官？"曰："备员翰林充学士。"曰："何以至此？"子瞻曰："遭遇陛下（指宣仁太后）。"曰："不关老身事。"子瞻曰："必是出自官家？"曰："亦不关官家事。"子瞻曰："岂大臣荐论耶？"曰："亦不关大臣事。"子瞻惊曰："臣虽无状，必不别有干请（干谒请托）。"曰："久待要学士知。此是神宗皇帝之意。当其饮食而停箸看文字，则内人必曰：'此苏轼文字也。'神宗忽时而称之，曰：'奇才，奇才！'但未及用学士而上仙耳。"子瞻哭失声。宣仁与上左右皆泣，已而赐坐吃茶，曰："内翰直须尽心事官家，以报先帝知遇。"子瞻拜而出，撤金莲烛送归院。

宋神宗去世后，哲宗年幼，由祖母宣仁太后代摄政事。宣仁宽政简民，废除了新法，北宋朝政终于短暂地回到正轨，而东坡也结束了他的贬谪生涯，回到朝廷任翰林学士。史称"女中尧舜"的宣仁与东坡的这番问答，如絮絮家常，却备见君臣遇合的深情。我最感动的是"子瞻哭失声"五字，那种发自内心的忠荩，受一恩而终生不忘的忠厚，让千载之下的我读来，心头犹然大热。

这是一位极聪明而又极忠厚的至诚君子。须知聪明和忠厚，往往很难并存，太聪明的人，往往刻薄；忠厚的人，又多有钝根。像东坡那样，才华绝代，却又遇人温厚，哪怕对方只有片善可取，就恨不得与之倾尽城府，终生不改赤子之心，实在太难得了！他有极强的人格魅力，深为士大夫所爱。临淮名士杜子师，在东坡被贬到"天涯海角"的海南儋州（今海南省儋州市）时，准备卖掉全部家产，举家搬去儋州与东坡做邻居，因为东坡获得特赦放还回内陆，其事才作罢论。更早的时候，东坡被贬到黄州做团练副使，有一高安人赵生，沦为乞丐，而志气不堕，致信东坡求见，东坡也赏其文采，与之会面倾谈，赵生立即被东坡那种怡乐平易的风度所倾倒，相与晨夕讨论，留住半年不去。东坡离开黄州北上，赵生一直跟到兴国县境，方才依依作别。

东坡博闻强识，口才便给，天性又幽默，时能妙语解颐。他的朋友刘贡父，晚年患风病，须眉尽脱，鼻梁也差点断了。有一次几位朋友一起饮酒，事先约定大家各取古人诗句，互相嘲讽，东坡就开起刘贡父的玩笑："大风起兮眉飞扬，安得壮士兮守鼻梁。"这是改了汉高祖刘邦《大风歌》的原句："大风起兮云飞扬，安得猛士兮守四方。"所有人都哈哈大笑，弄得刘贡父哭笑不得。现代人认为，取笑别人的生理缺陷，是非常下流的行径，但须知东坡与贡父本系知交，开得起这样的玩笑，又在事先确立了游戏规则，以古人诗句相戏，这样，玩笑的重点就不在对方的生理缺陷，而在古人诗句与所嘲谑的对象是否吻合，实在未可厚非。古人把这样的玩笑称作"雅谑"，善雅谑者，内心必定光明澄澈，与今天某些艺人嘲讽别人的生理缺陷，以换取廉价的笑声，有本质的不同。

东坡的人格魅力，还体现在他的旷达洒脱，安于出处。他生在和怡喜乐的积善之家，天性得以毫无拗折地生长。祖父苏序育有三子，大儿苏澹、中儿苏涣都很早中了进士，唯有三儿苏洵，也就是东坡的父亲，到二十多岁还不爱读书。苏序却从来不强迫苏洵进学，结果苏洵二十七岁上忽尔心智大开，沉潜百家，综融诸子，终成文章大家。苏洵育儿，也是鼓励多，训诫少，他很早就发现了两个儿子性情的特点——长子太聪明，次子太执着，遂作文《名二子说》，以为规诫。东坡，名轼，轼是车前的横木，同车子的其他部件相比，轼似乎只是可有可无的装饰，然而车没有轼，却不能称其为一辆完整的车子，苏洵担心这个儿子太过聪明，易遭人嫉恨，所以希望他懂得外饰；次子名辙，辙是车轮印，苏洵认为，天下之车，无不遵辙而行，衡定车功，不及于辙，但车子倾倒，马匹僵毙，也没有人会怪车辙，他希望小儿子善处乎祸福之间。

这是一个崇尚自由，没有专横的家长习气，而又书香浓郁的家庭，在这样的家庭中成长，人格很难不完备。自小，东坡受父亲影响，研习贾谊、陆贽的文章，希望经世济国，又作《易传》《论语说》《书传》，对儒学有了较精深的研习。中岁以还，名场阅历，多经坎坷，读《庄子》，以为先得其心。在宦途迭经起落之后，他深契于庄子"齐物"的思想，并由此获得内心的安宁。晚年更参禅理，这帮助他更好地消解了痛苦。然而，也正因为他善于自我排解，其诗词始终不能臻于"以血写就"的至境。

东坡有一首《沁园春》，词中有"用舍由时，行藏在我，袖手何妨闲处看"的述志之语，他的人生，更是实践了他所倾心的蒙庄齐物之旨。晚年的东坡，和苏辙一同被贬，他俩在梧州、藤州之间相遇，路边有人卖切面，便买来同食。路边小摊所制，粗恶难以下咽，苏辙又当迁谪，心情不好，哪里吃得下去，于是放下筷子，不停地唉声叹气，而东坡早就把一碗切面吃得馨尽。吃完后，他慢悠悠地对苏辙说：九三郎[1]，你还要慢慢咀嚼它的味道吗？然后哈哈大笑起来。东坡的学生秦观听说了这件事，感慨说：这就跟先生喝酒一样。先生喝酒，不过是喝一种能让人醉的液体罢了。

东坡对人对事，是如此和易宽容，这样的人，本来应该福慧双全，一帆风顺。然而不然。"问汝平生功业，黄州惠州儋

---

[1] 苏氏家族人丁繁盛，自同一曾祖父算起，东坡排九十二，苏辙排九十三，故东坡称苏辙作九三郎。——作者注

州"，他的后半生大都在贬谪中度过，他的人生，是千古才人最惊心动魄的一场大悲剧。如果说其他文士的运蹇多故，泰半是因为性情的缺陷，东坡的悲剧，却是因为他性情太完美，不能见容于污浊的官场。他是真正实践了孔子中庸理想的士子，是"国有道，不变塞焉，国无道，至死不变"的真中庸。苏辙称东坡"刚而塞"，意即原则问题绝无变通余地，这是东坡最为人忽视的人格精神，也正是这种刚塞有守、九死不悔的人格，决定了他一生的悲剧。

东坡二十二岁高中进士第二名，又中《春秋义》科第一，殿试中乙科，赐进士及第。后丁母忧不出。[①] 二十六岁参加由欧阳修、杨畋特荐，仁宗皇帝主考的制举试，入三等。制举又称"大科"，是宋代选拔经世人才的重要手段。在宋代士子心中，制举出身的人，地位要高于科举出身的。制举考试，要求士子不仅有极渊博的知识，还要有经纶世务的能力、漂亮的文采，要求极高。制举共分五等，一、二等从未有人中式过。仁宗朝明文规定，制举入三等，即依照进士第一（状元）的待遇授官，可见荣耀。两宋三百余年，举行过二十二次制举御试，只有四十多人入等，而入三等的，只有吴育、苏轼、范百禄、孔文仲四人。这一次制举，弟弟苏辙也入四等，兄弟同科，前所未有。

---

① 古代父母去世，须守孝二十七个月，不得出仕，谓之丁忧。——作者注

东坡少年巍第，又得前辈名公欧阳修的真心奖掖，本该有似锦前程。的确，命运之神似乎尤其眷顾这位颖发的天才。英宗皇帝还在做藩王时，就听说了东坡的大名，登基后，想特诏东坡为翰林学士，宰相韩琦不同意，于是依照惯例，让东坡又参加了一次制举试。治平二年（1065），年方三十岁的东坡，再次制举三等，轰动朝野，自此得以进入馆阁，遂有苏学士之称。

入值馆阁，意味着将来有可能做宰相。事实上，仁宗皇帝读了东坡兄弟的制举进策，说："朕今日为子孙得两宰相矣。"然而，终东坡一生，只做到了正二品的官，他后半生颠沛流离，艰辛备尝，甚至身陷囹圄，差点连命都丢了。绝代仙才，成了被命运播弄的可怜儿。

宋神宗熙宁四年（1071），东坡三十六岁，遭遇了宦途的第一次挫折。

宋神宗上台后，任用王安石施行新法，导致朝廷过多介入市场，民间经济遭到严重打击，朝廷越富，百姓越穷。儒家经典《大学》有言："国不以利为利，以义为利也。"又曰："长国家而务财用者，必自（"自"是其的意思）小人矣。"王安石个人品格十分高尚，我认为他的诗才远在东坡之上，他与东坡政见不同，却能在东坡系狱时，上书神宗，为东坡求情。但王安石的政治主张太过理想化，又刚愎自用，一意孤行，致为群小所趁。他的名言是"天命不足畏，祖宗不足法，人言不足恤"。这是急功近利、无所顾恤的法家思想，与儒家"周监于二代，郁郁乎文哉。吾从周""好人之所恶，恶人之所好，是谓拂人之性，灾必逮夫身"的保守主义的政治智慧，截然相反。

东坡第一反对的是王安石变革科举之议，又反对上元（元宵节）采购浙灯。而真正得罪王安石身边的新党的，是东坡任进士考官，不齿举子迎合时势，争相指摘祖宗之法，遂向皇帝上疏反驳，深中新党之病。善于明哲保身的东坡，自请贬官，外放杭州通判。

但是新党并没有放过他。神宗元丰二年（1079），东坡四十四岁，新党何正臣、舒亶、李定等人告密，说苏轼的诗文诽谤朝政及中外臣僚，无所畏惮。遂将苏轼下狱，由御史台根勘，史称乌台诗案。自分必死的东坡，给苏辙写诗诀别，这是他一生难得的两首绝唱：

圣主如天万物春。小臣愚暗自亡身。

百年未满先偿债，十口无归更累人。

是处青山可埋骨，他年夜雨独伤神。

与君世世为兄弟，更结来生未了因。

柏台霜气夜凄凄。风动琅珰月向低。

梦绕云山心似鹿，魂飞汤火命如鸡。

额中犀角真君子，身后牛衣愧老妻。

百岁神游定何处，桐乡应在浙江西。

《诗经》的传统是诗言志，陆机《文赋》则提出诗缘情。东坡的诗，与唐代白居易的诗一脉相承，很多时候既非言志，更非缘情，而是为了表达一种趣味，故其诗多不感人。但这两首诗，情感浓郁，直是喷泻而出，是东坡集中难得的精品。

乌台诗案，宰相吴充以下朝中正直大臣上疏极谏，太后曹氏也为东坡说情，但实际上，神宗虽然不喜东坡的政见，对其人则殊无恶感，遂决定结案，把东坡贬为黄州（今湖北省黄冈市）团练副使。

当时担任参知政事（副宰相）的是同以文学知名的王珪。王珪才华、学问、胸襟、经世能力远不及东坡，他由参知政事直做到同中书门下平章事，凡一十六年，官运亨通，秘诀只有一条，那便是揣摩上意，一切以神宗的意旨为准衡。他娴于官场文化，上殿进呈，就说"取圣旨"；皇帝表明了态度，就说"领圣旨"；退朝晓谕禀事者，就说"已得圣旨"。时人不齿，称他"三旨相公"。然而就是这样一位庸官，却对东坡有着难以掩饰的刻骨仇恨。

东坡被贬黄州，照说新党该出一口气了，王珪却依然耿耿于怀。那是卑贱对高贵、阴暗对光明的仇恨，与政见无关。神宗心里一直对东坡甚是赏识，便与王珪商量起复东坡，回朝任用，王珪百计阻挠，更向神宗进谗，说东坡有诗云，"此心惟有蛰龙知"，皇上您飞龙在天，他不知敬爱，却去求取蛰龙的赏顾，显然有不臣之心。在座的另一位大臣章惇赶紧说：龙不是只能指代皇帝，普通人也可以称龙。神宗甚有学问，立即道：是啊，古代以来称龙的人很多啊，比如说荀家八子，号称八龙，诸葛亮人称卧龙，难道这些人也是做皇帝的吗？退朝后，章惇面责王珪：相公说这话太过分了吧，您和苏轼有多大的仇，这是要让人家灭族啊！王珪十分尴尬，辩解道：这样解诗不是我的发明，我不过是转述舒亶的话罢了。章惇见他毫无担当，于是也不再客气，说：舒亶的唾沫你还去吃啊！

王珪的谗言，实在是狠毒已极，倘若运气不好，遇到阴刻残险之君，东坡真有覆族之祸了。王珪进谗失败，又立即诿过他人，更见出其内心的卑琐阴暗。东坡本是至诚君子，《诗》有之："忧心悄悄，愠于群小。"君子的光明坦荡，没有让小人见贤思齐，反而更激起小人的幽仇暗恨，无论新党旧党，都容不下这位中行君子。

元丰七年（1084），东坡从黄州量移（根据表现升迁）汝州（今河南省汝州市）就任，由于长途跋涉，旅途劳顿，幼子苏遁病亡，苏轼便上表朝廷，请在常州（今江苏省常州市）居住，立即得到朝廷的许可。可是，当他准备要南返常州时，神宗驾崩了。在路上的东坡听到消息，不由放声大哭。因哲宗年幼，宣仁太后摄政，启用旧党，东坡又得入朝辅政。元祐四年

（1089），五十四岁的东坡再一次得罪当权派，以龙图阁大学士被贬去杭州做太守。在杭州，他留下了很多世俗意义上的好诗好词，脍炙人口，却多不能动摇人心。

东坡的这次外放，首先是因为他触连了宰相司马光。这位编有《资治通鉴》的大学者，本来应该明白广开言路方能长保太平的道理，可是，权力让他头脑发昏，他一心只想尽废新法，却不知新法亦非百无一是，东坡比他看得深，也因此触怒了司马光，于是司马光一团火气就向东坡发作。东坡却心平气和，对司马光讲：您亲口跟我讲过，当初韩琦做陕西大帅，您做谏官，与韩琦起了争执，韩琦很不高兴，您也无所顾虑，现在我给您提意见，却不许我把话讲完，难道是做了宰相的缘故吗？司马光哑口无言，只好干笑几声，把场面混了过去。然而自此，司马光就有了把东坡逐出都城之心，只是因为他不久病卒，才未及对东坡下手。

但旧党中那些希合求进的小人，对东坡就没有那么客气了。东坡的正直无私，更映衬出他们内心的阴暗卑琐，于是有人旧账重提，又拿乌台诗案说事，诬蔑东坡诽谤朝政；有人说神宗驾崩，东坡不知悲哀，反而诗里出现"闻好语"这样大逆不道的话，罪该万死，幸好此诗刻石时日俱明，东坡又逃过一劫。

为什么无论支持变法的新党，还是反对变法的旧党，都不能容忍东坡呢？元祐七年（1092），东坡守扬州。从扬州教授任上离职的曾旼，到真州看望曾经权倾一时的新党人物吕惠卿。吕惠卿早年逢迎王安石，后来却出卖王安石上位，他之被贬，东坡兄弟很出了一些力，所以特别恨苏氏兄弟。知道曾旼从扬州来，便有了下面这番对话——

吕惠卿问：你认为东坡是什么样的人？

曾旼道：东坡是个聪明人。

吕惠卿怒道：尧聪明吗？舜聪明吗？禹聪明吗？——意思是尧、舜、禹才是真聪明，东坡也配？

曾旼回答道：不是这三人的聪明，但也是一种聪明。

吕惠卿开始语带讥刺：你夸他聪明，这位聪明人他学的是哪一路学问啊？

曾旼依然老老实实地道：他学的是孟子。

吕惠卿更加忿恨，咆哮道：你这是什么话！

曾旼却神色不动，淡淡道：孟子的名言是以民为重，社稷次之，我就凭着这一点，知道东坡是学孟子的。

此言一出，吕惠卿如饮暗药，默然失声，再难反驳。东坡一生政见，只视其利于百姓否，只争是非，不论利害，而政治却要讲利害、讲平衡，这是东坡半生贬谪，不得骋志的根源所在。

宣仁皇后摄政期间，东坡虽时时要提防小人们的暗箭，总算能稍展所长。他直做到端明殿翰林、侍读二学士，这是他一生中做到的最高官职，苏辙祭文称他为"亡兄端明"，即以此也。这期间，东坡卷入了著名的"元祐党争"，他那自由的、活泼的性情，与河南伊川人程颐刻板方正的性情截然对立，由性情的、学术的不相洽而至于互不相能。东坡兄弟是所谓的蜀党，程颐辈则是洛党，另尚有承继已病故的司马光法统的朔党，以刘挚为首。三派相持不下，彼此争权。直至元祐八年（1093）哲宗亲政，重行新法，旧党遭斥，元祐党争才停止。

元祐党争，是反对新法的旧党内部的意气之争、学术之争，三派鼎峙，形成了微妙的政治平衡。宋徽宗登极后，延续哲宗崇奉新法的政治路线，继续打压旧党。崇宁四年（1105），徽宗给元祐党人定性，叫作"元祐害政之臣"，由宰相蔡京书写司马光以下三百零九人的名单，颁之州县立碑，谓之"元祐党籍碑"，凡列为党人的，其子孙不得留京师，不得参加科举，碑上列名而未过世者，一律永不录用。元祐党籍碑分文臣、武臣、内臣、为臣不忠曾任宰臣四个部分，文臣中又分曾任宰臣执政官、曾任待制以上官、余官三类，文臣第二类以东坡居首，他的学生和终生知己秦观，则在第三类余官名单中傲居榜首。不过，徽宗和蔡京没有想到的是，到了南宋初年，元祐党人获得平反，改称"元祐忠贤"，凡是列名元祐党人的后代，莫不以其祖曾入党人而自夸，且根据蔡京原碑拓本，重新摹刻。

很多人读史至元祐党争，都会感慨，东坡和伊川，都是难得的贤士，却因意气相争不下。其实，东坡与伊川固然在性情上、对儒学的理解上殊多歧异，党争能相持多年，实在是摄政的宣仁太后有意放任、高明地挑拨的结果。这是最高统治者的权术，是御下治人的绝顶法门，无论蜀、洛、朔党，都不过是太后手中的棋子罢了。明了这一点，我们就能剥除东坡与伊川相争的政治因素，而专从性情、学术上着眼，更深刻地理解东坡的性情。

东坡与伊川的矛盾，从司马光逝世时开始公开化。司马光逝世，伊川是朝廷委任的主丧官，当天皇帝率领群臣到明堂祭祀，群臣因此不能第一时间到司马家中吊唁。明堂祭祀是吉庆之礼，礼成后东坡、苏辙赶去司马家哭拜，途遇同僚朱光庭，东坡很奇怪，问：公掞（朱光庭的字）兄，你去司马温公家吊唁，怎么这么快就回来了？朱光庭道：伊川先生说庆吊不同日，不让我前往。二苏听说后，怅然返家，向人言伊川是"鏖糟陂里叔孙通"，自此常常讥刺伊川。鏖糟陂，是汴京城南的杂草坡；鏖糟，是肮脏不洁之意。叔孙通原是秦博士，后为汉高祖制定礼仪。二苏以为礼乐不当一成不变，称伊川为"鏖糟陂里叔孙通"，是说伊川只算得上是乡野间的村夫子，村里人婚丧嫁娶，去主持一下还行，发挥儒门大义，就力有未逮了。

又有一次，恰逢国忌，大臣在相国寺祷祝，伊川要求大家一同食素。东坡诘问伊川：你程正叔（伊川的字）又不信佛，吃什么素？伊川答道：礼经有云，居丧不饮酒食肉。忌日，是居丧的延续，当然也不该饮酒食肉。忌日食素，此前并无这样的传统，东坡觉得伊川未免小题大做，一面叫人准备肉菜，一面引汉太尉周勃准备剿灭吕后一族时对三军将士讲的名言："为刘氏者左袒！"要求大家站好阵营。于是范淳夫辈食素，秦观、黄庭坚辈食肉，洛、蜀两党，营垒分明，成为元祐党争的重要组成部分。

伊川所谓庆吊不同日，固然出诸礼经，但未免拘执，不近人情。他不明白，礼是为了导节人情，比礼更重要的是人心的诚，孔子固云："礼，与其奢也，宁俭；丧，与其易也，宁戚。"至于据礼经更进一步发挥，要求忌日食素，更无必要。东坡兄弟与伊川的分别，是鸢飞鱼跃的诗性生命与壁立千仞的哲学生命的分别，是自由奔放的上智人格与苦修常参的中人人格的分别。我们只要看一看程朱理学盛行后，中国再也没有出现过解衣磅礴的大时代，自徽宗宣和以后，中国文化就一直走下坡路，便会更加感叹东坡自由活泼的精神气质的可贵。由伊川到考亭（朱熹），这一脉的学问适合社会占多数的中人，却必然会束缚上智天才的发展。中才之士，固然需要哲学家以礼规范其行为，而如果一个社会没有给诗性生命留下空间，整个社会就会愈来愈板滞，不再有创造力，偶有奇伟之士出现，也会很快被死气沉沉的社会所吞噬。太白、东坡以后，再无太白、东坡，理学盛行，大抵是不能辞其咎的。

宣仁太后去世，哲宗亲政，重新启用新党，东坡先贬英州（今广东省英德市），未到任文书又至，更贬往惠州（今广东省惠州市），再贬海南儋州。元符三年（1100），哲宗去世，徽宗登基，大赦天下，东坡得以北还，写下了他一生最感人的诗句：

余生欲老海南村。帝遣巫阳招我魂。

杳杳天低鹘没处，青山一发是中原。

这首诗，沉郁苍凉，惊心动魄，可惜在东坡的全部作品里，难得一见。东坡诗想象奇瑰，善用譬喻，句法又特别活，偏偏感人者少。何以故？因为东坡实在太聪明了，他兼修庄释，把人生看得太透，所以痛苦还来不及沉淀，就已被他先行化解了。如他的名作《和子由渑池怀旧》，中有"人生到处知何似，应似飞鸿踏雪泥。泥上偶然留指爪，鸿飞那复计东西"这样的句子，这种随处而安、万有皆幻的人生观，虽然能给他带来内心的平静，却注定了他不能成为一流的诗人、词人。他常在诗词中给自己心理暗示，让自己不要直面痛苦，如："此生天命更何疑。且乘流、遇坎还止"（《哨遍》）、"此心安处是吾乡"（《定风波》）、"百年里，浑教是醉，三万六千场"（《满庭芳》），顺生达观，固然宜于众口，但唯有悲观的心灵，才可能通向深刻。诗词都是以深沉蕴藉为至美的。东坡是人格完美无缺、真正中庸的君子，这样的人，交朋友是一流，为官从政也是一流，做散文家也是一流，却不适于做诗人、词人，诗词是唯有遗世独立的畸人、狂狷之人，才可能写到极致的。

定风波

三月七日，沙湖道中遇雨，雨具先去，同行皆狼狈，余独不觉。已而遂晴，故作此词。

莫听（tìng）穿林打叶声。何妨吟啸且徐行。竹杖芒鞋轻胜马。谁怕。一蓑烟雨任平生。　　料峭春风吹酒醒。微冷。山头斜照却相迎。回首向来萧瑟处。归去。也无风雨也无晴。

这首《定风波》，是最有东坡个人风格的一首词。词中传达的庄子齐物的哲学观，也是一种如人饮水、冷暖自知的禅机。"也无风雨也无晴"，意味着面对人生境遇的顺逆，寂然不动于心，这种境界固然能给人以理性上的超拔，却难以给人情感上的震荡。一句话，词中的境界要靠读者来悟，却不是让读者直感。所以它算不上第一流的词品。清末词人郑文焯评此词曰："此足征是翁坦荡之怀，任天而动。琢句亦瘦逸，能道眼前景。以曲笔直写胸臆，倚声能事尽之矣！"我不能同意"倚声能事尽之矣"的说法，而"坦荡之怀，任天而动"的人生态度，更是诗歌的大敌，因为这样就少了诗的灵魂：浓挚的情感、充沛的激情和执着的情怀。

　　我以为，读苏词当看他沉郁低回处，而不当看他豪迈高旷处。东坡生命的底色，本也是沉郁的、痛苦的，只是大多数时候，他用庄情释理，把这一底色掩住了。

木兰花令·次欧公西湖韵

　　霜余已失长淮阔。空听潺潺清颍咽。佳人犹唱醉翁词，四十三年如电抹。　　草头秋露流珠滑。三五盈盈还二八。与余同是识翁人，惟有西湖波底月。

　　这首缅怀恩师欧阳修的作品，写得凄厉哀凉，备见东坡性情之厚。词一开篇，先借深秋清寒逼仄的景致写入，以景烘情。淮河水势，因秋季水少，已显得狭窄逼仄，唯有颍水潺潺，似替人鸣咽。恩师长已矣，他的词作，却仍被美丽的少女曼歌，词人念及年少见知于欧公，深得恩师青赏，必然想起欧公对他的叮嘱："我所谓文，必与道俱。见利而迁，则非我徒。"（《祭欧阳文忠公文》）这四十三年颠沛造次，不违于仁的人生，如露如电，在心头闪过，那是何等销魂、何等黯然的滋味！

　　过片用的是兴的手法。兴，是一种暗喻，词人以草头秋露、月相变更（三五，指十五日；二八，指十六日）暗喻生命的无常，恩师的音容笑貌，在东坡心中，自然是栩栩如生，而恩师与自己却天人永隔，相见无期了！

词的结尾，暗承"三五盈盈还二八"一句，谓只有颍州西湖波底的明月，与我同是识得醉翁之人。天地如逆旅（客舍），人生如过客，词人很清楚自己在宇宙中只是一瞬间的存在，而明月却终古长在，有一天自己的生命会终结，对恩师的缅怀也就尽成灰埃，但欧公的道德诗文，却必将与明月亘古长在。

临江仙

夜饮东坡醒（xīng）复醉，归来仿佛三更。家童鼻息已雷鸣。敲门都不应，倚杖听江声。　　长恨此身非我有，何时忘却营营。夜阑风静縠纹平。小舟从此逝，江海寄余生。

这首词表面看来，非常旷达，飘然仙举，实际上却是一种深层的无可奈何。词人被贬黄州，无法超脱人生的苦难，他的理想是"小舟从此逝，江海寄余生"，像范蠡一样归隐，以求得身心的自由，然而，他对现实终是无法太上忘情，更有重重羁绊，不得自由，只能在词中宣泄一下对自由的神往。此词作完次日，便有传言说东坡挂冠服于江边树上，驾一轻舟，长啸而去。黄州太守徐君猷听到这个传言，又是吃惊，又是害怕。要知东坡被谪黄州，是政治犯的身份，太守有监守之职，于是急备车马，到东坡居所，明为拜谒，实则监视。没想到至其家，东坡鼻鼾如雷，尚未起床。不过，东坡潜逃的传言，终于还是流布到京师，即使是宋神宗，读了东坡这首词，也不免怀疑。这又一次证明，真正懂得东坡、理解他的忠厚的人，实在太少了。

卜算子·黄州定慧院寓居作

缺月挂疏桐，漏断人初静。谁见幽人独往来，缥缈孤鸿影。　　惊起却回头，有恨无人省。拣尽寒枝不肯栖，寂寞沙洲冷。

这首小令，同样是东坡词当中的精品。它的外在气质很清空，而内里则非常沉郁，堪称外禅而内儒。他以孤鸿自况，延续了唐代诗人张九龄"孤鸿海上来，池潢不敢顾"的生命精神，表明自己不肯降志违道、诌上取利的高洁情怀。当代学者张海鸥先生认为，鸿，是东坡的生命图腾，象征着自由、高洁，循此解读，自然能破解此词的意象密码。

在全部的《东坡乐府》中，我尤其偏爱这一首：

八声甘州·寄参寥子

有情风万里卷潮来，无情送潮归。问钱塘江上，西兴浦口，几度斜晖。不用思量今古，俯仰昔人非。谁似东坡老，白首忘机。　　记取西湖西畔，正春山好处，空翠烟霏。算诗人相得，如我与君稀。约他年、东还海道，愿谢公、雅志莫相违。西州路、不应回首，为我沾衣。

此词作于元祐六年（1091），作者由杭州太守起复，召为翰林学士承旨。方外好友参寥子赶来送行，东坡遂作此词以赠。词人名场阅历，长久遭受倾轧，已如惊弓之鸟，心里充满了忧惧，这个时候，归隐的情志也就接近临界点，所谓"谢公雅志"，是指归隐东山之志。东坡与这位年辈低于自己的方外小友相约偕隐，但此去京师，宦途险恶，东坡不知自己是否能全身而退，故而反来宽慰参寥子：倘使我竟遭不测，你不必像羊昙对谢安一样，在西州城门为我泪湿衣襟。《晋书》记载，谢安外甥羊昙，非常爱戴舅父，谢安病重时是被人抬着从西州门还京的，他去世后，羊昙不忍过西州路，有一天大醉经过，痛哭了一场乃去。东坡在这里用了一个独特的修辞术，我称之曰以宽语写悲情，即用故作放达的宽慰语，写出最深挚的哀恸。全词一气贯注直下，更不用曲笔、逆笔，却如杜鹃啼夜月、响空山，凄厉已极。前人评此词有四字，曰"骨重神寒"。

骨重，是痛苦程量之宏，神寒，是风格的沉郁，这四字确实是对这首词极精当的评价。

水调歌头

丙辰中秋，欢饮达旦，大醉。作此篇，兼怀子由。

明月几时有，把酒问青天。不知天上宫阙，今夕是何年。我欲乘风归去，又恐琼楼玉宇，高处不胜寒。起舞弄清影，何似在人间。　　转朱阁，低绮户，照无眠。不应有恨，何事长向别时圆。人有悲欢离合，月有阴晴圆缺，此事古难全。但愿人长久，千里共婵娟。

这首词和《念奴娇·赤壁怀古》，大概是东坡最有名的两首词作了。此词作于熙宁九年（1076），东坡在密州（今山东省诸城市）任上。其时东坡贬谪在外已有五六年，神宗皇帝开始怀疑新法之效，对旧臣未免思念，词人感受到了一股政治暖流，心中酣畅，遂有这一篇千古绝唱。"不知天上宫阙，今夕是何年"是说不知朝廷时局如何；"我欲乘风归去"是说想重新回朝辅弼神宗；"又恐琼楼玉宇，高处不胜寒"是说朝廷政治波诡云谲，不是自己所能应付得了的；"起舞弄清影，何似在人间"则是说不如远离政治中心，全身避害吧。神宗读到这首词，已是乌台诗案后东坡被谪黄州之时。他一下子读懂了此词背后的寄托，慨叹"苏轼终是爱君"，即下诏东坡量移汝州。

寄托，是诗词中用优美的意象，来做政治性隐喻的手法。清代词论家周济认为，一首好词，应当是"非寄托不入，专寄托不出"，意即如果填词只是局限于伤春悲秋，歌红偎翠，词境不可能高，词心不可能深，但如果一首词只能做政治性的解读，又会丧失词本身所必须具备的芳馨悱恻之美。这首词的高明就在于，即使你完全不明白背后的寄托，依然会为之感动。我们姑且对它做一番哲理化的解读——

"明月几时有，把酒问青天。"这是对宇宙原初、阴阳肇始的诘问。词人在现世有着终生无法解脱的痛苦，他不得不向天追诘痛苦的根源。

"不知天上宫阙，今夕是何年。"人间无穷的岁月，在天上或许只是一瞬，那彼岸的世界究竟如何？人类又能否凭借智慧而到达彼岸？

"我欲乘风归去，又恐琼楼玉宇，高处不胜寒。"词人梦想乘着罡风，登上天上的宫阙，却怀疑神仙之说事属虚无，更隐藏着一种深刻的质疑：难道太上忘情，没有任何痛苦的人生，就是真正值得追求的人生吗？

"起舞弄清影，何似在人间。"人世尽管有着无穷的负累、无尽的痛苦，然而，它却是那样真实，也许唯有勇于直面、敢于咀嚼苦难的人生，才是完满的人生吧！

过片"转朱阁，低绮户，照无眠"三句，是说月光转过朱阁，斜穿进绮窗，照着无眠的人们。

"不应有恨，何事长向别时圆"是说人们不必怅恨，除了天上的明月，谁还会在你离别孤寂时，一轮光满，长相陪伴呢？这里的"何事"，不是为什么，而是何物的意思。事与物，古人常常同义互训。

"人有悲欢离合，月有阴晴圆缺，此事古难全。"连天上的月亮都有阴晴圆缺，人又怎会没有悲欢离合？这才是真实的人生。

"但愿人长久，千里共婵娟。"人生的全部智慧，就在于等待和希望，无论人生怎样痛苦，我们终究要有尊严地走完它。

南宋王灼《碧鸡漫志》评论东坡词，曰："东坡先生非心醉于音律者，偶尔作歌，指出'向上一路'，新天下耳目，弄笔者始知自振。"近人饶宗颐先生指出，"向上"语原见《传灯录》："宝积禅师上堂示众曰：'向上一路，千圣不传，学者劳形，如猿捉影。'"他认为，如以禅喻词，一种人的词是求忏悔，另一种人的词是求解脱，求忏悔是消极的禅心，仅聊以慰释，求解脱故词境高复，卓然能开新天地。在饶先生看来，东坡当然是求解脱的代表。然而，我以为东坡词境佳胜处，既不在于他的求忏悔——他没有需要忏悔的地方，到生命最后一刻，他仍自信"吾生无恶，死必不坠"；也不在于他的

178

求解脱——他努力追求过，"我欲乘风归去"，却还是放弃了；东坡词境之佳胜，在于他执着地选择了放弃解脱，"起舞弄清影，何似在人间"。

在人间。

春路雨添花　花動一山春色
行到小溪深處　有黃鸝千百
飛雲當面化龍蛇　天矯撐空碧
醉臥古藤陰下　了不知南北

乙未年白廨於京

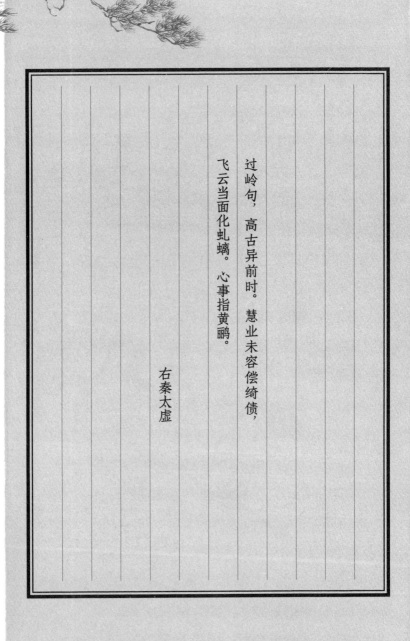

过岭句，高古异前时。慧业未容偿绮债，飞云当面化虬螭。心事指黄鹂。

右秦太虚

一生怀抱百忧中——说秦少游

郴江不尽少年心。谁复痴怀捧泪吟。

孤馆来当风雨暮，累予从此绝登临。

上诗是我1999年登郴州苏仙岭，凭吊少游所作。时方初秋，暑威渐退，雨丝绵绵，织愁如幕。我虽明知岭上的"少游驿馆"只是后人仿建，但馆内陈设，颇存古意，飞尘暗积，悄无旁人，仍不自禁感到一阵凄凉。昔清代大诗人龚自珍离京南下，女儿阿辛捧泪吟诵冯延巳词再四，谓能明词中之旨，我想，大概宋代以后，也该有无数多情的少女，在香闺中幽吟少游的"雾失楼台，月迷津渡"，洒一掬千秋之泪吧！

苏仙岭因传说汉代苏耽于此山修炼得道而得名，岭上复有古迹曰"三绝碑"，镌的是宋代书法家米芾所书少游的名作《踏莎行·郴州旅舍》。词中"郴江本自绕郴山，为谁流下潇湘去"二语，东坡绝爱之，书于扇面，终日讽诵。少游殁后，东坡于扇面后续一跋语，云："少游已矣，虽万人何赎。"米芾亦引而书之，一碑而有秦词、苏跋、米元章法书，故名三绝。三绝碑所书少游词，与今天所见的通行本颇有不同，全词云：

　　雾失楼台，月迷津渡。桃源望断知何处。可堪孤馆闭春寒，杜鹃声里残阳树。　　驿寄梅花，鱼传尺素。砌成此恨无重数。郴江本自绕郴山，为谁流下潇湘去。

　　宋时"树""曙"同音，据宋人笔记记载，今通行本"杜鹃声里斜阳暮"，是为避宋英宗赵曙讳而改。可知米芾所书，当为少游原稿。好友罗艳女士，是湘昆剧团的当家闺门旦，我曾听她清唱此词，哀怨中见出凄厉与坚韧，的确唱出了少游婉约而又不失风骨的词境。

　　少游这首《踏莎行》，历来评价极高，被认为是淮海词中的压卷之作。不仅东坡爱不能置，少游的好友、同为东坡门下的黄庭坚也认为，此词意境，颇似唐代诗人刘禹锡迁谪楚蜀之间的诗作。王国维则评论说："少游词境最为凄婉。至'可堪孤馆闭春寒，杜鹃声里斜阳暮'，则变而凄厉矣。"这首词是少游由湖南郴州再贬广西横州所作，旅况凄凉，心情积郁，遂成此凄婉中寓悲愤的绝构。

　　词的前三句，是说夜色凄清，月光和雾气笼罩住了大地，看不见楼台人影，寻不着放舟的津渡，词人理想中的桃花源又在哪里呢？"可堪孤馆闭春寒"二句，暗承"桃源望断知何处"，以羁旅生涯的辛苦无奈，对照理想的空幻邈远。春寒料峭，词人独坐驿馆，无心行路，只是听着杜鹃凄切的悲啼，看着落日罥在高树之间，其心情的哀怨幽咽，自可想见，而著"可堪"二字，更加重意象的表现力。

过片"驿寄梅花，鱼传尺素"用了两个典故。陆凯在江南，思念友人范晔，遂折梅托驿使相寄，并附绝句一首："折梅逢驿使，寄与陇头人。江南无所有，聊赠一枝春。""鱼传尺素"则化自《饮马长城窟行》："客从远方来，遗我双鲤鱼。呼儿烹鲤鱼，中有尺素书。"词人用这两个典故，是表示对在他失意牢愁之际，不离不弃，致书寄物安慰他的友人的感激。"砌成此恨无重数"，是说同是天涯沦落，苦况相形，更增哀怨。人类情感的程度，本是不可量、不可测的，而用了一个"砌"字，就把不可量、不可测的情感变得具象化，仿佛那些愁怀恨绪，都是一块块的砖石，砌成了一堵高墙，遮住了来时的路，也遮住了未来的希望。

一结"郴江本自绕郴山，为谁流下潇湘去"，"本自"通行本作"幸自"，词意上更圆熟，却缺少了原稿无可奈何的幽怨情致。"郴江本自绕郴山"，意思是郴山郴水，本自相依，隐喻词人对朝廷的眷眷之怀，"为谁流下潇湘去"，则谓词人对朝廷原是忠悃一片，却如三闾大夫一样，横遭流放。这两句词所表达的情感，是站在同一阵营、同遭政治打击的东坡与少游所共有的，宜乎东坡写于扇面，讽咏不置了。

少游，名观（guàn），高邮（今江苏省高邮市）秦氏子，一字太虚，号淮海居士，词集名《淮海居士长短句》。《宋史·文苑传》说他"少豪隽，慷慨溢于文词。举进士，不中。强志盛气，好大而见奇，读兵家书，与己意合"，可见他少年时原是豪侠之气十足的慷慨之士，他爱读兵书，大概是想学习他的祖上，统将领兵，驰骋沙场。少游后来仍以文士出身，是受东坡的影响。他第一次见东坡，是在徐州，东坡读了这位小自己十二岁的才人所作的《黄楼赋》，大加青赏，说他有屈原、宋玉之才，并把他介绍给王安石。王安石也非常欣赏少游诗，认为他诗风清新俊逸，仿佛南朝的鲍照、谢朓。东坡劝他应举读书，挣取功名，以奉养父母，少游这才应试登第，做了定海主簿、蔡州教授。

到了哲宗元祐初年，东坡重新入朝，就力荐少游，遂入翰林，任太学博士兼国史院编修官，与黄庭坚、晁无咎、张耒并称苏门四学士。好景不长，宣仁太后去世，哲宗亲政，改年号为绍圣——绍述父亲宋神宗的英明，重行新法，于是东坡等人，一体遭黜，少游先贬往杭州任通判，不久又贬为监处州（今浙江省丽水市）酒税，再贬郴州、横州、雷州，虽然名义上仍是官员，却是戴罪的打入另册的"犯官"。

徽宗登基后，大赦天下，少游被起复为宣德郎，这是一个正七品的小官，但终于可以放还北归了。回京途中路过藤州（今广西壮族自治区梧州市藤县），游光华亭，与人讲自己梦中所作的一首长短句，觉得口很渴，便让仆人给他打水，水至，少游一笑而卒。

少游的这首梦中所得之作，作于绍圣二年（1095）春其贬任监处州酒税之时，调寄《好事近》，词云：

　　　春路雨添花，花动一山春色。行到小溪深处，有黄鹂千百。　　　飞云当面化龙蛇，夭矫转空碧。醉卧古藤阴下，了不知南北。

也许，冥冥之中的确存在着一种不可知的力量，从出生的那一秒算起，我们每一个人的命运，都是被这个力量规定好了的。为什么少游不早不晚，偏偏在他临终前想起了这首词？黄庭坚感慨，词中有"醉卧古藤阴下，了不知南北"之语，而五年后，少游真的死于藤州光华亭上，认为这首词堪称词谶，预兆着少游的最终命运，这一看法不为无因。

但是，如果我们对少游的人生多一层了解，对于这首词与少游生命之间的玄妙关系，便会有另一种解释。

少游一生，因见知于东坡而得意，亦因见知于东坡而迭遭贬谪，他身故以后，列名《元祐党人碑》，在"余官"的名单里，名居第一。他的后代，也像其他元祐党人一样，很长时间内成为政治上的贱民。传说靖康二年，金人攻破汴京，掳劫徽、钦二帝及官员、后宫、子女、财帛，有一被俘女子，自云是少游的女儿，于路边题诗曰："眼前虽有还乡路，马上曾无放我情。"读到的人都觉得非常凄恻。

当时一般人对少游的印象，好一点是说他豪宕、疏荡，而与东坡积不相能的洛党一边的人，就直接指斥他猥薄。

诗人陈师道——我认为他与王安石的诗，代表了宋诗的最高成就——曾与少游一起，被黄庭坚写入诗中："闭门觅句陈无己，对客挥毫秦少游。"无己是师道的字，他每当灵感来了得句，就闭门上榻，以被蒙头，摒绝喧嚣，以续成完篇，谓之吟榻。这是一位人格伟岸高峻的真诗人，东坡数欲引为门下士，他虽敬慕东坡，却表示，自己已敬曾巩为师，歉难从命；无己与新党的赵挺之是连襟，有一次要参加郊祀，无己家贫无棉衣可着，妻子就向赵挺之家借了皮裘，无己知道是赵家的皮裘，坚不肯着，终因寒疾而毙。这位赵挺之，是金石家赵明诚的父亲，女词人李清照的公公，他对自己的亲家翁，列入元祐党人的李格非，打击起来毫不留情。陈师道取人以道不以亲，人格之峻洁，远过于他的偶像杜甫，杜甫还经常"朝扣富儿门，暮随肥马尘"。

陈无己的"闭门觅句"与秦少游的"对客挥毫"，看似截然相反，实则一脉相承，他们都是只肯活在自己世界的大儿童，都是持"为己之学"的真诗人。"对客挥毫"，用今天的话来说就是爱在人前显摆，人越多，少游越兴奋，就越迫不及待要展露自己的才华。而这种行为在中国的文化环境中，是会被很多人反感的。

史学家班固称这一行为作"露才扬己"，中国文化从来就不鼓励露才扬己的狂者，一个多血质的、性格外向活泼的人，生活在中国，会时常感到窒息。这种文化环境还会增加露才扬己之人的逆反心理，他们的创造力得不到正常的宣泄，于是往往会做出惊世骇俗的行径，更加强化一般人对他们的反面认识。

在少游有限的生命当中，一个经常来自其他党派阵营的攻击点就是狷薄。何谓狷薄？用现在的话来说，就是生活作风不检点。元祐三年（1088），少游被召进京，正遇上程颐的洛党与苏轼的蜀党斗争得很激烈，未得入馆职。元祐四年（1089），范纯仁罢相知许州，荐其备著述科，次年入秘书省校对黄本书籍。元祐六年（1091）七月，因御史中丞赵君锡推荐，朝廷任命少游做秘书省正字。洛党御史贾易与苏轼仇隙极深，抓住少游的生活作风问题大做文章，八月朝廷取消了对他的任命。直至元祐八年（1093）六月，才重新委任他做秘书省正字，然其时仍有御史黄庆基劾奏少游"素号狷薄"。

少游被洛党的人攻为"素号狷薄"，大概与他的雄性腺发达有关。少游长着浓密的大胡子，比著名的东坡髯还要丰茂。所以晁无咎诗云："高才更难及，淮海一髯秦。"邵博《邵氏闻见后录》记载：少游在东坡席上，有人调侃少游胡须太茂盛，少游就用《论语》的话回敬："君子多乎哉？"意思是君子会嫌自己的胡须长得浓吗？东坡也引《论语》的话调侃他："小人樊须也。"樊须是孔子的学生樊迟，"须"和"迟"都是等待的意思，须的繁体字写作"須"，而胡须的繁体字写作"鬍鬚"，"樊须"谐音"繁鬚"，东坡这是用谐音相戏谑。本来就以长髯著称的东坡，竟然会戏谑少游的胡子，可见其雄性腺的发达是在东坡之上的。清代大词人陈其年，身材短小，而绝多髯，好声色，词风霸悍，骈文富气势，也是雄性腺过分发达的缘故。

早年的少游，曾因事系狱，并且案情特别重大，关在诏狱（奉诏命关押犯人之所）里。据少游自述："观自去岁入京，遭此追捕，亲老骨肉亦不敢留。乡里治生之具，缘此荡尽。"今其事已不可考，或者与所谓的"狷薄"有关。

南宋王灼《碧鸡漫志》云："张子野、秦少游，俊逸精妙。少游屡困京洛（首都），故疏宕之风不除。"把他与前辈词人张先并列，认为他俩都是私生活不太检点，常流连于声色场所的疏宕超奇之士。他的这种疏于检点的生活作风，引起了道学家朱熹强烈的愤慨。朱熹学承濂（周敦颐）、洛（程颢、程颐），对东坡这一脉的诗性人格，非常看不过眼。他说，东坡的那一套思想，那一套治国方略，假使真能实行，大宋朝也未必能向好。他认为，跟着东坡的全是有名的轻薄之人，行为失检，这其中秦少游又最糟糕。朝廷诸大臣，信任东坡，对东坡举荐的人，一点也不加以磨勘详察，要是这些人都聚集在朝廷之上，天下何由致太平？朱熹说东坡自己作风便不谨慎，跟着东坡的人也像他一样，岂不是把天下事弄得一团糟吗？幸好东坡掌握权力时间无多，很多败坏朝政的事还来不及做出来，加上后来新党小人用事更加糟糕，才显出东坡不坏。

还没有完，朱熹接着又说，东坡上台不多久就排废了许多端人正士，而接引来朝的都是不自律的人。就说秦观与黄庭坚吧，这二人虽然懂得向上，还是太自由散漫了。又道，东坡总是骂王安石，王安石固然有问题，但是假如苏轼做了宰相，引得秦观、黄庭坚这一队人进来，坏得更猛。

朱熹的见解，代表了社会一般人对才智超卓之士的根深蒂固的偏见，也是洛学对昙花一现的蜀学的盖棺之论。中国的文化环境要求人人做道德圣人，却缺乏对天才的基本的宽容。蜀学和洛学，都是对儒学的继承与发展，但蜀学偏重人本，强调真淳的性情是为仁为学之根本，洛学却更注重对外在的礼法的恪守。二程门人，攻苏门之士"素号猖薄"，苏门之士，大概看二程门人多是伪君子。东坡重仁（心之全德曰仁）不重礼，他接引秦观、黄庭坚这些人，正是因为他看到秦、黄性情的纯粹，相信他们一定可以为民请命，治己治人。

洛学宗风，重视道德，然而抡才以德，缺乏可操作性，因为人类没有发明倪匡小说里的思想仪，可以在委任国务之前了解一个人的内心。这样擢拔出的人，伪君子占了很大的比例。其中当然也有真君子，却多是平时袖手谈心性，临危一死报君王，无当国用。文章诗赋却不一样，它在行家看来，是绝对做不了伪的。所以少游纵然少年时疏宕失检，天性却极纯良。也正因其性情真醇，才能与东坡结成生死患难之交，为之颠沛坎壈，终生不易。

《道山清话》里记载了这样一个故事：

少游遭贬南迁，行在郴州道上，天下起了雨。有一在秦家多年的老仆滕贵，在后面管押行李。因道路泥泞，辎重难行，少游就在前面路边人家檐下等候。过了很久，滕贵才蹒跚拄拐赶到，他满腹牢骚，冲着少游道："学士！学士！他们取了富贵，做了好官，不枉了恁地。你做了什么来陪他们，波波地打闲官，方落得甚声名！"大意是东坡兄弟终究做到很大的官，就算再遭贬谪，也算够本了，你干吗要跟他们混，只做了个清水衙门的闲官，现在又是什么下场？滕贵气得连饭都不肯吃。少游只好赔着笑脸，再三劝他：没奈何！（我也是没办法啊！）滕贵怒气不息，道："你也晓得没奈何！"

滕贵说的是宋时白话，"波波"在唐宋俗语中是奔波之意，"波波地打闲官"就是做了个劳碌奔波的无权小官；另外"波波"可能是波波吒吒、波波查查的省略，意为波折，则"波波地打闲官"意为费尽磨折，也只是做了个闲官。

少游何以说他的人生选择是没奈何？须知愈是诗性的人格，愈是钟情，愈不肯降志取容，东坡既以国士待少游，少游亦唯有以国士报东坡，身窜南荒，九死不恨。

晋代王戎，儿子万子夭折，他的朋友山简来探视，王戎哭得不行，山简说：小孩子不过是你抱在怀里面的小玩物嘛，何至于此？王戎说："圣人忘情，最下不及情；情之所钟，正在我辈。""情之所钟，正在我辈"这八字正可以作为少游一生的注脚。少游钟情而富于情，这也是一种天赋，不是所有人都会拥有的。

晋代还有一位王伯舆，曾官长史，登茅山（今属江苏省镇江市），俯仰天地，放声痛哭，道："琅琊王伯舆，终当为情死！"少游同样也是毕生跳不出"情"字，终为情死的至情至性之士。

清代词论家冯煦评论说，少游所为词"寄慨身世，闲雅有情思，酒边花下，一往而深，而怨悱不乱，悄乎得《小雅》之遗，后主而后，一人而已"，更精当地指出，"他人之词，词才也；少游，词心也"。以为虽子瞻之明俊，耆卿之幽秀，亦有所不及。所谓词才，是指对于词的体性的精深把握与娴熟驾驭，而词心却是很难用语言描述的一个概念。大抵说来，词心是一种幽怨悱恻不能自已的情思，唯有深刻领略绝望滋味的人，才是真词人，才是有词心的词人。《淮海居士长短句》情溢于辞，一往而深，这是由少游的性情决定的。

少游词以情致见长。女词人李清照说他的词，"专主情致，而少故实，譬如贫家美女，虽极妍丽丰逸，而终乏富贵态"。大意是说少游词情感浓挚动人，可惜很少运用典故及化用前贤诗句，这样词就不够典雅。兹说未免过求，少游的长处，正在其通俗而不庸俗，真正做到了文学最难的境界——雅俗共赏。

八六子

倚危亭。恨如芳草，萋萋刬尽还生。念柳外青骢别后，水边红袂分时，怆然暗惊。　　无端天与娉婷。夜月一帘幽梦，春风十里柔情。怎奈向、欢娱渐随流水，素弦声断，翠绡香减，那（nuó）堪片片飞花弄晚，濛濛残雨笼晴。正销凝。黄鹂又啼数声。

这是一首写别意的词。开头"倚危亭。恨如芳草，萋萋刬尽还生"三句，堪称神来之笔。斜阳、芳草、长亭、王孙，这些本来都是与别意相关的文化意象，词人却寻找到芳草与别恨之间幽微隐约的特殊联系——别恨就像是萋萋芳草，铲尽了，还会再生长出来。堪称人人心中所有，而人人口中所无。下片"夜月一帘幽梦，春风十里柔情"是千古名句，化用了唐代诗人杜牧的诗意"春风十里扬州路"，深情眷眷，婉丽中含着幽峭。一结"正销凝。黄鹂又啼数声"学的是杜牧《八六子》结句"正消魂。梧桐又移翠阴"，而更具轻灵飞动之美，也暗用了唐诗人戎昱之典：

韩晋公（滉）镇浙西，戎昱为部内刺史。郡有酒妓，善歌，色亦闲妙。昱情属甚厚。浙西乐将闻其能，白滉，召置籍中。昱不敢留，饯于湖上为歌词"好是春风湖上亭。柳条藤蔓系离情。黄莺久住浑相识，欲别频啼四五声"以赠之，且曰："至彼令歌，必首唱是词。"既至，韩为开筵，自持杯，令歌送之，遂唱戎词。曲既终，韩问曰："戎使君于汝寄情耶？"妓悚然起立曰："然。"泪下随言。韩令更衣待命，席上为之忧危。韩召乐将责曰："戎使君名士，留情郡妓，何故不知而召置之，成余之过！"乃十笞之。命妓与百缣，即时归之。

用戎昱的故事，是说与女主人公分袂，情痛犹如戎昱尔。"销凝"是宋词常用语，意谓"销魂、凝望"。词中有柳下辞别、水边分袂的脉脉情愫，有飞花弄晚、残雨笼晴的无奈怅惋，有对一帘幽梦、十里柔情的销魂忆念，情景交炼，意在言外。

满庭芳

山抹微云，天粘衰草，画角声断谯门。暂停征棹，聊共引离尊。多少蓬莱旧事，空回首、烟霭纷纷。斜阳外，寒鸦万点，流水绕孤村。　　销魂。当此际，香囊暗解，

罗带轻分。谩赢得、青楼薄幸名存。此去何时见也，襟袖
上、空惹啼痕。伤情处，高城望断，灯火已黄昏。

　　这首词是少游的名作。他因此词被称作"山抹微云秦学
士"，与"晓风残月柳屯田"齐名。但这首词其实是一首写众
人之情的乐府，却不是真正意义的文学。不过，少游天生浓挚
得化不开的情感，投射到词中，品格自高，与周邦彦那种寡淡
乏情的咏众情之作是很有区别的。

　　词的开篇，向我们展示了一幅秋日黄昏凄清冷落的画卷，
用以映衬别情之惨。"暂停征棹，聊共引离尊"一句，"聊"字
特妙，意谓本没有心意，姑且还是安排离筵，饮酒分别吧。"多
少蓬莱旧事"用的是《神仙传》中的典故。仙女麻姑说："接
侍以来，已见东海三为桑田。向到蓬莱，水又浅于往者会时
略半也。"用这个典故，是喻指相聚日少，欢会易散，至今思
之，恍如沧桑巨变。"斜阳外，寒鸦万点，流水绕孤村"，从
隋炀帝诗"寒鸦飞数点，流水绕孤村"化出，但少游的改作显
然更胜原作，他把原诗静态的图像变成了一种动态的画面，所
以尤其感人。

　　过片以一短韵"销魂"转接。"销魂"用的是江淹《别赋》
中的名句："黯然销魂者，惟别而已矣！"古人分别时，有脱
下贴身衣物，解下身上饰物互赠的习俗，这三句写的是分别
时脉脉含情的感觉。"谩赢得、青楼薄幸名存"，化自杜牧诗

"十年一觉扬州梦，赢得青楼薄幸名"。"谩"是空自、徒然的意思，意谓本无心离别，而不得不行，徒然在青楼姊妹中留下薄幸的坏名声。"此去何时见也，襟袖上、空惹啼痕"，只问不答，备见高明。一结以景语代情语，余味不尽。这首词的每一句，都十分浅，十分淡，但在浅淡中又有哀婉的情致，故而为难。

鹊桥仙

纤云弄巧，飞星传恨，银汉迢迢暗度。金风玉露一相逢，便胜却、人间无数。　　柔情似水，佳期如梦，忍顾鹊桥归路。两情若是久长时，又岂在、朝朝暮暮。

这是一首咏七夕节令的名作。七夕是女儿节、乞巧节，传说是日女子备瓜果拜双星，可得手巧，"纤云弄巧"即寓此意。词人借每年七夕，喜鹊填河，牛郎、织女短暂相聚的民间故事，写出他对于爱情深刻的见解。这首词相对于少游的一般之作，多了一层理性的思索，因而词境也就更深婉。词人把牛郎、织女的情感抽绎为人世间所有痴心情侣所共有的情感，"金风玉露一相逢，便胜却、人间无数"是对真爱挚情的崇高礼赞，更是对人间负心薄幸之辈的有力鞭挞。"两情若是久长时，又岂在、朝朝暮暮"，是情至极致之语，也是彻悟爱情之语。这首词，少游不是用来礼赞牛郎、织女的爱情，而是用来礼赞爱情本身。

钟情之人，用今天的话说，就是情商低的人。少游的情绪易受外物影响而波动，前人笔记已有记载。《王直方诗话》云：

> 秦少游始作蔡州教授，意谓朝夕便当入馆（指做翰林学士），步青云之上，故作《东风解冻诗》云："更无舟楫碍，从此百川通。"已而久不召用，作《送张和叔》云："大梁豪英海，故人满青云。为谢黄叔度，鬓毛今白纷。"谓山谷也。（黄叔度是东汉贤士，此处指代黄庭坚。山谷是庭坚的号。）说者以为意气之盛衰一何容易。

说他"意气之盛衰一何容易"，其实就是批评他情商低下，情绪特别容易受影响，不能自控。

宋代曾敏行《独醒杂志》记载，少游被谪广西藤州，心情怏怏不乐。一次赴衡阳探望他的友人衡阳太守孔毅甫。毅甫款待至诚，但少游还是开心不起来。有一天在太守的公寓饮酒，少游忽动词兴，为毅甫填了一阕《千秋岁》，中有"镜里朱颜改"之语。毅甫以为不祥，忙道："少游你方当盛年，怎么写出这么悲怆的话来？"遂依原韵和了一首《千秋岁》，词中温意款款，劝解少游。少游留数日别去，孔毅甫把他直送到郊外，又叮咛终日，而少游忧意终不少减。毅甫回到衡阳郡中，与身边人说，少游气貌与平时大大不同，我估计他将不久于人世了，果然，没过多久，少游就在光华亭身化了。

这首《千秋岁》，全词如下：

> 水边沙外。城郭春寒退。花影乱，莺声碎。飘零疏酒盏，离别宽衣带。人不见，碧云暮合空相对。　　忆昔西池会。鹓鹭同飞盖。携手处，今谁在。日边清梦断，镜里朱颜改。春去也，飞红万点愁如海。

词的上片，借叙写眼前景物，引逗出离别之情。"碧云暮合空相对"，化用南朝诗人江淹的名句："日暮碧云合，佳人殊未来。"意思是想象与孔毅甫分手后，彼此眺望天际，相思无极。过片"西池"指京师名胜金碧池，由贬谪身世，追想当日京洛缁尘，在都中度过的快乐时光。这两句也是对曹植《公宴诗》"清夜游西园，飞盖相追随"的化用。"携手处，今谁在"六字非常有力，是对被斥的蜀党友人的深切思念。"日边清梦断，镜里朱颜改"对仗极工，"日边"，指皇帝身边。蜀党诸人，一心为民请命，为君分忧，却遭到重新执政的新党的无情打击，而词人也感到自己的身体在逐渐走下坡路了。一结"春去也，飞红万点愁如海"，天生名隽，情至浓，意至深，与后主的"问君能有几多愁。恰似一江春水向东流""流水落花春去也，天上人间"同其沉瀣。

　　以今天科学观点解释，少游自贬谪后，已经得了非常严重的抑郁症。抑郁症是世间最可怕的一种病，得了这种病的人，了无生趣，很难走得出来。他大概也早预料到了自己的生命濒近凋零，曾自作挽诗一首：

婴衅徙穷荒，茹哀与世辞。

官来录我橐，吏来验我尸。

藤束木皮棺，藁葬路傍陂。

家乡在万里，妻子天一涯。

孤魂不敢归。惴惴犹在兹。

昔忝柱下史，通籍黄金闺。

奇祸一朝作，飘零至于斯。

弱孤未堪事，返骨定何时。

修途缭山海，岂免从阇维。

荼毒复荼毒，彼苍那得知。

岁晚瘴江急，鸟兽鸣声悲。

空蒙寒雨零，惨淡阴风吹。

殡宫生苍藓，纸钱挂空枝。

无人设薄奠，谁与饭黄缁。

亦无挽歌者，空有挽歌辞。

凄厉哀断，不忍卒读。这是抑郁症患者的无奈绝望的最后呼喊，而他一生最钦敬其风义的师友东坡，却并不能理解这一点。东坡以为这是少游"齐生死，了物我，戏出此语"，显然对少游内心的恐惧、绝望、黑暗，缺乏同情之了解。这也难怪，东坡的心灵太健康，理解不了抑郁症患者的痛苦。

反而是《苕溪渔隐丛话》的作者胡仔，评价得比较到位："若太虚者，情钟世味，意恋生理，一经迁谪，不能自释，遂挟忿而作此辞。"意思是少游钟情太甚，他对红尘浊世有过多的眷恋，贬官以后，心结不能自我开解，心怀愤恨，才写出这首自挽辞，哪里是真的能够"齐生死，了物我"呢？胡仔说少游是"挟忿"而作，也是不确的，少游心中倘有愤恨，也就不会抑郁了，他是绝望，连愤恨都不会有的绝望。

情深者必不寿，钟情之人，也不适合官场文化。有词心的少游，做起官来，当然是"没奈何"。他会对老百姓很好，却绝对不可能被任何一种官僚体制所接纳。这样的人，无论生在哪一个时代，都会是一场悲剧。

淮海词历史上评价很高，如同门晁无咎云："近世以来作者，皆不及秦少游。如'斜阳外，寒鸦万点，流水绕孤村'，虽不识字人，亦知是天生好言语。"南宋词人张炎则说："秦少游词，体制淡雅，气骨不衰，清丽中不断意脉，咀嚼无滓，久而知味。"都是深到的知味之言。陈师道以为秦词在苏词之上：

退之以文为诗，子瞻以诗为词，如教坊雷大使之舞，虽极天下之工，要非本色。今代词手，惟秦七、黄九尔。

雷大使，是宋代教坊艺人雷中庆，他的舞蹈大概走的是阳刚一路，与传统舞伎偏于柔美的舞姿不同。后山（陈师道号）以为，唐诗人韩愈（字退之）是用文法来写诗，东坡则是用诗法来填词，虽然风格卓异，却不符合文体本来的体性，只有少游与山谷，才是真正的词家作手。这是非常有见地的说法。

后山还说："苏子瞻词如诗，秦少游诗如词。"这话前半我认同，后半则须当辨正。我们读少游的诗集，集中像"有情芍药含春泪，无力蔷薇卧晓枝"（《春日五首》）那样，被金代诗人元好问嘲笑为"女郎诗"的，其实并不多见。像"宝师本巴蜀，浪迹游淮海。定水湛虚明，戒珠炯圆彩。飘零乡县异，婉晚星霜改。明发又西征，孤帆破烟霭"（《送僧归遂州》）、"向晨结束争长途。利风刮面冰在须。冈穷得水马不进，雾暗失道人相呼。悠悠旁舍见汲井，轧轧隔林闻挽车。游目骋怀自可乐，勿忆乡县增烦纡"（《马上口占》）这样的诗，何尝不是风格遒上？像"预想江天回首处，雪风横急雁声长"（《次韵参寥见别》）、"不将俗物碍天真，北斗已南能几人"（《别子瞻》）、"一代衣冠埋石窆（biǎn），千年风雨锁梅梁"（《谒禹庙》）、"路隔西陵三两水，门临南镇一千峰"（《次韵公辟会

202

蓬莱阁》）、"照海旌幢秋色里，激天鼓吹月明中"（《中秋口号》）、"天上图书森似旧，人间岁月浪如驰"（《寄孙莘老少监》）这样的句子，何尝不是沉雄博丽？少游婉约的词心，掩盖住了他的诗名。吕居仁《童蒙训》谓："少游过岭后，诗严重高古，自成一家，与旧作不同。"其实，少游本就有沉雄清俊的诗心，只是至热之肠，在遭受打击之后，不能解脱，一变而为冰肠九曲，这是天地阴阳消长的自然之理，实在并不怪。诗心是生命的宣泄，词心却是生命的消耗，少游从诗心而转词心，是他生命精神的转折，由宣泄而转为消耗，由高蹈而转为抑郁，他也就在剪不断、消不去的幽愁暗恨中，消耗尽生命最后的神采。

回头再看少游的《好事近·梦中作》。这首词与少游一贯的词风绝不相类。词中不再载满怨悱，反而是一派澄澈空明的华严之境。这是一种深刻的心灵暗喻。宋芮处士诗云："人言多技亦多穷，随意文章要底工。淮海秦郎天下士，一生怀抱百忧中。"冯煦《宋六十一家词选·序例》说少游与小山一样，都是"古之伤心人"。少游是钟情至极的性子，故一生怀抱百忧，伤心凄绝。钟于情，亦终当为情而死。他执着地按照自己的方式生活在现实世界，与现实世界的尖锐矛盾带给他难以言喻的心灵痛苦，他一生深陷这种痛苦之中，无法解脱，唯有在梦中，才能得到暂时的宽怀，也只能在梦中，才作得出如此华严境界的词作。一旦他不仅在梦中，更在清醒之时，蓦然解脱，得证华严——这是他忽然在藤州与人谈论这首词的原因，支持他生命的一个"情"字也就如土委地，他的生命必然走向消歇。少游的含笑视水而逝，正是他从情孽纠缠的一生得到最终解脱的明证。

繡面芙蓉一笑開　斜飛寶鴨襯香腮　眼波才動被人猜
一面風情深有韻　半箋嬌恨寄幽懷　月移花影約重來

乙未年處暑於京中

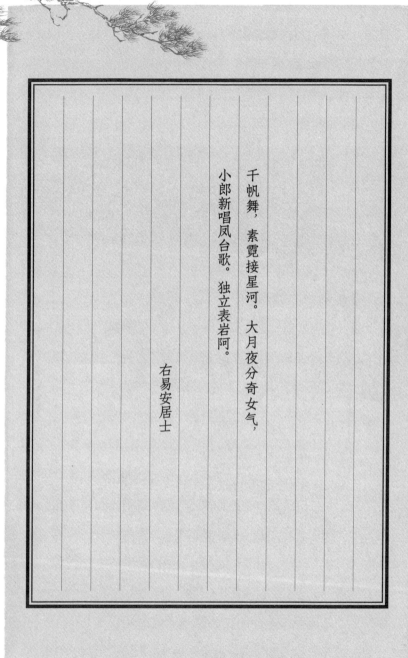

千帆舞，素霓接星河。大月夜分奇女气，

小郎新唱凤台歌。独立表岩阿。

右易安居士

蓬舟吹取三山去——说李易安

文学的本质是人学，丹麦学者勃兰兑斯在他的不朽名著《十九世纪文学主流》一书中说："文学史，就其最深层的意义来说，是一种心理学，研究人的灵魂，是灵魂的历史。"所以，我们在阅读一位作家的作品之时，除了要了解他的生平出处、社会背景，更需要用心去倾听作品背后无声的呼告呻吟，剖析作家的心理症候，感受他的灵魂悸动，这样才算是一位合格的读者。历来对女词人李清照的研究，多侧重她的身世与词风，却甚少涉及对其性格底色的深层探讨，这无疑是非常大的缺憾。

李清照，字易安，号漱玉，山东章丘人。父李格非，字文叔，是北宋著名的文士，为文高雅条畅有义味，与苏门诸人关系密切，后亦名登《元祐党人碑》；母亲王氏，是状元王拱辰孙女。家中浓郁的文化氛围，让易安自幼即徜徉书海，才堪咏絮。建中靖国元年（1101），易安年十八，时为礼部员外郎的父亲把她嫁给吏部侍郎赵挺之的季子，太学生赵明诚。这桩婚事在当时可算得门当户对，但后来赵挺之做了宰相，打压旧党，不遗余力，李格非却因身沦党籍，遭到政治迫害，两家的裂痕也就越来越大。赵挺之任相职后，易安曾献诗几谏（对长辈委婉而和气的劝告谓之几谏），有"炙手可热心可寒"之语。父李格非遭到迫害后，又给公公上书请救，想以"人间父子情"打动赵挺之，不过，这些对热衷权势的赵挺之而言都是徒劳。

易安与赵明诚的婚姻，长期被视作鹣鲽相依的典范。元朝伊世珍《琅嬛记》（一说为明人桑怿托名伪作）编造了一个著名的故事：

> 赵明诚幼时，其父将为择妇。明诚昼寝，梦诵一书，觉来惟忆三句云："言与司合，安上已脱，芝芙草拔。"以告其父，其父为解曰："汝待得能文词妇也。'言与司合'是'词'字，'安上已脱'是'女'字，'芝芙草拔'是'之夫'二字，非谓汝为词女之夫乎？"后李翁以女女之，即易安也，果有文章。

宋以后，易安词名藉甚，故《琅嬛记》所载的故事虽然荒诞不经，而词女之说，久已深入人心。人们想到了易安，首先想到的一定是"女词人"这个标签。易安的生理性别造就了她在文学史上的地位，但也局限了人们对她的进一步认知。

杨海明先生说:"李清照之所以受到当时和后世男性文人的赞誉,在一定程度上就是沾了她女性身份的光。"[1]我非常认同这一见解。清代常州词派的理论家周济就认为"闺阁词惟清照最优,究苦无骨",我的太老师朱庸斋先生赞襄兹说,他在《分春馆词话》卷五中说:"历来对清照词作之评,往往偏高溢美。其词清新流丽,自然中见曲折,然生活面狭隘,闺阁气重,不免近乎纤弱。……后世不少柔靡轻巧之作,与清照流风不无关系。"我们知道,中国文艺的审美旨趣,固然重视阴阳相生相济,但仍是以乾动阳刚为主,易安的词缺乏风骨、偏于柔靡,自风格体性言,是纯然的女性词,固然在当时独树一帜,然而衡诸中国文艺的主流,确实离名家、大家的标准差别辽远。

易安在词坛的地位,是经后世文人的过分推崇而逐渐形成的。不过,宋代对易安的褒评都是基于她的诗文,而非她的曲子词。如胡仔云:"近时妇人,能文词如李易安者,颇多佳句。"这里的文词是"诗古文辞"的"文辞",指古文、骈文、赋,不是指曲子词。又引《诗说隽永》说:"今代妇人能诗者,前有曾夫人魏,后有易安李。"南宋理学家朱熹云:"本朝妇人能文,只有李易安与魏夫人。李有诗,大略云'两汉本继绍,新室如赘疣。所以嵇中散,至死薄殷周'云云。中散非汤、武

① 杨海明.唐宋词与人生［M］.石家庄:河北人民出版社,2002:106.——编者注

得国，引之以比王莽。如此等语，岂女子所能？"（《朱子语类》卷一百四十）他认为，宋代妇人能文的，只有魏夫人（其丈夫是曾为宰相的曾布）和李易安，但易安除了文章之外，还能诗，且写得不赖。他举的例子是"两汉本继绍，新室如赘疣。所以嵇中散，至死薄殷周"。"嵇中散"是嵇康，他是魏晋时"非汤武而薄周孔""越名教而任自然"的名士，后为司马氏所杀。嵇康表面上毁弃礼教，实则是真信仰礼教，因为不满司马氏篡权，利用和亵渎礼教，这才非薄汤武革命，以商汤代夏、武王伐纣为臣弑其君，挑战儒家传统观念。易安这几句诗的意思是，东汉继承西汉的法统，是政权的合法延续，中间王莽篡汉建立新朝，只是像人皮肤上长了瘊子，不能改变历史正统，嵇康非薄殷商代夏、周朝代商，正因坚持了历史正统观的缘故。易安身亲离乱，其时宋室君臣因靖康之难被掳北上，金人在北方扶植刘豫建立起伪齐政权，易安此诗，或即为此而发。古代女性由于所受教育及参与社会生活的限制，一般来说，诗文不像男性那样萦重家国情怀，易安诗却绝非闺阁之秀，直是文士之豪，这也就难怪朱熹感叹："如此等语，岂女子所能？"

易安词在当时就受到一些男性读者的猛烈抨击，如王灼《碧鸡漫志》虽肯定她的词"能曲折尽人意，轻巧尖新，姿态百出"，却更严厉地批评她"闾巷荒淫之语，肆意落笔。自古缙绅之家能文妇女，未见如此无顾忌也"。这种对易安词的贬抑，基于儒家崇尚雅正的诗教观。在王灼的眼中，易安完全不合于当时社会对女性形象的要求，她在丈夫死后，"再嫁某氏，讼而离之。晚节流荡无归"，虽未深责，不屑之情，溢于言表。

易安词流传至今者已不多，王灼所讲的"无顾忌"之作，可能大都散佚了。从传下来的作品看，以下两首可能有问题：

浣溪沙·闺情

绣面芙蓉一笑开。斜飞宝鸭衬香腮。眼波才动被人猜。一面风情深有韵，半笺娇恨寄幽怀。月移花影约重来。

浪淘沙·闺情

素约小腰身。不奈伤春。疏梅影下晚妆新。袅袅娉婷何样似，一缕轻云。　　歌巧动朱唇。字字娇嗔。桃花深径一通津。怅望瑶台清夜月。还送归轮。

《浣溪沙》描写了一位女子，她的面庞十分秀美，嫣然一笑，就像芙蓉花开放，香炉（宝鸭）中吐出袅袅的烟气，映衬着她的香腮。她的眼波很能勾魂，才一转盼，就惹动了男子的心事。"一面风情深有韵"以下，是说她画着齐整的妆容，带着无以言说的风情，把对情郎的思念与嗔怨，写在了笺纸上，约情郎在夜半时分重来相会。

这首词我认为是易安闺中读唐代诗人元稹《莺莺传》传奇而写的，词中的女主人公，应该就是那位与张生私通的崔莺莺小姐。在礼教森严的时代，一位大家闺秀却去写词赞颂男女淫奔私媾，卫道士们当然要大摇其头了。

《浪淘沙》则是讲了一位歌伎的身世。上片说这位歌伎用一束素（一种白色的丝织品）紧紧束住了腰，使腰身显得特别纤细，仿佛娇弱到不能承受春天逝去所带来的惆怅。她的新妆在疏梅影下显得特别动人，她行步时袅袅娉婷，仿佛一缕轻云。下片是说这位歌伎轻启娇唇，曼声歌唱，一下子吸引了某个男子，于是二人有了一段短暂的露水姻缘。然而这种感情不可能长久，终于到了要分手的时候，歌伎只能怅望秋月，送郎归去。"桃花深径一通津"，用东汉刘晨、阮肇入天台山遇女仙之典，比喻男女欢会。

这首词所触及的题材，毫无疑问在当时只能是男性的特权。易安以一女子而写这样的词作，无怪乎受到王灼之讥。

即使没有这些"无顾忌"的词，易安词也有着与当时的标准淑女不一样的气息。后者可以魏夫人为代表。我们来看魏夫人的两首《菩萨蛮》：

溪山掩映斜阳里。楼台影动鸳鸯起。隔岸两三家。出墙红杏花。　　绿杨堤下路。早晚溪边去。三见柳绵飞。离人犹未归。

红楼斜倚连溪曲。楼前溪水凝寒玉。荡漾木兰船。船中人少年。　　荷花娇欲语。笑入鸳鸯浦。波上暝烟低。菱歌月下归。

二词高华典重，含蓄蕴藉，如果谁要对这样的词作点评，大抵可以用上"贞静专一""《卷耳》之遗"这一类的话。（《卷耳》是《诗经》中的一首，古人认为是周文王的后妃怀念他所作。）而易安词名作如：

如梦令

昨夜雨疏风骤。浓睡不消残酒。试问卷帘人，却道海棠依旧。知否。知否。应是绿肥红瘦。

醉花阴

薄雾浓云愁永昼。瑞脑消金兽。佳节又重阳，玉枕纱厨，半夜凉初透。　　东篱把酒黄昏后。有暗香盈袖。莫道不消魂，帘卷西风，人比黄花瘦。

写得更通俗，词中的情感更加直露，隐约透露出一种疏狂，一种难以言说的不安分，与魏夫人词作气息迥异。下面这首《一剪梅》：

红藕香残玉簟秋。轻解罗裳，独上兰舟。云中谁寄锦书来，雁字回时，月满西楼。　　花自飘零水自流。一种相思，两处闲愁。此情无计可消除，才下眉头，却上心头。

"造假惯犯"伊世珍说此词作于赵李新婚未久，赵明诚到外地求学，易安作此词寄之，催他归来。我认为这首词应该是易安的"赋得体"，她只是围绕着"别情"这一主旨，写了一首供人唱的流行歌曲，未必实有其事。但易安才华高绝，"才下眉头，却上心头"二句尖新夺目，遂亦成名作。

仅从上举三词看，我们就得认同清末大学者沈曾植的见解："易安跌宕昭彰，气调极类少游，刻挚且兼山谷，篇章惜少，不过窥豹一斑。闺房之秀，固文士之豪也。"这提醒我们，对易安的性格分析，不能局限于她的女性身份。我认为她在心理上有非常明显的双性化倾向，甚至男性心理还要占到压倒性的优势。也就是说，自心理性别言之，易安实为男性。心理性别为男性的人，其性心理表现为主动进攻型，以占有征服为目的，而心理性别为女性的人，其性心理是矜持的、接纳的，易安词的"无顾忌",也必须从她的心理性别上去解释。

易安的晚年生活十分凄惨,改嫁过一次,却所托非人,后来又经官司讼离,遂致名誉遭玷,为人所不齿。《苕溪渔隐丛话》记载:"易安再适张汝舟,未几反目,有启事与綦处厚云:'猥以桑榆之晚景,配兹驵侩之下材。'传者无不笑之。"所谓"驵侩",是指马匹交易人,引申指市侩,"猥以桑榆之晚景,配兹驵侩之下材"二句对仗很工,但在旁人看来,你都已经是桑榆暮景的老太太了,还不肯守节,要去嫁人,你自己饥不择食,找了这么个粗鄙的市侩,又能怪谁呢?王灼讥刺她"晚节流荡无归",代表了时人对易安晚年的看法。到了清代,有俞正燮者,著《易安居士事辑》为李清照辩护,认为有嫉恶易安之才的小人改窜易安与綦崇礼(字处厚)的谢启(一种古代文体,要求用骈文写),本无再适张汝舟事;又据年份考之,谓易安时年已过五十,怎么还可能守不住节而改嫁呢?俞老先生不懂得,易安的心理性别是男性,她才没有把自己定位成淑女呢!

易安的心理性别既是男性,就会时时流露出特别好胜的性格。她在《金石录后序》中回忆了她和赵明诚曾有过的短暂的幸福时光:

　　每饭罢,坐归来堂烹茶,指堆积书史,言某事在某书某卷第几叶第几行,以中否角胜负,为饮茶先后,中即举杯大笑，或至茶覆怀中，反不得饮而起。

清代词人纳兰性德作《浣溪沙》词追悼亡妇，有"赌书消得泼茶香"之语，即用这个故事。但我以为这样的生活剪影，在易安以为乐，在赵明诚却可能适以为苦。据周辉《清波杂志》所载："顷见易安族人言，明诚在建康日，易安每值天大雪，即顶笠披蓑，循城远览以寻诗，得句必邀其夫赓和，明诚每苦之也。"这样文士气的生活情趣，与争强好胜的性格，都是纯然男性化的。当代有学者认为，细读易安这篇回忆录性质的《金石录后序》，可以看出赵明诚对妻子逐渐冷淡，他对文物收藏的狂热远远超过对易安的爱，其实两个人的情感纠葛从来就不是单方面的责任，易安身为女子，其心理性别却是男性，这种矛盾决定了她和赵明诚不可能有真正幸福的婚姻。

易安又爱下双陆棋（一名打马），还专门写了《打马赋》《打马图序》，谈到，所谓赌博只不过是力求争先，所以一心求胜者，就能取得最终胜利。她自承性格就是一心求胜，所以凡是赌博一类的东西都非常爱好。在古代诗人当中，生命力极其旺盛、好色如命的清代大诗人龚自珍就同样耽于赌博。

易安曾写有一篇论词的文字，词中名家如柳永、张先、宋祁、晏殊、欧阳修、苏轼、王安石、曾巩、晏几道、黄庭坚、秦观，几乎都被易安一笔抹倒，《苕溪渔隐丛话》的作者胡仔看不下去了，说韩愈《调张籍》诗中的名句"蚍蜉撼大树，可笑不自量"，就是为易安这样的人写的。胡仔不明白，易安潜意识里，从来就没把自己当作女人。

易安虚岁五十二岁作《金石录后序》，追忆往事，颇多感慨。结尾慨叹："噫！余自少陆机作赋之二年，至过蘧瑗知非之两岁，三十四年之间，忧患得失，何其多也！"陆机作《文赋》时是二十岁，蘧伯玉曾说过一句很有名的话："年五十而知四十九之非。"易安这句话不仅是说自己从十八岁归赵明诚，至今三十四年，已经五十二岁了，也含有知前事皆非的悔恨。我觉得更有意味的是，易安不去类比古代的贤女子，而是把自己与陆机、蘧伯玉这些文豪贤士相比，可见她在心理上是把自己定义为男性的。

我们再看她的这首《渔家傲》：

　　　　天接云涛连晓雾。星河欲转千帆舞。仿佛梦魂归帝所。闻天语。殷勤问我归何处。　　　我报路长嗟日暮。学诗谩有惊人句。九万里风鹏正举。风休住。蓬舟吹取三山去。

词的上片，先描绘了一幅梦中情景，她所梦见的是"天接云涛连晓雾。星河欲转千帆舞"，气势磅礴，非比寻常。梦中她的魂魄扶摇直上，到了天帝的居所，她听到天帝殷勤的询问，问她要到哪里去。在词的下片，易安回答天帝：我想成为一名大诗人，无奈道路修阻，时不待人，徒然写出一些惊人之句罢了。希望那托起大鹏，让大鹏南飞九万里的罡风，也吹着自己乘坐的小舟，吹向蓬莱、方丈、瀛洲这三座海外仙山去吧！

这首词见不到一点女性的色彩，完全是"文士之豪"的想法，无怪乎梁启超云："此绝似苏辛派，不类《漱玉集》中语。"(《艺蘅馆词选》乙卷引)词中有"归帝所""归何处"之语，可能易安当时年已垂暮，在考虑生命的最终归宿问题了。她毕生之志，是成为一位"语不惊人死不休"(杜甫语)的大诗人，到老不变。业师周晓川先生云："这首词为《漱玉集》中最雄阔、最富浪漫色彩的作品。她用记梦的方式，表达了自己追求光明、向往自由的强烈愿望。一个漂泊无依的老妇人，竟然向天帝诉说自己的苦闷和抱负。这是何等昂扬的境界，不止是造语雄奇而已。"(夏承焘新选《宋词三百首》评注)可谓深得其旨。

而易安的确长于诗赋，堪与当时名家争雄逐鹿。德国哲学家尼采认为，文艺的创造力与性欲是同一种力，因此写诗本身是性欲的发抒。而女性在性心理上是偏于顺从，偏于接纳，偏于被动的，所以从古以来，女性泰半写不好诗。易安的诗，成就非常高，令人耳目一新，完全看不出来是女性的文学。像她的名句："南渡衣冠欠王导，北来消息少刘琨""南游尚觉吴江冷，北狩应悲易水寒"，都是大声鞺鞳、洋溢着高昂的家国情怀的佳句。

而这一首著名的绝句：

生当作人杰，死亦为鬼雄。

至今思项羽，不肯过江东。

同样是男性心理的显露。此诗有可能是讥刺赵明诚的胆怯孱弱。在易安四十五岁时，赵明诚担任江宁府知府，御营统制官王亦叛乱，有人预先得了消息，要赵明诚提防，赵明诚压根没做任何准备，反而用绳子缒下城墙偷偷逃跑了。这事在易安看来，实在是一件奇耻大辱，她的内心，可比赵明诚更像一个男子汉。

易安诗沉雄清健，甚至一般女性作家无以措手的五古、七古大篇，她都掉转如意。唐代诗人元结，在元和年间写了一篇《大唐中兴颂》，内容是歌颂国家经过安史之乱后的中兴。北宋诗人张耒（字文潜）写了一首《读中兴颂碑》，很多人去和，易安也写了《浯溪中兴颂诗和张文潜二首》。她的和诗，在所有和作中，首屈一指。你看这样的句子：

五十年功如电扫。华清花柳咸阳草。

五坊供奉斗鸡儿，酒肉堆中不知老。

胡兵忽自天上来。逆胡亦是奸雄才。

勤政楼前走胡马，珠翠踏尽香尘埃。

何为出战辄披靡。传置荔枝多马死。

尧功舜德本如天，安用区区纪文字。

著碑铭德真陋哉。乃令神鬼磨山崖。

子仪光弼不自猜。天心悔祸人心开。

夏商有鉴当深戒。简策汗青今具在。

君不见当时张说最多机，虽生已被姚崇卖。

写得是何等的气势雄浑，一泻直下！
又如：

君不见惊人废兴传天宝。中兴碑上今生草。

不知负国有奸雄，但说成功尊国老。

谁令妃子天上来。虢秦韩国皆天才。

花桑羯鼓玉方响，春风不敢生尘埃。

姓名谁复知安史。健儿猛将安眠死。

去天尺五抱瓮峰，峰头凿出开元字。

时移势去真可哀。奸人心丑深如崖。

西蜀万里尚能反，南内一闭何时开。

可怜孝德如天大。反使将军称好在。

呜呼，奴辈乃不能道辅国用事张后尊，乃能念春荠长安作斤卖。

句法又是何等的纵横恣肆，飞沉多姿！

220

二诗实皆借古讽今之作。庞俊先生《养晴室遗集·答周菊吾论李易安书》认为诗作于南渡以后，"细绎李诗，颇疑其句句用意，苍然家国废兴之感，视张作为深切沉着矣。"张说、姚崇皆玄宗时宰相，二人怨隙甚深。姚崇将死，恐张说报复，嘱诸子：当以平生服玩宝带重器，陈列帐前，致于张公，又请张为撰神道碑，文成立即写呈皇帝，并马上刻石。后张说果收姚家重宝，撰神道碑成。后数日反悔，托辞要修改文字，想收回文本，姚家回说皇上已阅，并已刻成矣。张说叹道："死姚崇犹能算生张说，吾今知才之不及也远矣。"庞先生认为此事或指秦桧专权，将曾荐引过他的赵鼎、张浚一齐出卖，其说甚有征。

"可怜孝德如天大。反使将军称好在。呜呼，奴辈乃不能道辅国用事张后尊，乃能念春荠长安作斤卖。"说的是唐肃宗时事。玄宗回长安后，仍深得人民爱戴，肃宗不悦，因李辅国奏，将玄宗徙往南内兴庆宫再不能返。徙宫时，仅给老弱二三十人扈从，李辅国率军监视，攒刃辉日，玄宗大受惊吓，几番要坠下马来。曾为骠骑大将军的高力士跃马前进，厉声喝道："五十年太平天子，李辅国旧为家臣，不宜无礼。"李辅国下马失辔。力士又宣太上皇诰曰："将士各得好在否？"于是辅国令兵士将兵刃入鞘，齐呼"太上皇万福"，舞蹈下拜。李辅国领众既退，玄宗流泪呜咽，执着力士的手说："微将军，阿瞒已为兵死鬼矣。"翌日，力士竟为辅国所构，长流黔中州。力士在流放途中经巫州，见园中多荠菜而土人不解吃，便赋诗云："两京秤斤卖，五溪无人采。夷夏虽有殊，气味应不改。"唐肃宗专宠张皇后，又偏听李辅国，至不能去南内看望玄宗。易安诗的意思至为显豁，她直斥"国老"秦桧及其党羽，不能成高宗之"孝德"，北迎徽、钦还朝，高力士身为宦官，竟能有卫主之节，今之奴辈，徒知颂行都临安之繁华而已。易安的诗力笔致以沉雄为主，她的诗完全是男性化的。二十世纪最优秀的女词人沈祖棻，朱光潜先生誉之为"易安而后见斯人"，但沈词实远在易安之上。然而沈氏的诗，却幼稚拙劣，不堪卒读。何以故？这正是因为易安以男性心理为诗，沈氏以女性心理为诗。譬如唱京剧，当代唱老旦最好的演员是李鸣岩女士，她学的是老旦宗师李多奎先生的声腔，所以才好，而赵葆秀、袁慧琴这些人，是用女性的声腔唱老旦，内行是听不进去的。

易安五古尤其写得当行出色。《上枢密韩公诗》：

三年夏六月，天子视朝久。

凝旒望南云，垂衣思北狩。

如闻帝若曰，岳牧与群后。

贤宁无半千，运已过阳九。

勿勒燕然铭，勿种金城柳。

岂无纯孝臣，识此霜露悲。

何必羹舍肉，便可车载脂。

土地非所惜，玉帛如尘泥。

谁当可将命，币厚辞益卑。

四岳佥曰俞，臣下帝所知。

中朝第一人，春官有昌黎。

身为百夫特，行足万人师。

嘉祐与建中，为政有皋夔。

匈奴畏王商，吐蕃尊子仪。

夷狄已破胆，将命公所宜。

公拜手稽首，受命白玉墀。

曰臣敢辞难，此亦何等时。

家人安足谋，妻子不必辞。

愿奉天地灵，愿奉宗庙威。

径持紫泥诏，直入黄龙城。

单于定稽颡，侍子当来迎。

仁君方恃信，狂生休请缨。

或取犬马血，与结天日盟。

此诗文字，全从杜甫的五古学来，这种以文为诗的写法，从老杜、韩愈到李商隐，一路下来，讲究的是如凿石作碑，字字重大，实为五古正宗。除了易安，我还不曾见第二位女诗人能写出这样的风格。不要说女诗人，男性诗人能写得如此沉雄的也是非常少的。易安有一首《蝶恋花》词：

暖雨晴风初破冻。柳眼梅腮，已觉春心动。酒意诗情谁与共。泪融残粉花钿（tián）重。　　乍试夹衫金缕缝。山枕斜欹，枕损钗头凤。独抱浓愁无好梦。夜阑犹剪灯花弄。

清代大诗人王士禛曾有和作，云：

　　凉夜沉沉花漏冻。欹枕无眠，渐听荒鸡动。此际闲愁郎不共。月移窗罅春寒重。　　忆共锦衾无半缝。郎似桐花，妾似桐花凤。往事迢迢徒入梦。银筝断续连珠弄。

　　王士禛的和作，比原作更加深婉高华，隐有出蓝之势，但如果让他去和易安的诗，他是作不出来的。

　　易安于诗词外，兼能文章。这在女性作家中就更罕见了。她的骈文在当时就很有时誉。赵明诚去世后，她写了《祭赵湖州文》（因赵曾任湖州知州）悼念，中有二句曰："白日正中，叹庞翁之机捷；坚城自堕，怜杞妇之悲深。"当时人就颂扬说这是"妇人四六之工者"。

　　四六是骈体文的别称，是介于文与诗之间的一种独特文体，讲究用典对仗，精切工整。"白日"句典出宋代释道原《景德传灯录》卷八：襄州居士庞蕴将入灭，令其女灵照观日之早晚来报。其女回报说"日已中矣，而有蚀也"。待父出门观看时，其女"即登父坐，合掌坐亡"。父见其状，夸其女"锋捷"。庞延至七日之后乃亡。这是一个孝女为父亲延命，甘愿牺牲自己的故事。"坚城"句典出刘向《说苑·善说篇》："昔华舟杞梁战而死，其妻悲之，向城而哭，隅为之崩，城为之阤。"两句合观，意谓你正当盛年而殁，死得怎么这么早，都等不及我为你牺牲而延长你的寿命；我悲痛得就像华舟杞梁的妻子一样，也会把城墙哭塌。易安确是骈体文的行家。

其《打马赋》即博戏小道而征典引文，铺叙张皇，可以看出李清照对经史均有很深的造诣。此文除文字雄赡华美，更饶有深思。乱①曰："佛狸（北魏太武帝拓跋焘小字）定见卯年死。贵贱纷纷尚流徙。满眼骅骝及骐驥。时危安得真致此。木兰横戈好女子。老矣不复志千里。但愿相将过淮水。"感慨时局，殷殷魏阙之思，可见李清照完全把自己看成是士人，而非名媛淑女。更不要说《金石录后序》放在文章大家作手如林的宋代，厕身唐宋八大家名文之间，其文字之渊雅、情感之感均顽艳，毫无愧色了。

易安晚年，漂沦在杭州、越州、台州、金华之间。她与张汝舟有过一段短暂的婚姻，这段婚姻，在张汝舟是意存欺骗，在易安则是孤寂无依，想找个男人依靠，当然多少也有对前一段婚姻的怨恨在，于是草率成婚。婚后二人在思想境界、才华

---

① 乱：辞赋中最后带总结性的一段韵文称为乱。——编者注

天分、知识背景诸方面，差别悬远，易安自然对张汝舟心生厌弃，而张汝舟则对易安饱以老拳。易安惨遭家暴，痛诉无门，最后发现张汝舟之所以能做官，是靠履历造假，遂向朝廷告发，终将张汝舟治罪。但是，妻子告丈夫在古代是有罪的，所以易安也进了监狱，最后得到亲戚綦处厚的帮助，才终于出狱。

儒家有一基本原则："刑不上大夫，礼不下庶人。""刑不上大夫"是说大夫有死罪可以让他自尽，为他保留最后的尊严；"礼不下庶人"是说不要去苛求底层的老百姓守礼。礼，是对士大夫阶层的要求。是故宋时虽然民间寡妇再嫁之事稀松平常，但因易安系出名门，夫家也是望族，世人对她的名节就看得十分郑重，她之再嫁，当然不为时论所容。但这正是因为她性情上不以女子自居之故。陈寅恪先生《论再生缘》一文，强调作者陈端生有"独立之精神，自由之思想"，歌颂这位清代女作家。其实易安一生，同样当得起这十字考语。她在晚年敢于突破礼教，接受张汝舟的求婚，已属难能，在惨遭家暴之后，又懂得利用法律捍卫自己的利益，更是了不起。这是一个超越了时代的独立人格的典范。

也正因为此，她既不见容于世，亦不见容于其同性。陆游《夫人孙氏墓志铭》称颂文林郎宁海军节度推官苏璹的夫人孙氏，才十几岁，就已是端静贤淑的淑女，易安很喜欢她的聪明，想以文辞之学传授给她，孙氏却想也不想就拒绝了，理由是"才藻非女子事也"。这位幼有淑质的孙氏，是千千万万本该展露才华，挥洒性情，却被男权社会驯化成"贤女"的妇女中的一员。相形之下，易安的决绝勇猛，特立独行，就显得尤其可贵。

易安晚年饱更忧患，词境亦为之一变，不徒以婉丽为宗，更多了一些沉郁。《声声慢》云：

> 寻寻觅觅，冷冷清清，凄凄惨惨戚戚。乍暖还寒时候，最难将息。三杯两盏淡酒，怎敌他、晚来风急。雁过也，正伤心，却是旧时相识。　　满地黄花堆积。憔悴损、如今有谁堪摘。守着窗儿，独自怎生得黑。梧桐更兼细雨，到黄昏、点点滴滴。这次第，怎一个、愁字了得。

此词疑为早年所作，故词中所言之愁甚是空洞，即稼轩所谓的"少年不识愁滋味"而"为赋新词强说愁"者。夏承焘先生指出，此词前十四字，"寻""清""凄""戚"都是尖字，念作sún、cīng、cī、ciè，与"觅""冷""惨"一样，声母都在唇齿间发音，更烘托出女主人公内心的愁苦嗫嚅。正因不识愁为何物，才会有这样的巧思。"守着窗儿，独自怎生得黑"一句，前人说这个"黑"字其他人不能押，只有易安才能把这么俗的字押得这么雅。这就是扫俗为雅，是文学当中最高明的技法之一。全词明白如话，固然有在自然中见曲折的高妙手段，但空空说愁，总是不够感人。

而她晚年的这首《永遇乐》就全然不同，堪称是易安的压卷之作：

落日镕金，暮云合璧，人在何处。染柳烟浓，吹梅笛怨，春意知几许。元宵佳节，融和天气，次第岂无风雨。来相召、香车宝马，谢他酒朋诗侣。　　中州盛日，闺门多暇，记得偏重三五。铺翠冠儿，捻金雪柳，簇带争济（qí）楚。如今憔悴，风鬟雾鬓，怕见夜间出去。不如向、帘儿底下，听人笑语。

此词殆作于她晚年漂泊浙江之时，写的是元宵节众人皆欢悦，而自家独凄凉苦闷的心情。"落日镕金，暮云合璧，人在何处"三句，就已见出易安实是调配色彩的大家，她用夕阳的绚烂、晚云烘月的景象，映衬着人物的孤独彷徨。"染柳烟浓，吹梅笛怨，春意知几许"三句，堪称惜墨如金，既写出了春意渐浓、杨柳发、梅花落的景致，更落实到一个"怨"字，微露心情。元宵佳节，天气融和，诗朋酒侣驾着珍贵的名马，坐着香车来召邀玩赏，可是词人却以"这时候（次第）难道不会有风雨吗"婉拒了。为什么呢？词人想起的是汴梁城还未被金人攻陷之时，人民习于太平，闺中的朋友也都不乏闲暇时光。她尤其记得徽宗政和六年丙申（1116），这一年闰了正月，闺闱的友人也就过了两次元宵。依词之格律，此句中"重"字应为平声，"偏"是恰、正之意，"记得偏重三五"就是说记得恰逢一年中有两次元宵节的辰光。大家有的戴上铺上翠鸟羽毛的帽子，有的把用金箔碾成的雪柳枝插在头上，一个个像仙人一样，打扮得齐齐整整的，那是多么开心、多么美好的回忆！可是现在，词人却觉得自己像唐传奇《柳毅传书》故事中被迫牧羊的龙女，花容憔悴，风鬟雾鬓，生怕在夜间出去吓到人。还不如到帘子底下，听着大家谈笑，分享一点他们的快乐吧！

这首词用语平淡，却偏饶惊心动魄之致，能以淡语写深情，才愈加感人。不过，这类精品，在她的作品中比例是不高的。

当代学者胡河清先生曾提出一个观点，说天才人物往往体现出"双性化"的特征，少游如是，易安更是如是。易安在深沉心理结构上，主要体现为男性的豪放刚健、富冒险精神——那多半是出诸天性，只是稍稍呈出女性的清丽婉约——那大抵是社会对她的角色塑造。就算没有靖康之难，李清照的"无顾忌"的男性心理特征也注定了她的婚姻、她的整个人生是一场悲剧，因为，这一自由奔放的灵魂，必定会与要求女性柔顺谦卑的社会产生激烈冲突。远远超前于时代，却又单枪匹马、孤立无援的她，最终难免被时代碾压成齑粉。倘使生于今日，易安可以凭借她的才华学识，振铎上庠，传道授业，或一枝健笔，叱咤风云，过独立的有尊严的生活；她可以尽情地恋爱，与很多优秀的男士恋爱，只是不要愚蠢到步入婚姻——她的天性，是绝对不适合婚姻的。易安身后，解赏者稀，她的诗文沉雄博丽，无愧名家，惜识者寥寥，她的词作大多浅而无骨，却一直被谬加推崇，这是历代男性评论者误判了她的心理性别所致，对易安本人，无疑是极不公平的。然而，在女性真正与男性获得一样的公道对待之前，在社会不再以规定好的心理特征要求女性之前，对易安的这种误读还会一直延续下去。

玉界瓊田三萬頃，著我扁舟一葉。素月分輝，明河共影，表裏俱澄澈。悠然心會，妙處難與君說。

壬寅夏坐寧

湘月满，莹彻似星初。一口西江能尽吸，

卅年世路惯横徂。旷代只于湖。

右于湖居士

湖海平生豪气——说张于湖

　　2018年的秋天，我在天津侍王螯堪词丈席，饭后出门，先生忽唤住我，伸直手臂，指画着对面灯火通明的现代建筑群，说："晋如，从这边到那边，包括咱们现在站着的地儿，就是当年的水西庄！"我不由得"啊"了一声，霎时间地转天旋，仿佛身处在三百年前风帆云树、丘壑宜人的古水村中。

　　水西庄是清代诗人查为仁（号莲坡）营别业、藏图书之地，南北名士如朱彝尊、杭世骏、袁枚、商盘、陈元龙等，多曾盘桓于斯，或得莲坡厚馈。乾隆十三年戊辰（1748），浙江词人厉鹗（号樊榭）赴京候选县令，道经天津，与莲坡觞咏累月。其时二人各自为南宋遗民词人周密所编的《绝妙好词》作了笺释，樊榭属稿未定，见莲坡已有成稿，遂将己稿和盘托出，供莲坡删复补漏，且不欲自居其名，光风霁月，令人心折。书既成，樊榭竟不入京就选，径直南返，寓扬州终隐。

　　樊榭以康熙五十九年（1720）乡试中举，主考官李绂得樊榭卷，阅其谢表，断言道："此必诗人也！"遂取中。这一年他二十九岁。樊榭有着诗人特有的耿介，次年他赴京应试，未能考取进士，吏部侍郎汤右曾读到他的诗，大为叹赏，想延他为馆塾之师，即欲收其为门生之意。樊榭却带好了行李，潜行离京。翌日，侍郎到其舍迎迓，则已鸿飞冥冥矣。

归途泊舟琉璃河，有诗云："一昔都亭路，归装只似初。耻为主父谒，休上退之书。柳拂差池燕，河惊拨剌鱼。不须悲楚玉，息影忆吾庐。""一昔"就是一夜，樊榭说自己入都应试，如一场春梦。他耻于学汉代的主父偃，上书阙下，以获得"谒者"的官位；更不要像唐代的韩愈那样，三次给宰相写信求仕，"今有人生二十八年矣，四举于礼部乃一得，三选于吏部卒无成"，把自己写得可怜兮兮，那不是性情高峻的诗人樊榭能做的事。燕穿柳幕，鱼跃清波，江湖的景致远胜庙堂，我又何必如楚国的卞和，因玉工不识玉璞而悲泣？虽在行程中，已忍不住想念息影故庐的自在了。

他是这样地向往着自由，不愿受官场的拘束，这也就难怪他会在乾隆元年（1736）被巡抚举荐，入京试博学鸿词时，竟能犯下应试者谁也不会犯的格式错误，把《论》置在《诗》之前，"光荣"落榜。乾隆十三年樊榭已五十七岁，忽动念入京候选，友人都劝他：你根本就不是做官的料，干吗要孟浪求仕呢？樊榭回应说是想谋得一份薄禄，以奉养老母。然而，津沽之行让他彻底认识了自己，明白功名富贵不过如草头之露，唯有独立自由的精神，才是天地间最值得追求的物事。

樊榭和莲坡共同笺释的《绝妙好词》,是宋人选宋词的总集中最有名、质量也最高的一部。是书始于张孝祥,终于仇远,共选词人一百三十二家,南宋雅词之精华,大半萃于斯编。樊榭以为,明代三百年乐府家(词家)未曾见《绝妙好词》只字,只知宗奉宋代书商编的《草堂诗余》为金科玉律,无怪乎明人的词鄙俗少雅意。樊榭是清代"浙西词派"的代表,甚至可以说是词派中坚人物。一般以为,浙西词派宗奉南宋姜夔、张炎,"春容大雅"(朱彝尊《静惕堂词序》),樊榭词则如清代词论家陈廷焯所云,"幽香冷艳,如万花谷中,杂以芳兰,在国朝词人中,可谓超然独绝者矣"(《白雨斋词话》卷四)。我读樊榭的第一首词,是龙榆生先生选入《近三百年名家词选》中的《百字令》:

月夜过七里滩,光景奇绝,歌此调几令(líng)众山皆响。

秋光今夜,向桐江、为写当年高躅。风露皆非人世有,自坐船头吹竹。万籁生山,一星在水,鹤梦疑重续。舂音遥去,西岩渔父初宿。　　心忆汐社沉埋,清狂不见,使我形容独。寂寂冷萤三四点,穿过前湾茅屋。林净藏烟,峰危限月,帆影摇空绿。随风飘荡,白云还卧深谷。

《百字令》即《念奴娇》，因此词牌正好一百字，故名。自东坡赤壁怀古词以后，代不乏名作。

七里滩在浙江富春江上，又名七里泷，与严陵滩相接。东汉初，高士严子陵不受往日同窗光武帝之召，脱轩冕而泛江湖，垂钓于富春江上，至今江畔有台孤悬千尺，即所谓严陵钓台了。宋代遗民谢翱，曾倾家资助文天祥抗元，宋亡后寄寓金华浦江县，与同志组汐社，不时聚集吟咏，缅怀故国。尝冬日与社友泛七里滩，天凉风急，携酒登台，设文天祥牌位，跪地再拜，号唬恸哭，又取竹如意击石，作楚歌以招天祥魂，歌终，竹石俱碎。傍晚时大雪起，谢翱对友人吴思齐感慨道："阮步兵死，空山无哭声且千年矣！"至情至性，正堪与经常率意独驾，车行至无路可行之处才恸哭而返的魏晋名士阮籍（曾任步兵校尉）并美。

樊榭生于康熙中，已不可能如明遗民那样，抱有深重的故国之怀，但这并不妨碍他能感受到严子陵、谢翱身上高贵清狂的精神气质，因为他本也是同一类人。

清末词论家谭献敏感地发现这首词与《绝妙好词》之间不断的精神血脉，他说这首词"与于湖洞庭词，壮浪幽奇，各极其胜"（《箧中词》卷二）。于湖就是张孝祥，宋高宗绍兴二十四年（1154）廷试第一。《绝妙好词》选其词四阕，四首中的第一首，也是全书的第一首，就是《念奴娇·过洞庭》：

洞庭青草，近中秋、更无一点风色。玉界琼田三万顷，着我扁舟一叶。素月分辉，明河共影，表里俱澄澈。悠然心会，妙处难与君说。　　应念岭表经年，孤光自照，肝胆皆冰雪。短鬓萧疏襟袖冷，稳泛沧溟空阔。尽吸西江，细斟北斗，万象为宾客。叩舷独啸，不知今夕何夕。

此词常为人传颂，故版本也多异文，但以《绝妙好词》的版本最为圆融。谭献称此词"壮浪"，而樊榭词则是"幽奇"，以为"各极其胜"，说的是二词在艺术造诣上难分轩轾，而若深究一层，问于湖与樊榭词何以能各擅壮浪、幽奇之妙，答案是不言而喻的，因为二位词人都有着不染尘俗的超然之心。世人多为利所羁，为名所绊，词人之神独能不受其累，逍遥自适，才有了这样仙骨珊珊的词作。

于湖的这首《念奴娇》，作于宋孝宗乾道二年（1166）八月中秋，此前一月，他因言官参劾，被罢去知静江府、广南西路经略安抚使的官职，在任仅一年。静江府治在今广西桂林，故词中有"应念岭表经年，孤光自照，肝胆皆冰雪"之语。宛敏灏先生以为于湖对被劾罢官一事"似犹未能释然"（《张孝祥词校笺·张孝祥年谱》），又谓前人评论此词，多称其旷达，实未必尽然。他引用于湖稍前数日所作的另一首《念奴娇》中的词句"一叶扁舟谁念我，今日天涯飘泊。平楚南来，大江东去，处处风波恶"，认为于湖对失官事未能真正放下。宛先生亦是词坛作手，但或许未能理解于湖豪宕疏阔的性情。此词是于湖离长沙、入洞庭途中所作，主旨是怀念长沙所识的一位友人，而细推词意，这位友人当是青楼歌伎：

星沙初下，望重湖远水，长云漠漠。一叶扁舟谁念我，今日天涯飘泊。平楚南来，大江东去，处处风波恶。吴山何地，满怀俱是离索。　　常记送我行时，绿波亭上，泣透青罗薄。檐燕低飞人去后，依旧湘城帘幕。不尽山川，无穷烟浪，辜负秦楼约。渔歌声断，为君双泪倾落。

"星沙"就是长沙，因天上的轸宿有长沙星，其分野（地上与星对应的区域）就是长沙，故名星沙。"重湖"即洞庭湖与青草湖。"一叶扁舟谁念我，今日天涯飘泊"，并无自伤自怜之意，实不过是表达对这位女子的眷眷之情。"平楚南来，大江东去，处处风波恶"固然是写宦途艰险，然而全词仅此三句一笔带过，我们看不出于湖有多么深重的怨望，联系后文"吴山何地，满怀俱是离索"，词意便豁然开朗。于湖的意思是，回望自岭南北归的大片平原，俯瞰放舸而东下的大江，一路坎坷波折，念兹在兹的故乡芜湖，远眺终不可见，只有长沙之遇，让我伤离怨别，情难自禁。过片撷取送行时女子缱绻的情态，叙写生动，隐含的意思是卿既眷我如此，我又何忍与卿重别？杜甫诗"檐燕语留人"，我离卿已远，而心实念念在湘城帘幕中也。"不尽山川，无穷烟浪，辜负秦楼约"则谓前方漫漫长路，身不由己，空负与卿之约。在渔歌声歇，夜色初降之时，忍不住两行珠泪，为卿洒落。

再回头看于湖的洞庭词。

"洞庭青草，近中秋、更无一点风色"，是说相连通的洞庭、青草二湖，近中秋之夜，天静无风，也说明词人的心境是宁静平和的。"玉界琼田三万顷，着我扁舟一叶"，则以乘坐一叶扁舟的小我，与三万顷之湖水相对照，以形成艺术张力。苏轼《赤壁赋》有"纵一苇之所如，凌万顷之茫然"之句，于湖此二句，实由之化出。三万顷当然大过万顷，湖水愈写得广阔，人与舟愈形其小，则胸臆间愈见超迈磅礴。"素月分辉，明河共影，表里俱澄澈"，明月银河，天水相映，宇宙仿佛通体莹洁光明，而我心何尝不是如此？"悠然心会，妙处难与君说"，是说此中真意悠悠，欲说忘言。他的内心，实充满了喜悦之情。

过片"应念岭表经年，孤光自照，肝胆皆冰雪"，是对去岁桂林中秋，宾从雅聚的怀念，意谓我今夜独在月下泛舟，桂林亲友如问我近信，我亦是"一片冰心在玉壶"而已。自得自傲之气，凌然于词意之表。他对失官去职哪有丝毫介怀？本来他就未以静江知府之职萦念，《水调歌头·帅静江作》爱的是桂林的风景宜人，"溪山好，青罗带，碧玉簪"；爱的是桂林的人民安乐，"繁会九衢三市，缥缈层楼叠观""家种黄柑丹荔，户拾明珠翠羽，箫鼓夜沉沉"。他乐得"莫问骖鸾事，有酒且频斟"，殊不关情于骖鸾事业（"骖鸾"本指成仙飞游，此喻功名富贵）。同调《桂林中秋作》自道心迹，谓"老子兴不浅，聊复少淹留"，用东晋庾亮月夜登武昌南楼，与属吏同玩月之典，豪放不羁，不以纤屑得失为怀。

"短鬓萧疏襟袖冷，稳泛沧溟空阔"，谓稳稳地泛舟在空阔如大海的湖面上，只觉全身清冷，飘然仙举。或谓"短鬓萧疏"句有忧谗畏讥之意，未免穿凿过深了。"尽吸西江，细斟北斗，万象为宾客"用了禅宗的一段著名的公案为语典。唐代有一位著名的庞蕴居士，参谒马祖道一禅师，问道："不与万法为侣者，是甚么人？"马祖说："待汝一口吸尽西江水，即向汝道。"庞蕴于言下顿领玄旨。于湖这三句，既有庄子逍遥之象、齐物之心，又得禅宗之妙悟，更直入宋儒"吾之体即天地之气"（《朱子语类》卷九十八）那样光明伟岸的境界中去。"叩舷独啸，不知今夕何夕"，不是写意，乃是写实。于湖泛舟重湖，水月俱澄，心缘物感，只觉真气充盈，不自觉叩舷击节，放声长啸，于天地之中，不但忘身遗物，连时间也全然忘却。

叶绍翁《四朝闻见录》载："张于湖尝舟过洞庭，月照龙堆，金沙荡射，公得意命酒，唱歌所作词。呼群吏而酌之，曰：'亦人子也。'其坦率皆类此。""亦人子也"用的是陶渊明的故事。渊明在外地做县令，派了一仆人回家，帮儿子担柴挑水，信中叮嘱："此亦人子也，可善遇之。"意思是，这也是人家的孩子，你要善待他。于湖忘情尔我，全不理什么上下之分、尊卑之别，与属僚小吏呼朋引类，快意啖饮，这样洒脱的人会因被劾而失落？我不之信也！

于湖泛舟洞庭之风流潇洒，让我想起北宋大儒张载《西铭》中的名言："乾称父，坤称母；予兹藐焉，乃混然中处。故天地之塞，吾其体；天地之帅，吾其性。民，吾同胞；物，吾与也。"天地何等奇伟，人类何其渺小，乃竟为天地之子，混然处于其间，这不就是"玉界琼田三万顷，着我扁舟一叶"？我之体即是天地之气，我之性即是天地之理，这不就是"素月分辉，明河共影，表里俱澄澈"？民胞物与之怀，即是"尽吸西江，细斟北斗，万象为宾客"。于湖此词没有一毫"迁客骚人去国怀乡"的怨悱，而是妙悟至理，骤臻大道的狂喜，它甚至根本不是一般意义上的缘情言志之作，而是借词的方式歌唱出来的人生至境。

此词曾有于湖真迹传世。南宋魏了翁跋云："张于湖有英姿奇气，著之湖湘间，未为不遇。洞庭所赋，在集中最为杰特。方其吸江酌斗、宾客万象时，讵知世间有紫微青琐哉。"（查礼《铜鼓书堂词话》）了翁以为这首词作于乾道三年（1167）知潭州（今湖南省长沙市）兼湖南安抚使之时，所以说他"未为不遇"，其实于湖作此词时，尚是黜落之身，这就尤其见出词人胸襟之阔异、境界之超卓。了翁说得对，当于湖吸江酌斗、宾客万象之时，胸次何尝有庙堂之念、富贵之求？这就难怪，晚清王闿运亟称此词"飘飘有凌云之气"，拿这首词与东坡的《水调歌头·明月几时有》相比，说东坡词"犹有尘心"。（《湘绮楼词选》）东坡中秋词是有政治寄托的，"我欲乘风归去，又恐琼楼玉宇，高处不胜寒"，仍未忘情于宋神宗，于湖此词却真真是仙气凌云，无一点尘滓。

于湖以东坡文字为心摹手追的对象。叶绍翁说他"尝慕东坡，每作诗文，必问门人曰：'比东坡如何？'"（《四朝闻见录》）他的门生谢尧仁记载，于湖曾有水车诗^①刻石，遂挂拓本于书室，特问道："此诗可及何人？不得侫我。"尧仁即以"活脱是东坡诗"对。于湖词之胸次笔力，南宋初年人皆以为胜东坡，于湖却不敢自肯，只望更读十年书，再与东坡较高下。（《张于湖先生集序》）按照一般文学史的说法，东坡和于湖都是"豪放派"的词人，实则东坡豪放之作，远不及于湖之多且精。当然，豪放只是词中的别调，词之主流仍是婉约。

明人张綖首论豪放婉约之别："词体大略有二：一体婉约，一体豪放。婉约者欲其辞情酝藉，豪放者欲其气象恢弘。盖亦存乎其人，如秦少游之作多是婉约，苏子瞻之作多是豪放。大抵词体以婉约为正。"（《诗余图谱》序）此不过是张綖信口大言，但二十世纪中叶以还，治文学史的学者众口一词，

---

① 指《湖湘以竹车激水，粳稻如云，书此能仁院壁》一首。——作者注

242

侈言宋词有所谓豪放派、婉约派之分，又说东坡是豪放词派之宗主，豪放高于婉约。或说婉约是唐末五代以来脱离现实斗争，专务婉丽；或云婉约派词人所写多是儿女私情、个人哀怨，缺乏社会意义。此类论断皆瞽谈昏论，去文学远甚、艺术远甚。吴世昌先生指出：

> 北宋无豪放派，只有少数豪放词。东坡三百四十多首词中，有十首豪放词吗？向子諲南宋时做的可称"豪放"，北宋时做的《江北旧词》全是绮语。可见"豪放"与"婉约"主要是时代决定，不纯是个人作风。南宋辛（弃疾）、刘（过）、陈（亮）诸人所作，因亡国的愤慨而发为"豪放"，至南宋亡国时，则只有张玉田、王沂孙的颓废派了。（《词林新话》卷一）

吴世昌先生认为，一个人的词风是由其遭际决定的，苏轼本人极其恶劣的际遇，令他悲愤、哀怨、旷达、慷慨，而独不能使他豪放。他说宋室南渡，人民逃难到江南，颠沛之苦，离散之惨，沦亡之痛，在在使得士大夫悲愤感慨，这样写出来的作品，当然是慷慨激昂、义愤填膺。这样呈露出来的整体风格，宜称之为"愤怒派""激励派""忠义派"，而不该用"豪放"范之。因为，"'豪放'二字多少还有点挥洒自如、满不在乎、豁达大度的含义。"（《宋词中的"豪放派"与"婉约

243

派"》）吴世昌先生把词风之异归因于词人遭际的不同，这是我所不敢完全苟同的，但他对"豪放"的理解，我却更无间言。准此以观两宋词坛，真正的豪放词，实在没有几首。大多数所谓的豪放词，都是豪而不放，较诸于湖洞庭词之真豪放，便有东家施与西家施之别。

于湖《水调歌头·泛湘江》亦是真豪放：

濯足夜滩急，晞发北风凉。吴山楚泽行遍，只欠到潇湘。买得扁舟归去，此事天公付我，六月下沧浪（láng）。蝉蜕尘埃外，蝶梦水云乡。　　制荷衣，纫兰佩，把琼芳。湘妃起舞一笑，抚瑟奏清商。唤起九歌忠愤，拂拭三闾文字，还与日争光。莫遣儿辈觉，此乐未渠央。

有一种文章是以气行文，于湖则是以气行词。此首同为乾道二年被劾去官，取道潇湘时作。词的首二句用陆云《九愍·行吟》："朝弹冠以晞发，夕振裳而濯足。"夜滩急水，恰可供他濯足，北风微凉，正好帮他晾干头发。他没有一丝一毫失意彷徨，反而感激上苍，让他离职赋闲，有机会一览潇湘美景。沧浪是古水名，昔有孺子歌："沧浪之水清兮，可以濯我缨；沧浪之水浊兮，可以濯我足。"孔子甚称道之，以为君子处世，亦当如是，即邦有道则仕，邦无道则隐之意。于湖对自己的出处，也如沧浪孺子一般恬然。他说自己就像"蝉蜕于浊秽，以浮游尘埃之外"（《史记·屈原贾生列传》），来到潇湘这样的水云乡，一时疑真疑幻，好比那梦蝶的庄子，不知是庄周梦为蝴蝶，还是蝴蝶梦为庄周。

于湖依楚人之俗，"制芰荷以为衣""纫秋兰以为佩"（《离骚》），手把着芳洁的花枝，放舟而行。他登览了湘妃庙，又到金沙堆忠洁侯庙（屈大夫庙）中凭吊屈原，拂拭石刻，屈原那些"虽与日月争光可也"（《史记·屈原贾生列传》）的文字，不正是于湖一生最企慕的吗？"湘妃起舞"以下五句，把实际的行程写得恍如游仙入梦，正像陈应行《于湖先生雅词序》所说的那样："读之泠然洒然，真非烟火食人辞语。予虽不及识荆，然其潇散出尘之姿，自在如神之笔，迈往凌云之气，犹可以想见也。"于湖腔子内充塞着浩然之气，磅礴欲出，去职后骤获自由，又饱览三湘大地胜景，他忍不住要假丝竹伴奏，纵情高唱。但又怕别人分去了快乐，宁愿独自一人，品嚼着自由的欢欣："莫遣儿辈觉，此乐未渠央。"这里用了《世说新语》中的语典。谢安对王羲之说："中年伤于哀乐，与亲友别，辄作数日恶。"羲之道："年在桑榆，自然至此，正赖丝竹陶写。恒恐儿辈觉，损欣乐之趣。""未渠央"即未遽央，未能仓猝即尽之意。

于湖词笔之雄肆高华，实在东坡之上。当然其词作深婉韶秀不足，词的整体成就不及东坡，亦无庸讳言。但单论"豪放词"的成就，于湖堪称前无古人。谢尧仁作为于湖的门下弟子，也够得上是他的知音。当于湖问他，假使自己再多读十年书，词作能否方驾东坡时，他答道："他人虽更读百世书，尚未必梦见东坡，但以先生来势如此之可畏，度亦不消十年，吞此老有余矣。"（《张于湖先生集序》）谢尧仁这番话并非是面谀（当面拍马），而是基于一个显而易见的事实：于湖词远较东坡词来得豪放。

我绝没有说于湖词高过东坡词之意，我只是说，与东坡那些被人熟知的"豪放词"比，于湖的很多词作更符合豪放的标准。

于湖的豪放首先基于其天性，这也是谢尧仁说他文章以天才胜的原因。依照中医理论来看，于湖天生就胸廓容量大、蔽骨宽阔、心气足。他两眼大小不一，不像一般人那样对称，遂自为赞曰：

> 于湖。于湖。只眼细，只眼粗。细眼观天地，粗眼看凡夫。（《自赞》）

在于湖这里，两眼不对称不是一种可能引发自卑的相貌缺陷，反而因其与众不同，让他更生强大的自信力。

而尽管被文学史家强加上"豪放词宗""豪放派的开创者"诸般名号，东坡的豪放词满打满算也没超过十首。号称"文学史上第一首豪放词"的《江神子·猎词》，念念不忘于

"持节云中，何日遣冯唐。会挽雕弓如满月，西北望，射天狼"，冀望朝廷能遣老成之大臣，来密州起用他到西北边疆，抵抗西夏。豪则豪矣，放则未必。《念奴娇·赤壁怀古》感慨"故国神游，多情应笑，我早生华发。人生如梦，一尊还酹江月"，意兴消沉，何尝豪放？

东坡曾言："退之诗云：'我生之辰，月宿直斗。'乃知退之磨蝎为身宫，而仆乃以磨蝎为命，平生多得谤誉，殆是同病也。"（《东坡志林》卷一）从韩愈的诗中，东坡知道了韩愈以摩羯为身宫，而自己却是以摩羯为命宫，所以才会和韩愈一样，平生多遭人攻讦。"谤誉"本指毁谤和称誉，东坡这里是用作偏义复词，只有毁谤的意思。身宫、命宫在摩羯则命途多舛，这原是民间的传说，东坡遭际坎坷，是基于他极执着的性情，但人的天性是不可改易的，东坡无奈之下，只好说这一切都是命宫所决定的。世上像东坡这样极认真、极执着的人殊为罕有，所以人们只看到他表面的旷达，却看不到他内心的孤寂，只看到他词中的"豪"，遂以为他也有"放"的一面，其实，东坡的性情决定了他既不可能真正旷达，也不可能做到豪放。

于湖爱赏东坡，但他毕竟不是东坡，他比东坡更洒脱，更识时知变，廷试对策中他也有歌颂秦桧之语，这在当时仕子皆然，在东坡必不然，于湖却可以和光同尘，不与前途过不去。这样的性情决定了他的一生就不会像东坡那样，被现实残酷教训。不过于湖终是有底线之士，他中进士后独不依附秦氏，几为所陷，一生大节也无可指摘处。

于湖生于宋高宗绍兴二年（1132），辛更儒先生据于湖嗣子同之墓出土的铜印跋文"十有二月，十有四日，与予同之，命之曰同"，推断于湖亦生于十二月十四日。（《张孝祥集编年校注》卷四五年谱）可知于湖生于公历1133年1月21日，身宫在水瓶。于湖自幼敏悟过人，绍兴二十四年（1154）廷试，考官已定秦桧之孙秦埙第一，于湖第二，秦桧馆客曹冠第三，宋高宗见秦埙、曹冠皆于策问中大力攻击二程之学，唯于湖不攻，遂亲擢于湖第一，评曰："议论确正，词翰爽美，宜以为第一。"置秦埙第三。秦桧衔怒，又因深恨已致仕的徽猷阁直学士胡寅，既将胡寅以"讥讪朝政"的罪名置于新州监管，于湖的父亲张祁与胡寅交好，遂令人诬陷张祁有谋反之意，下大理寺审讯。秦氏党羽复构陷当时节义之士五十三人，只待秦桧画押，即可治死，于湖名即在此五十三人中，因秦桧病重未能手书，遂暂罢。不久秦桧死，秦党尽被逐，参知政事魏良臣上奏诉冤，张祁即被释放，于湖也逃过了灭顶之灾。

于湖少年英锐，卓然绝人，这段经历只会让他相信天子圣明，权臣弄政虽能得意一时，终有云开日雾之时。于湖入仕后数度被人弹劾落职，除第一次为汪彻所劾，提举江州太平兴国宫，食禄而无为两年多，以后每一次落职，都很快起复，说明无论是宋高宗还是宋孝宗，都不曾失去对他的信任。于湖三十八岁中暑身故，孝宗且有用才未尽之叹。总其一生，未为坎壈，他那豪放不羁的天性，得以不受戕贼而条畅发舒，他三十一岁就已"世路如今已惯，此心到处悠然"，就能像鸥鸟一样忘机出尘："寒光亭下水如天。飞起沙鸥一片。"（《西江月·题溧阳三塔寺》）饱更忧患者殊难理解于湖，正如于湖也难以理解前者为什么总也放不下。

试读他与喻樗（字子才）同登金山所作的《水调歌头》：

江山自雄丽，风露与高寒。寄声月姊，借我玉鉴此中看。幽壑鱼龙悲啸，倒影星辰摇动，海气夜漫漫（mán mán）。涌起白银阙，危驻紫金山。　　表独立，飞霞佩，切云冠。漱冰濯雪，眇视万里一毫端。回首三山何处，闻道群仙笑我，要（yāo）我欲俱还。挥手从此去，翳凤更骖鸾。

再读其题黄州太守汪德邵所建无尽藏楼的同调之作：

淮楚襟带地，云梦泽南州。沧江翠壁佳处，突兀起红楼。凭仗使君胸次，与问老仙何在，长啸俯清秋。试遣吹箫看，骑鹤恐来游。　　欲乘风，凌万顷，泛扁舟。山高月小，霜露既降，凛凛不能留。一吊周郎羽扇，尚想曹公横槊，兴废两悠悠。此意无尽藏（zàng），分付水东流。

登览诗词往往见出作家的胸襟。于湖在金山见"江平如席，月白如昼"（词小序），遂生出与群仙同驾凤鸾，归隐三山之志。阔大的胸怀直接庄子，与终日忧国忧民的儒生迥异其趣。

无尽藏楼得名于《赤壁赋》："江上之清风，与山间之明月。耳得之而为声，目遇之而成色。取之无禁，用之不竭。是造物者之无尽藏也，而吾与子之所共适。"于湖并不理解东坡生命那灰暗的底色，他称其为"玉局老仙"（因东坡曾提举玉局观），希望能以箫声邀东坡的魂魄骑鹤来游，登无尽藏楼上，俯览清秋江景，放声长啸。东坡赤壁词"遥想公瑾当年，小乔初嫁，了雄姿英发。羽扇纶巾谈笑处，樯橹灰飞烟灭"。（"了雄姿英发"，"了"是全然之意。后人不解，误点断为"小乔初嫁了，雄姿英发"，不知"嫁了"在唐宋时指嫁出去。又"谈笑间"不合律，当作"谈笑处"。）《赤壁赋》说曹操"方其破荆州，下江陵，顺流而东也，舳舻千里，旌旗蔽空，酾酒临江，横槊赋诗，固一世之雄也，而今安在哉"，于湖说，周瑜之胜，与曹操之败，都随悠悠流水而去，我们凭吊古迹的无限心情，也都分付东流了吧。于湖自道作意，谓此词是"取玉局老仙遗意"，但东坡词中"故国神游，多情应笑"的叹惋，赋里"哀吾生之须臾，羡长江之无穷。挟飞仙以遨游，抱明月而长终。知不可乎骤得，托遗响于悲风"的悲慨，都是于湖词中所没有的。于湖词之豪迈绝伦者在此，其不及东坡的词赋那样有醰醰之深味，亦在此。

于湖又尝与理学家张栻、朱熹皆有交游，未必不受理学影响。而理学的根本精神，即在舍个己之小我，而成其宇宙人生之大我。朱熹把理学溯源到宋初的胡瑗、孙复和范仲淹，范氏《岳阳楼记》有云："不以物喜，不以己悲。"又曰："先天下之忧而忧，后天下之乐而乐。"于湖既能不以物喜，不以己悲，他的天性所凝结成的豪放词作，才能迈往轹今，为我们指出一条高华奇伟的道路。

绍兴三十一年（1161）十一月，于湖的同榜进士虞允文，督建康诸军，在采石矶大败南侵的金主完颜亮，于湖喜赋《水调歌头·和庞佑父》：

　　雪洗虏尘静，风约楚云留。何人为写悲壮，吹角古城楼。湖海平生豪气，关塞如今风景，剪烛看吴钩。剩喜然犀处，骇浪与天浮。　　忆当年，周与谢，富春秋。小乔初嫁，香囊未解，勋业故优游。赤壁矶头落照，肥水桥边衰草，渺渺唤人愁。我欲乘风去，击楫誓中流。

他自诩如汉末的陈登，"湖海之士，豪气不除"，鄙视求田问舍之人，想到前线战胜后的风景，在灯下细试吴钩，也要奋勇报国。"然犀"即燃犀，传说点燃犀角，可入水不灭。这是用东晋温峤过牛渚矶，听到水底有音乐声，燃犀下照，见水族覆火，奇形异状的典故，牛渚矶即采石矶的别名。"周与谢"是周瑜和谢玄，"富春秋"是说很年轻、未来的日子很长。周瑜任东吴水军都督，赤壁之战大败曹操，时年三十四；谢玄少年时爱佩紫罗香囊，其叔谢安甚不满，又不想伤他的心，就跟他打赌，把香囊赢来烧掉，从此谢玄再没佩过香囊，后在淝水之战以少胜多，令前秦氐族苻坚的一统梦碎，时年四十一。于湖说周瑜正当小乔初嫁，谢玄也是仍佩着香囊的少年，这是文学的夸张，并不符合史实，他意在表达自己刚三十岁，也希望能像周、谢二子，从容运筹，谈笑用兵，为国家建立勋业。他为不见周、谢，空余陈迹而渺渺生愁，希望自己能率师北伐，恢复中原故地。"击楫誓中流"用东晋民族英雄祖逖北伐过长江，在中流击楫为誓之典："不能清中原而复济者，有如大江！"

这是一首"主旋律"的词作，然而并无庸鄙的歌功颂德之语，读来只觉神旺气畅。同年虞允文的勋业，激发了于湖冲天的豪情，他借词言志，以第一等之襟抱，辞吐白凤，意接苍黄。此词不同于他的豪放之作，乃是一首近于崇高的审美境界的"壮词"（语出辛弃疾《破阵子》小序："为陈同甫赋壮词以寄之。"），如果说还有什么缺憾的话，那就是于湖此词"壮而不悲"，也就没有能像后来的辛弃疾那样沉郁，更接近文学的最高样式——悲剧。

于湖亦有忧时之作。他的悲慨多因时势而发，与个人的升沉出处全不相干。于湖本出主和的汤思退之门，但因对金持主战立场，遂得主战派领袖张浚的赏识。绍兴三十一年张浚判建康府兼行宫留守，岁暮会集，于湖在席上赋《六州歌头》，歌阕，张浚掩袖拭泪，罢席入内。《六州歌头》本是军中所用的鼓吹曲，音调悲壮，于湖此作尤其壮怀激烈，令人慷慨气动：

> 长淮望断，关塞莽然平。征尘暗，霜风劲，悄边声。黯销凝。追想当年事，殆天数，非人力，洙泗上，弦歌地，亦膻腥。隔水毡乡，落日牛羊下，区（ōu）脱纵横。看名王宵猎，骑（jì）火一川明。笳鼓悲鸣。遣人惊。　念腰间箭，匣中剑，空埃蠹，竟何成。时易失，心徒壮，岁将零。渺神京。干羽方怀远，静烽燧，且休兵。冠盖使，纷驰骛，若为情。闻道中原遗老，常南望、翠葆霓旌。使行人到此，忠愤气填膺。有泪如倾。

上片写宋、金对峙的前线淮河一派凄凉死寂，不由缅想起靖康之难，大概是天意如此吧，竟让孔子讲学的洙泗之地，沦于金人之手。隔着淮水望去，本应是良田千顷，稼禾如云，却成为金人牧牛羊的领地，到处只见毡房和哨望的土堡。金人的权贵率领手下，手持火把，在夜间驰骋狩猎，映照着平原，光亮闪眼更刺心。北人的笳鼓军乐，传到对岸来，让人心情悲怆。"区脱""名王"都是匈奴的说法，金人是肃慎之后，与匈奴本无关系，于湖用此二词，更能激发大家的同仇敌忾之心。

下片责备朝廷在采石矶大胜后，没有把握时机乘胜北伐，去解救沦陷区的中原父老，反而与金国互通使者，休兵静燧了。此情此境，让于湖这样的忠愤之士何以为情？听说中原的遗老，时时盼着王师北伐，还其旧都，倘使经过淮河，谁又不会忠愤激于怀，潸然下泪呢？

此词在《于湖居士文集》"乐府"部分置为第一首，乾道七年（1171）建安刘温父所编《于湖居士长短句》亦置在卷首，可见时人之推许。此词固然笔饱墨酣，力大无伦，但更多地展现出时代的精神，而非于湖的艺术个性，与《念奴娇·过洞庭》词相比，仍须让后者出一头地。说明白点，就是《六州歌头》当时人也能作得出，洞庭词却非于湖之胸襟笔力莫办。

《浣溪沙·荆州约马举先登城楼观塞》同为悲慨之作，但因篇制短小，比之《六州歌头》尤觉沉雄哀凉：

霜日明霄水蘸空。鸣鞘声里绣旗红。淡烟衰草有无中。

万里中原烽火北，一尊浊酒戍楼东。酒阑挥泪向悲风。

此词作于乾道四年（1168）秋知荆南府兼荆湖南路安抚使任上，比"忠愤气填膺，有泪如倾"蕴藉，也就有了更耐咀嚼的余味。

我不知道人类是因为悲观才会变得深刻，还是因为深刻所以才悲观，但至少我可以肯定，豪放乐观的人很难深刻。于湖的多首长调，是豪放词的极则，但只知"放"不知"留"，便不能如酽茶一样，香留口齿，因其不够深刻故。豪放是离普通人最遥远的一种人生境界，因为它太完美。于湖阔异的胸襟，清静的辞气，令每一个普通人只能仰望，却无法生出亲近之心。幸好，这位看上去纯然无滓的完美人物，也与我们一样，因爱情而痛苦，他的那些缠绵怨悱的爱情词，比那些只可远慕的豪放词，更能打动碌碌我辈的心灵。

念奴娇

　　风帆更起，望一天秋色，离愁无数。明日重阳，尊酒里、谁与黄花为主。别岸风烟，孤舟灯火，今夕知何处。不如江月，照伊清夜同去。　　船过采石江边，望夫山下，酹水应怀古。德耀归来，虽富贵、忍弃平生荆布。默想音容，遥怜儿女，独立衡皋暮。桐乡君子，念予憔悴如许。

此词辛更儒先生以为是于湖在绍兴二十九年（1159）重九前一日，思念远在家乡和州侍亲的妻子时氏之作。（《张孝祥集编年校注》卷三九）于湖在绍兴二十四年大魁天下，权臣曹泳请婚，于湖不答，当时他并未婚娶，何以不答曹泳之请呢？如果考虑到于湖与时氏是中表之亲，可能早有情愫，便可理解词中"德耀归来，虽富贵、忍弃平生荆布"的含义了。"德耀"是东汉高士梁鸿的妻子孟光，此用以指时氏。"荆布"即荆钗布裙，语出《南史》卷五七《范云传》。初，江祏（shí）为其子求范云女，酒酣时于巾箱中取剪刀为娉，范云笑而受之。后来江祏贵盛，范云也趁着酒醉，对江祏说："昔与将军俱为黄鹄，今将军化为凤皇，荆布之室，理隔华盛。"遂把剪刀归还，江祏子也另娶贵族之女。于湖说，妻子时氏就像孟光一样贤德，我即使富贵，怎能像江祏一样，解除荆布之室的婚约呢？"桐乡"指嘉兴府崇德县梧桐乡，于湖的二舅时檄——也是他的岳父，曾任崇德主簿，遂家于桐乡，有子胜之、恭之、文之、惠之，长女时氏嫁于湖。于湖既经外舅之里，遂念及伊人，亦望桐乡亲戚，能体谅他游宦不定，不能带时氏省亲的歉疚。此词清丽婉约，意境酷肖杜甫的《月夜》："今夜鄜州月，闺中只独看。遥怜小儿女，未解忆长安。香雾云鬟湿，清辉玉臂寒。何时倚虚幌，双照泪痕干。"与结发妻子的海样深情，写得这样地委宛动人。

时氏病逝后，于湖续娶喻樗之女喻氏，但不久被迫仳离。元人《排韵增广事类氏族大全》卷一七《去妇》条记载："喻氏，张孝祥之妻也。事舅姑不豫，竟至仳离。孝祥作《木兰花》寄之，有'玉簪中折，覆水难收'之句。"（《张孝祥集编年校注》卷四三引）此词字字着实，显然背后有着于湖痛切的情感故事，而这一类的词，如不明本事，最难索解，幸得辛更儒先生找到本事，才算豁然开朗：

> 紫箫吹散后，恨燕子，只空楼。念璧月长亏，玉簪中折，覆水难收。青鸾送、碧云句，道霞扃雾锁不堪忧。情与文梭共织，怨随宫叶同流。　　人间天上两悠悠。暗泪洒灯篝。记谷口园林，当时驿舍，梦里曾游。银屏低、闻笑语，但醉时冉冉醒时愁。拟把菱花一半，试寻高价皇州。

上片意谓凄咽的箫声将燕子惊走，只余下空空的楼台。与所爱之人中道分离，就像月亮只有一夕能圆，就像玉簪折断，就像覆盆之水，再难收起。青鸟信使为我传来你相思的词句，说的是你的心房如被蓝霞浓雾关锁，忧愁怎堪重说！就仿佛前秦的苏蕙，将深情织入回文诗句，又好似唐朝的宫女，将幽怨题于红叶，放入御沟的水中，流出宫墙。"碧云"是用江淹"日暮碧云合，佳人殊未来"的语典。"情与文梭共织"是说前秦苻坚时，秦州刺史窦滔被徙流沙，其妻苏蕙思之，织锦为回文旋图诗以寄，锦上文字宛转循环皆可成诗，凡八百四十字，词甚悽惋。"怨随宫叶同流"用唐代诗人顾况事。顾况在洛阳，趁闲与一二诗友游于苑中。流水上得大梧叶，上题诗曰："一入深宫里，年年不见春。聊题一片叶，寄与有情人。"

过片"人间天上两悠悠"，以凄断哀凉之语另起一阕。"人间天上"不是说天人睽隔，而是说我们在人间天上，都无相见之时。故只有在灯前忆旧，徒洒情泪而已。

于湖不由记起往昔相爱时同游过的"谷口园林，当时驿舍"，现在只有梦里才能一往了。镶银的屏风逼人如压，听到别人的笑语声，而自己却是醉时迷离，醒时愁苦，无法感知欢乐。冉冉，迷离貌。"拟把菱花一半，试寻高价皇州"最是惊心动魄，因其在绝望中仍不肯放弃渺茫的希望，因其不但因爱人别离而痛，更因所求不得而苦。这两句用的著名的破镜重圆的故事：陈朝乐昌公主驸马徐德言，知陈朝将亡，遂剖一镜，与妻各执其一，约曰：他日必以正月十五卖于都市，我当在，即以是日访我。及陈朝为隋所灭，公主被越国公杨素所得。德言流离辛苦，始至京师，正月十五日访于都市，果见有苍头老者，以高价卖半镜，德言出半镜以合之，又题诗曰："镜与人俱去，镜归人不归。无复嫦娥影，空留明月辉。"公主得诗，流泪不止，不肯进食。杨素乃知道此事，怆然改容，即召德言，还其妻。

于湖还有一首同调之作：

送归云去雁，淡寒采，满溪楼。正佩解湘腰，钗孤楚鬓，鸾鉴分收。凝情望、行处路，但疏烟远树织离忧。只有楼前流水，伴人清泪长流。　　霜华夜永逼衾裯。唤谁护衣篝。念粉馆重来，芳尘未扫，争见嬉游。情知闷来殢酒，奈回肠不醉只添愁。脉脉无言竟日，断魂双鹜南州。

辛更儒先生认为是于湖在静江府任上思念喻氏所作，窃以为非是。此词当与上词同时而作，皆喻氏被出后所作。"佩解湘腰"用《楚辞·九歌·湘君》语："捐余玦兮江中，遗余佩兮澧浦。""钗孤楚鬓"的"孤"是离弃之意，谓喻氏临行，摘钗相留，"鸾鉴"是对镜子的美称，"分收"仍用破镜重圆之典，意即姑且各执半镜，仍冀有重圆之日。一结"断魂双鹜南州"，"南州"指豫章郡，喻氏父喻樗之先为南昌人，即古之豫章，又初唐王勃在南昌作《滕王阁序》，有"落霞与孤鹜齐飞"之句，于湖谓：南州鹜能双飞，而我却孤零一个。

佛说人生有八苦：生、老、病、死、怨憎会、爱别离、求不得、五盛（chéng）阴，其中五盛阴又译作五取蕴，意为五蕴生灭变化无常，盛满各种身心痛苦。色、受、想、行、识谓之五蕴。于湖诸苦皆可淡然处之，而独有爱别离之苦，贤如于湖，亦不能免。于湖中状元后，到秦桧之门拜谢，秦桧说皇上不但爱状元的策问，且喜欢状元的诗与书法，真可谓三绝了，又问他诗学何人，字法哪家，于湖庄重正色道："本杜诗，法颜字。"秦桧心中生嫉，但笑曰："天下好事，君家都占尽。"其实一个人怎么可能占尽天下好事，于湖不能做太上忘情，将爱别离之痛，渲染成深情的词作，反而更让我们觉到亲切。于湖那些豪逸绝尘的词作，固然值得我们永远地仰慕，但那是太过高明的理想之境，可望不可即，他的爱情词才真能撩拨到我们的心弦。毕竟，我们都在人生八苦中辛苦恣睢着。

布被秋宵夢覺 眼前萬里江山

乙未冬夜於京

拚千醉，醉里看吴钩。江晚鹧鸪催壮别，

春深鹈鴂动新愁。分泪与黄流。

右辛青兕

可惜流年，忧愁风雨——说辛稼轩

宋钦宗靖康二年四月，北方女真族政权金国攻破宋都汴梁（今河南省开封市），掳劫徽、钦二帝北上，同时被掳的还有皇族后宫、大臣名公、乐工巧匠、平民百姓不下十万人，太平百年宋都所积累的财富，也被金人洗掠一空。宋徽宗于被掳路上，作有一阕《燕山亭·北行见杏花》，词中感慨："天遥地远，万水千山，知他故宫何处。怎不思量，除梦里、有时曾去。无据。和梦也、新来不做。"发语凄断，令人肠断气结。金人剥夺了他的一切，甚至包括最后的尊严，亡国之君，欲求一死而不可得，使人思之恻然。

金人掳走徽、钦二帝后，立太宰张邦昌为帝，成立伪政权，国号大楚。张邦昌只做了三十二天伪皇帝，即拥戴康王赵构在应天府（今河南省商丘市）登极，年号建炎。康王曾在金国为人质，对金人惧若豺虎，遂决意南逃建康（今江苏省南京市），主战的李纲、宗泽均被他削权投闲。他先以扬州为行在（天子巡行驻跸的地方），又一路南逃，升杭州为临安府，意为临时安顿，其实是想长安于此。金人一路追击，康王直逃到海上，漂泊三十余日，始得脱险。战争延至宋高宗绍兴十一年（1141），宋金双方签订和议：宋向金称臣，由金国册封赵构为皇帝，大散关至淮水以北，土地人民不再为宋所有，宋国每年向金国进贡银二十五万两，绢二十五万匹。从此开启了一百余年偏安苟且的南宋。

在连年的战争中，无论士大夫还是普通老百姓，莫不颠沛流离，受尽苦楚。这是一段血泪交迸的历史，而在这期间涌现出的不少词作，都表现出强烈的民族意识、爱国情怀，感激时事、慷慨悲歌之作，成为时代的最强音。其中健者，则有朱敦儒、陈与义、叶梦得、张元干、向子諲诸人。

如朱敦儒《水龙吟》词感慨"回首妖氛未扫，问人间、英雄何处"，惋惜自己"奇谋报国，可怜无用，尘昏白羽"，只得"愁敲桂棹，悲吟梁父，泪流如雨"。他眼中的这段历史，"个是一场春梦，长江不住东流"（《朝中措》），他向苍天发问"中原乱，簪缨散，几时收"，最终却是"试倩悲风吹泪、过扬州"（《相见欢》），归于一场恸哭。叶梦得不忿于"边马怨胡笳"，胡人侵占中原，祈盼有一位像谢安一样的英明统帅，"谈笑净胡沙"（《水调歌头·秋色渐将晚》）。张元干赠胡邦衡、李纲的二首《贺新郎》，更是激越苍凉，气冲牛斗。

然而，这一类被文学史家称为"豪放词"的作品，情感过于直露，词中的意象，都是为了烘托情感而生生拉扯过来的

"造境"，令人一览无余，没有可供细品的余味，称不上第一流的词品。更重要的是，这类作品产生于战乱连绵、国破家亡的时代，时代裹挟了每一个人，于是便出现了这些没有个性、只有共性的词作。在乾坤板荡的时局下，个人的自由心灵变得不再重要，词人的哀怨愤激，都不得不附丽于时代，难以产生超越时代的艺术价值。而我们知道，真正伟大的作品，一定是超越时代的。

南宋词坛，至张于湖而有全新的面目，自辛稼轩横空出世，遂能压倒古人，于唐宋诸大家外别树一帜。

辛稼轩，名弃疾，字幼安，出生于山东历城（今山东省济南市历城区）。他出生时，北方已沦陷于异族十三年了。稼轩的祖父辛赞，虽然在金人的统治下做着小官，却心怀大宋，"每退食，辄引臣辈登高望远，指画山河，思投衅而起，以纾君父所不共戴天之愤"（辛弃疾《进美芹十论札子》）。稼轩从他的祖父那里接受了儒家正统思想，他不仅以士大夫名节自勖，更以恢复中原、致君尧舜作为其毕生信仰。稼轩不仅有英雄情怀，更有英雄手段，他的词是英雄之词，与一般文人的词作殊观。

历来说词者多把苏辛并举，谓为"豪放派"的代表人物，且每以为辛词学自苏词；只有清代周济《宋四家词选》，以稼轩"敛雄心，抗高调，变温婉，成悲凉"，为"领袖一代"之大家，反以苏词附于辛词之下，崇辛抑苏，堪称独具只眼。周济又在《介存斋论词杂著》中比较苏辛，曰："稼轩不平之鸣，随处辄发，有英雄语，无学问语，故往往锋颖太露。然其才情富艳，思力果锐，南北两朝，实无其匹，无怪流传之广且久也。世以苏辛并称，苏之自在处，辛偶能到之；辛之当行处，苏必不能到。二公之词，不可同日语也。"拈出"才情富艳，思力果锐"八字，的是知音，又说"稼轩固是才人，然情至处，后人万不能及"，更是深有味于斯道的卓见。唯稼轩之高卓，不仅在于其沉郁悲凉、耐于寻绎的词味，更在于他是中国历史上罕见的具有古希腊悲剧英雄气质的词人，他的词中，跳跃着的是与古希腊悲剧一样的崇高精神。

悲剧（tragedy）一词，起源于古希腊，本意是"山羊之歌"。古希腊人祭祀酒神狄俄尼索斯，以歌队侑神，所有歌队中人都穿着山羊皮，戴着羊角，装扮成酒神侍从萨提尔的样子，歌颂酒神，后来慢慢发展为代言体的戏剧形式。古希腊悲剧多演神的故事，所谓的悲，不是悲伤之悲，而是悲愤激越之悲，悲剧中激荡着的是强大的生命意志。

悲剧的美学旨趣是崇高。一切悲剧，最终都要带给人以崇高感。大家可能最熟悉的是鲁迅对于悲剧的定义。他说，悲剧是将人生有价值的东西毁灭给人看，喜剧是将那些无价值的撕破给人看。鲁迅的这种看法，其实也不是他的发明。西哲亚里士多德就认为，悲剧要描写比我们高尚、比我们要好的人，而喜剧则要描写比我们卑贱、比我们要差的那些人。这一说法，并没有把握住悲剧的本质。

我个人最欣赏德国哲学家黑格尔对悲剧的定义。黑格尔说："在悲剧里，个人通过自己的真诚愿望和性格的片面性来毁灭自己。"悲剧主人公性格的片面性与他的真诚愿望产生冲突之时，他没有选择放弃、逃避、妥协，而是选择了猛锐抗争，殒身不恤，最终，主人公毁灭了自己，却张扬了他的生命意志，在毁灭之火中放出绚烂的光芒。

西方传统上把悲剧区划为命运悲剧与性格悲剧，如古希腊索福克勒斯的《俄狄浦斯王》是命运悲剧，而莎士比亚的名剧《奥赛罗》则是典型的性格悲剧。但天命之谓性，天之所赋，不可改，不可易，性格也是一种命运。面对天命，人不再只是顺从，而是以其强有力的生命意志，勇于抗拒天命，不畏牺牲，展露出人性的高贵庄严，这正是悲剧精神的价值所在。稼轩正是这样一位悲剧英雄。

古希腊悲剧主人公起先都是神，后来也开始表现有神的血统的英雄人物，通常他们都是勇武过人、才智出众之士。稼轩武艺超群，胆略过人，一生力图恢复中原故地，却不能一骋其志，反而累遭投闲置散。他的人生荒废了将近二十年，原因在于，当时南宋的基本国策是向金国屈膝求容，而非扫平胡氛。"使李将军，遇高皇帝，万户侯何足道哉"（刘克庄《沁园春·梦孚若》），稼轩不幸未生在需要开疆拓土的时代，风云才略，无可措用，终其一生，都在与无奈的命运抗争，他的词作，就是他不屈抗争的心灵写照，也因此呈现出他人无法效仿的崇高之美。

当然，稼轩与西方悲剧主人公不一样的是，他没有像西方悲剧主人公那样，最终走向毁灭。但实际上，他通过燃烧自己的生命，让生命的余烬化成传之不朽的词作，这是另一种形式的生命毁灭。也正因此，他的词作才尤其动人。

我们对比苏词与辛词，会对稼轩词中的悲剧意识有更深切的感受。他们之间的分别，不是前人所谓的苏才高而辛力大，实以苏之生命精神偏于冲淡，不若辛之生命，如大火烈焰，有悲剧感，有崇高感而已。譬如同是读老、庄，苏、辛二家，亦绝不雷同。东坡是儒释道三教俱完足于心，读庄子，尤深洽于心；稼轩却一生恪守儒学，对道禅虽未明斥，内心终是格格不入。而儒学本就是偏于悲剧情怀的一门学说，孔子被石门晨门称作"知其不可而为之者"，曾子曰"自反而缩，虽千万人吾往矣"，孟子曰舍生取义，都是伟大的悲剧精神。历代儒生，每多杀身成仁、舍生取义之士，他们能在乾坤板荡之际做出猛锐的选择，其实都是从孔子那里继承了悲剧的性格基因。

感皇恩·读《庄子》，闻朱晦庵即世

案上数编书，非庄即老。会说忘言始知道。万言千句，不自能忘堪笑。今朝梅雨霁，青天好。　　一壑一丘，轻

衫短帽。白发多时故人少。子云何在，应有玄经遗草。江河流日夜，何时了。

朱晦庵是南宋理学家朱熹。当时他的学问已被朝廷宣布为伪学，严禁士子传习，朱熹既殁，门生故旧都不敢去送葬，稼轩却不计个人安危，写了这首词以为吊唁。选择《感皇恩》这个词牌，其实是对皇帝的讽刺。表面看，这首词用到了一些老庄的哲学思想，显得颇有旷达之思，但是词人又说，老庄之学，是要人忘言、忘情，自己却是"不自能忘"，他眷情于故人多已下世（"白发多时故人少"），他心中的怨苦，便如江河日夜奔流，无有已时。由此可见，稼轩与老庄之学，本质上是格格不入的。

人们往往把苏、辛并称为豪放词人，其实《东坡乐府》中豪放之作满打满算也超不过十首，辛词固不乏粗豪之作，但是与豪放的精神——豪情高纵、满不在乎——并不特别契合。无论对哪一位词人来说，粗豪都不是一个优点，而是一种毛病，只是稼轩才大，使人不觉粗豪为病耳。比如京剧中的麒派，是哑着嗓子唱戏，固然有其浓墨重笔的泼画之美，但哑嗓子终究是毛病，不如高亮窄的老生嗓音受听。如《南乡子·登京口北固亭有怀》：

何处望神州。满眼风光北固楼。千古兴亡多少事，悠悠。不尽长江滚滚流。　　年少万兜鍪。坐断东南战未休。天下英雄谁敌手，曹刘。生子当如孙仲谋。

只好算是一篇合韵的史论，却离词心、词味相距辽远。

又如《破阵子·为陈同甫赋壮词以寄之》：

醉里挑灯看剑，梦回吹角连营。八百里分麾下炙，五十弦翻塞外声。沙场秋点兵。　　马作的卢飞快，弓如霹雳弦惊。了却君王天下事，赢得生前身后名。可怜白发生。

虽然虎虎生气，终嫌一泄无余，缺乏词味。只是他情感炽热，真力弥漫，方能救粗豪之失，不堕于叫啸一路。

与其说辛词的风格是豪放的，倒不如说辛词是包罗万象的。在稼轩那儿，无一事不可入诸词，生活中琐碎平庸的小事，他都可以写入词里面，且别饶天趣。他又岂单是以诗为词而已，文、赋各体，莫不可入诸词。在他投闲置散将近二十年的漫长岁月里，他更是把词当成排忧遣闷的游戏，以近似于俄罗斯学者巴赫金所谓的"狂欢化"精神去写作。如下面这一首《水龙吟》：

听兮清佩琼瑶些。明兮镜秋毫些。君无去此，流昏涨腻，生蓬蒿些。虎豹甘人，渴而饮汝，宁猿猱些。大而流江海，覆舟如芥，君无助、狂涛些。　路险兮、山高些。愧余独处无聊些。冬槽春盎，归来为我，制松醪些。其外芳芬，团龙片凤，煮云膏些。古人兮既往，嗟余之乐，乐箪瓢些。

此词是稼轩第二次被贬，在江西瓢泉（位于今江西省上饶市铅山县稼轩乡期思村瓜山下。铅，音 yán）蛰居八年之时所写。词前有小序，曰："用些（suò）语再题瓢泉，歌以饮（yìn）客，声韵甚谐，客为之醮。"所谓"些语"，就是每一句的句末，都用"些"字作为语助词。"些"字是楚方言，楚辞的名篇《招魂》中，就以此字作为句末语助词。这首词真正的韵脚，是"些"字前面的那些字：瑶、毫、蒿、猱、涛……这样的词，既不是言志之作，也非缘情而发，它只是在表达一种谐趣，大约从俳谐文发展而来，是十足十的游戏笔墨。

复如《沁园春·将止酒，戒酒杯使勿近》：

杯汝来前，老子今朝，点检形骸。甚长年抱渴，咽如焦釜；于今喜睡，气似奔雷。汝说刘伶，古今达者，醉后何妨死便埋。浑如此，叹汝于知己，真少恩哉。　更凭歌舞为媒。算合作平居鸩毒猜。况怨无大小，生于所爱；物无美恶，过则为灾。与汝成言，勿留亟退，吾力犹能肆汝杯。杯再拜，道麾之即去，招则须来。

这首词把酒杯给拟人化了，词人絮絮叨叨，列数对酒杯的不满，疏狂之态可掬，诙谐之致可喜。虽然它绝非文学，缺乏文学应有的感人的力量，但也算拓宇开疆，为词之一体的发展做出了贡献。稼轩写这类词是因为他满腔的精力无法宣泄，无聊到极点，只好把文字当作游戏。

幸好稼轩不是只有这样的作品。辛词之佳妙，不在其"横放杰出"（晁无咎评苏轼词之语），粗豪跌宕，不在其"横竖烂漫"（刘辰翁《辛稼轩词序》），无一事不可入词，而在其常能婉丽妩媚，却又风骨凛然。他集中佳作，总是那样冷艳而凄厉，如子归啼血，嫠妇夜起，在沉郁的况味中蕴藏着悲剧性的崇高。

青玉案·元夕

东风夜放花千树。更吹落、星如雨。宝马雕车香满路。凤箫声动，玉壶光转，一夜鱼龙舞。　　蛾儿雪柳黄金缕。笑语盈盈暗香去。众里寻他千百度。蓦然回首，那人却在，灯火阑珊处。

元夕即元宵，农历的正月十五，是中国古代城市不行宵禁，男女自由约会的日子。这首词上片先以"东风"三句，写出元宵灯市迷离惝恍之美，再承以"宝马雕车香满路"，极写人流繁密。"凤箫声动"是说春色渐近，古人诗句中，凡涉"凤箫"一词，多在春日。"玉壶"则是用以滴水计时的滴漏壶，"玉壶光转"，是说时光在玉壶滴沥的水声中悄悄流逝。一夜之中，各种形制的花灯纷纷披呈，仿佛鱼龙戏舞，千奇百怪。上片的风格，是十分峭直的。

过片承"元夕"之题，写词人遇见一位绝色佳人，她的头上插着美丽的头饰，笑语盈盈，从身边走过，空气中还留着她身体的幽香。词人很想与之交言，却到处觅不着她的踪影，不期然地回首一瞥，却见到她正在灯火零落将尽的所在，悄然站立。"众里寻他千百度"的"度"，是宋时方言，今天广东话依然保留，意即"处所"。相对于上片的峭直，下片风格转为婉丽深沉。

这是一首有寄托的作品。稼轩把自己与这位佳人的关系，比喻与皇帝的君臣遇合。他渴望获得朝廷的信任，好让他披甲沙场，恢复中原。然而，心中的"她"却终是可望而不可即。但在读者读来，并不觉凄婉，便因词人有着"众里寻他千百度"的执着情怀，这是与命运抗争的悲剧精神，词的风骨也正因此而得以呈现。

菩萨蛮·书江西造口壁

郁孤台下清江水。中间多少行人泪。西北望长安。可

273

怜无数山。　　青山遮不住。毕竟东流去。江晚正愁予。
山深闻鹧鸪。

这是一首借登山临水而吊古伤今的名作。郁孤台建在赣州
以北贺兰山顶，以山势高阜、郁然孤峙而得名。据罗大经《鹤
林玉露》卷三："吉州吉水县，江滨有石材庙。隆祐太后避虏，
御舟泊庙下。一夕，梦神告曰：'速行，虏至矣！'太后惊寤，
即命发舟指章贡。虏果蹑其后，追至造口，不及而还。"稼轩
即因此史实而生感慨。

词的上片，先写往来登临郁孤台之人，心怀忠愤，感慨
当日金人险些追及隆祐太后的奇耻大辱，不由得泪水溅入清
碧的江水之中。江水奔流不尽，而行人的伤心之泪，也横流
无尽。登台向西北望去，哪里能见到故都汴梁？只见重重叠
叠的山，遮住了望眼。隐喻故都已沦于金人之手。过片承上
"可怜无数山"顶针①写下去，"青山遮不住。毕竟东流去"二
句，表面上是讲赣江之水不为青山所阻，滔滔不息，奔流到
海，实际上是说神州贵胄，虽遭一时折辱，终当重新奋起。
然而，朝廷终无恢复中原之志，词人心中本已积郁难开，更
何况听到深山中鹧鸪的哀叫？无限哀凉心事，自然尽在不言

---

① 顶针（顶真），亦称联珠、蝉联，是一种修辞手法，指上句的结尾和下句的开
头使用相同的字或词，用以修饰两句子的声韵的方法。——编者注

中了。鹧鸪似山鸡而体型较小,其叫声像是在说"行不得也哥哥"。山中何鸟不鸣?词人偏说听着鹧鸪啼,是说恢复之事行不得,意蕴极为深长。

清平乐·独宿博山王氏庵

绕床饥鼠。蝙蝠翻灯舞。屋上松风吹急雨。破纸窗间自语。　　平生塞北江南。归来华发苍颜。布被秋宵梦觉,眼前万里江山。

此词音节繁密,急如擂鼓,沉郁之至,而又崇高之至。词人行经博山(今江西省上饶市广丰区洋口镇博山村)一带,在一户王姓人家投宿。"庵"是圆形的草屋。词的上片,描写宿所的简敝:老鼠觅不着食物,夜中绕着床铺活动;门窗残破,蝙蝠飞入屋中,围着灯火翻飞;大风吹着屋顶上的松树,松叶摇得沙沙响,仿佛是一阵骤雨;糊在窗棂上的窗纸,也已残破不堪,发出低喃的声响,如同有人在絮絮自语。在这样的环境下,词人的心境是沉郁的、哀凉的,他自然地点检平生心事,想起自己一生志在恢复中原,少年时受祖父所命,入燕京应举,以刺探敌人虚实,后来南渡投宋,终不能一骋其志,年华虚度,只落得头发花白,容颜苍老。但结二句陡然振起,谓秋夜梦回,仍时时以天下江山为念。这种造次颠沛,不离于仁的悲剧情怀，与词人的生命相始终，展现出崇高之壮美，也是稼轩词最能动摇人心的地方。

稼轩是在沦陷区起义投奔大宋的。宋高宗绍兴三十一年辛巳（1161），金主完颜亮读了柳永的《望海潮》词，欣然有慕于江南之三秋桂子，十里荷花，遂兴立马吴山之志。他举大军南侵，却在采石矶被宋军击败。其时完颜雍又在后方政变，登基为帝，侵宋的金人军心不稳，遂发起兵变，杀死了完颜亮。金国内乱让稼轩看到了恢复故土的希望，他结合了二千兵马，举义旗起义，投奔当时有二万兵马、号称天下节度使的耿京，并被封为掌书记。稼轩还说服了另一支义军的首领义端和尚归顺耿京。孰料义端首鼠两端，一天晚上，偷走了耿京的军印逃走，准备投降金人。耿京发现此事大怒，要以军法处置稼轩，稼轩却并不慌张，向耿京要求给他三天时间，必将义端拿获，如事不遂，再来就死未晚。稼轩遂一路向金营追将过去，终于在半途追获了义端和尚。义端自知性命不保，忙对稼轩说："我识君真相，乃青兕也。力能杀人，幸勿杀我。"义端大概善相术，他想挟此秘术乞得不死，稼轩当然没有理他，径斩其首，归报耿京。这一年他才二十二岁。

稼轩被后人称作"辛青兕"，就是因义端说破他的"真相"这件事。他的好友陈亮这样形容他的相貌："眼光有棱，足以映照一世之豪；背胛有负，足以荷载四国之重。"所谓"背胛有负"，就是说他肩部肌肉发达。稼轩的身材一定非常魁梧壮硕，他更像一位赳赳武夫，而不是文人。他让我想起了清末诗人丘逢甲。逢甲于清廷决定割让台湾后，举黑虎义旗抗日，号"台湾民主国"，尊巡抚唐景崧为大总统，自任副总统兼大元帅，抗日失败后逃回大陆，住在梅州蕉岭。其《岭云海日楼诗钞》笔力千钧，其人外形也勇武非常，曾被人误会是武进士。实际上丘逢甲自幼文采出众，有神童之誉，是正途进士出身。这样兼资文武的人才，在中国历史上是十分罕见的，他们更像是古希腊的悲剧英雄。

鹧鸪天

有客慨然谈功名，因追念少年时事，戏作。

壮岁旌旗拥万夫。锦襜突骑渡江初。燕兵夜娖银胡𮍕，汉箭朝飞金仆姑。　　追往事，叹今吾。春风不染白髭须。都将万字平戎策，换得东家种树书。

此词记稼轩二十三岁时事。这一年，稼轩劝耿京奉表归宋，既得首肯，遂与另一起义领袖贾瑞同去行在建康诣圣，带回了南宋朝廷的任命书。其时耿京竟为叛将张安国所杀，献于金人。辛弃疾亲将五十骑，夜袭金营，活捉张安国，马不停蹄，昼夜不食，终于押解着叛徒赶到新的行在临安，交给朝廷，斩首于市。

稼轩的韬略智谋勇武，无一非上上之选，实在可以说是有改天换地之能，可是他终于不能一骋其志，这样，他心头的抑郁愤激也就尤其过人。

稼轩归宋以后，一心为天下苍生计，以恢复中原为念，但朝廷只给他通判建康府、司农簿、知滁州、江东安抚司参议官、仓部郎官等内外官职，到前线与金人作战，遥遥无期。这中间，他给宋孝宗上过《美芹十论》，分析敌我情况，提出中肯建议，又曾给丞相虞允文上《九议》，更具体地谈恢复大计，这些主张，都是十分切实可行的，也体现出稼轩对兵事的深刻理解。怎奈有志恢复的宋孝宗和虞允文尽管很重视稼轩，宋孝宗还曾亲自召见他，却终因各方面的阻力，未能把他的主张付诸实践。后来刘克庄、周密这些人都感慨，倘使稼轩的主张能为朝廷所用，历史也许就会改写了。刘克庄、周密的感慨不是无的放矢。稼轩既有卓绝的军事天分，同时又是从沦陷区过来的，深稔敌情，他的主张都是切实可行的。

水龙吟·登建康赏心亭

楚天千里清秋，水随天去秋无际。遥岑远目，献愁供恨，玉簪螺髻。落日楼头，断鸿声里，江南游子。把吴钩看了，栏杆拍遍，无人会，登临意。　　休说鲈鱼堪脍，尽西风、季鹰归未。求田问舍，怕应羞见，刘郎才气。可惜流年，忧愁风雨，树犹如此。倩何人唤取，红巾翠袖，揾英雄泪。

这首词是稼轩通判建康府时所作。归宋已经有一些年头了，英雄却无用武之地，登高骋目，无非伤怀，清秋景致，益增哀凉。"楚天"二句，如画泼墨山水，只用淡素的色泽，即刻画出江南的凛然秋意。"遥岑"三句，说的是眼中远处的丘陵，仿佛是歌伎插着玉簪、盘着梳起的发髻，她们唱着无声的歌曲，传递着幽愁暗恨。"落日"三句，以夕阳西下、孤雁唳叫的凄婉，映衬词人客居江南，不得见用的凄凉心绪。自"把吴钩看了"以下，情绪由凄婉顿转激越。吴钩是古代一种弯刀，唐代诗人李贺有诗云："男儿何不带吴钩。收取关山五十州。"稼轩即暗用此典。意谓，我一心要率兵北伐，收复失地，却无法得到朝廷的支持，只能拍遍栏杆，纵情高唱，以一泄胸中块垒，我的心事，又有谁真的懂得呢？过片情感又是一转。词人投宋后，不能效命沙场，只是做着地方官，不免偶兴归老之志，但他马上自我否定了这种想法。晋代张翰，字季鹰，当西风起时，想到家乡松江的鲈鱼莼羹，于是挂冠归隐。稼轩此处反用典故，意思是，不要说家乡的鲈鱼有多美味，西风起时，有几人能如张翰一样决然归隐呢？方当天下扰攘之际，倘使像许汜一样买地买房，我该被刘备那样的英雄所耻笑吧！然而，壮志难酬，年华虚度，人生如在风雨之中，忧愁逼人。晋代大司马桓温，经过金城，看到从前自己做琅琊内史时所种的柳树已有十围（两手合拱）之粗，感慨"木犹如此，人何以堪"。稼轩也是深慨于岁月如流、人情易老，才问道：到哪里去找贴心知己的佳人，为我揩拭英雄之泪呢？红巾翠袖阴柔优美的意象，与英雄悲泪的壮美，形成了很高明的艺术张力，这就是沉郁之境。

稼轩归宋后第一次施展军事才能，是在江西提点刑狱任上"节制诸军，讨捕茶寇"。茶寇是武装暴动的茶商武装，虽能统兵打仗，却不是去打金人，稼轩心中郁积着不平，前引《菩萨蛮·书江西造口壁》，即作于这一时期。

平定茶寇后，稼轩由江西提点刑狱差知江陵府（今湖北省荆州市），兼湖北安抚，迁知隆兴府（今江西省南昌市），兼江西安抚，召为大理少卿，出为湖北转运副使，改湖南转运副使，仕途一帆风顺，但稼轩要的是开赴前线，与金人交战，他心中的怨怼也就越来越深。在由湖北转官湖南时，他写下了下面这首不朽名篇：

摸鱼儿

淳熙己亥，自湖北漕移湖南，同官王正之置酒小山亭，为赋。

更能消、几番风雨。匆匆春又归去。惜春长恨花开早，何况落红无数。春且住。见说道、天涯芳草迷归路。怨春不语。算只有殷勤，画檐蛛网，尽日惹飞絮。　　长门事，准拟佳期又误。蛾眉曾有人妒。千金纵买相如赋，脉脉此情谁诉。君莫舞。君不见、玉环飞燕皆尘土。闲愁最苦。休去倚危楼，斜阳正在，烟柳断肠处。

　　词借伤春着笔，而实蕴政治寄托。他用美好的春光比喻宋孝宗上台后一段短暂的力谋恢复、励精图治的政治景象。"画檐蛛网"，喻指主和的朝臣。过片由"长门事"直至"脉脉此情谁诉"，都是用汉武帝的皇后陈阿娇的故事。传说陈阿娇失宠后，以千金请得司马相如写成了《长门赋》，冀以重返君心。词人以陈阿娇自况，"准拟佳期又误"，是说皇帝本来是支持恢复事业的，最终却又变卦了。"君莫舞。君不见、玉环飞燕皆尘土"是劈空而来的议论。君，指的是席间唱词的歌伎。这三句的意思是，你这位在筵前歌舞的佳人，难道没有看见，即使是杨玉环、赵飞燕那样的倾国之色，也被人视为尘土？词人这话似是对歌伎言，实际是在感慨自己，徒有千里之才，却不得一骋其用。结尾的斜阳，却是喻指皇帝，意谓：不要到高楼上徒倚，皇帝正在那烟柳销魂荡魄的地方宴安享乐呢！

　　此词梁启超评为"回肠荡气，至于此极。前无古人，后无来者"，谅非虚夸之词。稼轩婉丽的辞藻背后，是一股沛然莫之能御的真气，这正是稼轩词悲剧精神的体现。

据罗大经《鹤林玉露》所载，宋孝宗读到了稼轩的这首词，也读懂了"斜阳烟柳"背后的怨望，却终于没有降罪于他。这以后，稼轩又从湖南转运副使改知潭州，兼湖南安抚使。到湖南后，稼轩得到朝廷许可，即发展地方武装"飞虎军"，费度巨万。他的作风雷厉风行，事皆力办，有人跟皇帝进言，说辛聚敛，发御前金字牌召他还京，稼轩竟然敢冒天下之大不韪，把金字牌藏起，等飞虎军建成，才把事情原委上复皇帝。此事虽未被孝宗怪罪，但还是引起朝廷的猜忌，不久就调他为两浙西路提点刑狱。

稼轩不但做事雷厉风行，还敢于杀伐。他在湖北治盗贼，得贼即杀，不复穷究，一时奸盗尽皆屏迹。他的这种杀伐专断的作风，不为当时的士大夫所容，所以很快被监察御史王蔺弹劾，罪状是"用钱为泥沙，杀人如草芥"。因为这个缘故，他在上饶带湖所筑"稼轩"投闲了十年，不被征用。

光宗绍熙三年（1192），稼轩被重新起复，任福建提点刑狱，次年改知福州兼福建安抚使。不到两年，又被谏官劾为"残酷贪饕，奸赃狼藉"，从上饶迁往铅山，再一次失意。这一回，他度过了痛苦无聊的八年时光。前后十八年，恰恰是一个人最能建功立业的壮盛岁月，却被迫虚掷，稼轩内心的愤懑激越，不难想见。正因此，他的词才尤其显得真力弥漫、元气包举。

贺新郎·别茂嘉十二弟

绿树听鹈鴂。更那堪、鹧鸪声住，杜鹃声切。啼到春归无寻处，苦恨芳菲都歇。算未抵、人间离别。马上琵琶关塞黑，更长门、翠辇辞金阙。看燕燕，送归妾。   将军百战身名裂。向河梁、回头万里，故人长绝。易水萧萧西风冷，满座衣冠似雪。正壮士、悲歌未彻。啼鸟还知如许恨，料不啼、清泪长啼血。谁共我，醉明月。

这首词仿照的是南朝江淹《别赋》的写法，罗列了一堆古人离别之事。上片写昭君出塞、汉武帝皇后陈阿娇失宠辞别汉阙而幽闭长门宫、春秋时卫国夫人庄姜辞别戴妫并赋《燕燕》诗，是怨别；下片写苏武别李陵、燕太子等人送别荆轲秦舞阳，是壮别。上片的怨别，用以烘托下片的壮别，更见壮别的悲壮崇高。如此罗列獭祭，却不使人觉得杂乱无章，便因词中激荡着充沛的悲剧精神，遂能大气包举，到海无尽。

汉宫春·立春日

春已归来，看美人头上，袅袅春幡。无端风雨，未肯收尽余寒。年时燕子，料今宵、梦到西园。浑未办、黄柑荐酒，更传青韭堆盘。   却笑东风从此，便薰梅染柳，更没些闲。闲时又来镜里，转变朱颜。清愁不断，问何人、会解连环。生怕见、花开花落，朝来塞雁先还。

　　上片"春已归来"三句，是讽刺和议既成，一帮小人以为天下太平，从此无事，一个个打扮得妖妖娆娆，在头上插上彩纸制成的春幡①。可是敌人岂会就此甘休？"无端风雨，未肯收尽余寒。"去年（"年时"）的燕子尚未归来，今夜应该梦到西园吧？在古诗中，西园多指皇家园林，这里是说，连燕子都在怀念故都的园林，朝廷上下，却尽是一帮无心肝之辈。"浑未办、黄柑荐酒，更传青韭堆盘"三句，是说和议定得仓促，很多事务朝廷来不及处置。青韭堆盘，是立春时的风俗，把葱韭等五种辛辣的蔬菜，生切了放在一盘中进食，用以发五脏之气。

　　下片讲这个小朝廷却从此忘记了国仇家恨，开始粉饰太平。可是这种太平，是以忘记君父之辱、遗民血泪为代价的，它让主战派心中充满难以言表的痛苦。我们的生命在闲中流逝，容颜也渐渐变得苍老。我们心中的愁怨，便如九连环一样，少有人懂得开解，更怕见春来春去，花开花落，一年年过去，从北方塞外之地飞来的大雁，捎带来被囚在五国城的宋徽

_____

① 唐宋时，人们会在立春之日，用彩色的纸或金箔制成小旗子，插在头上，谓之春幡。——作者注

宗、宋钦宗的遗恨。周济曰："'春幡'九字，情景已极不堪。燕子犹记年时好梦，'黄柑''青韭'，极写燕安鸩毒。换头又提动党祸；结用'雁'与'燕'激射，却捎带五国城旧恨。辛词之怨，未有甚于此者。"古人作诗，讲究"怨而不怒"，稼轩此词，却是怨而且怒，他的心中积压了太多的不平，愤然而鸣，当然不同凡响。

祝英台近·晚春

宝钗分，桃叶渡。烟柳暗南浦。怕上层楼，十日九风雨。断肠片片飞红，都无人管，倩谁唤、流莺声住。　　鬓边觑。试把花卜心期，才簪又重数。罗帐灯昏，呜咽梦中语。是他春带愁来，春归何处。却不解、将愁归去。

朱庸斋先生《分春馆词话》云："《祝英台近》句语长短错落，必须直行之以气，并用重笔，贯注回荡，始称佳构。试读前人名作，莫不如此。如气势稍弱，则易破碎。稼轩'宝钗分'一词，六百年间，无人嗣响，至彊村'掩峰屏'始堪抗手也。"彊村即清末词人朱祖谋，他的《祝英台近》题作"钦州天涯亭梅"，词曰：

掩峰屏，喧石濑，沙外晚阳敛。出意疏香，还斗岁华艳。暄禽啼破清愁，东风不到，早无数、繁枝吹淡。　　已凄感。和酒飘上征衣，苺鬖泪千点。老去难攀，黄昏瘴云黯。故山不是无春，荒波哀角，却来凭、天涯阑槛。

彊村忠于清室，睹清之亡，以孤臣孽子之心，写成此词，方能与稼轩并驾。稼轩此词，几成绝调，便因他能运浑瀚之气，驱沉郁之情。

词写伤春之怀，却以情人分钗、桃叶渡江、南浦送别三个意象兴起。钗，是两股簪子合在一起的头饰，分钗，喻指情人分离。桃叶是晋代王献之的小妾，尝渡江，献之为作《桃叶歌》。南浦则典出《楚辞·九歌·河伯》："子交手兮东行，送美人兮南浦。"以别恨兴起，使全篇都笼罩在一种幽怨的气息中。时当暮春，正是雨横风狂的时节，"怕上层楼，十日九风雨"，则心中之哀怨无聊可知。"断肠片片飞红"，是说每一片飞花的凋零，都增我断肠，下一句则说，谁能叫那流莺讨厌的叫声止住？它只是在声声地催促着春天远离我们。

词的下片，作者以深闺中思妇自比。她心绪不宁，时时把鬓边的花摘下来，一瓣一瓣地数着：他会回来，他不回来，他会回来，他不回来……数了又数，戴上又摘下。夜已深了，灯火已暗，她睡在罗帐之内，呓呓地说着梦话：春天啊，你把希望带给了我，让我终日愁苦，你现在去到哪里了呢，干吗不把我的希望一起带走，好让我再也不要有忧愁？

稼轩自托于香草美人，春天喻指本来颇有恢复之雄心，却终于意气消沉的宋孝宗。人生有痛苦，是因为人有希望，绝望并不会让人痛苦，最让人痛苦的是，明知是绝望却依然抱有微茫的希望。这首词，沉郁已极，凄厉已极，便因稼轩始终不肯放弃希望的缘故。

稼轩晚年，外戚韩侂（tuō）胄掌权，此人一心想建功立业，却又没有经世治国之才。他想借起用稼轩树立个人威望，于是稼轩得以起复，嘉泰三年（1203）起知绍兴府兼浙东安抚使。四年（1204），知镇江，这一年，稼轩已是六十五岁的老人了。他虽然一心想恢复故土，但深明军事的他，知道以数十年来缺乏训练、装备不足之师，不足以躁进。他打算做长期作战的准备，不料又因举荐不当的细故被调离前线，不久再被加以"好色贪财，淫刑敛聚"的罪名而罢官。

在镇江时，稼轩想到南朝刘宋时，宋文帝刘义隆三次北伐均告失利的史实，于是写了下面这首词，希望韩侂胄不要轻举妄动：

永遇乐·京口北固亭怀古

千古江山，英雄无觅，孙仲谋处。舞榭歌台，风流总被，雨打风吹去。斜阳草树，寻常巷陌，人道寄奴曾住。想当年、金戈铁马，气吞万里如虎。　　元嘉草草，封狼居胥，赢得仓皇北顾。四十三年，望中犹记，烽火扬州路。可堪回首，佛狸祠下，一片神鸦社鼓。凭谁问、廉颇老矣，尚能饭否。

这是一篇词体的谏疏，虽然不是好词，但很符合古人"主文而谲谏"的传统。可惜，韩侂胄并未能听从他的意见。开禧二年（1206），韩侂胄仓促北伐，先小胜而后大败，最终为史弥远所害，割了他的脑袋向金人求和。

开禧三年（1207），朝廷对稼轩授以兵部侍郎之职，然而他的生命已经快要走到尽头了。他以身体的原因力辞起复，回到铅山瓢泉别墅，不久病故。

稼轩一生，并没有经历特别的苦难，但悲剧的本质不是苦难——那是惨剧的本质，而是人生愿望与命运的激烈冲突，从这个意义上讲，稼轩的人生是典型的悲剧人生。其人生愿望越强烈，表现在词中的悲剧情怀、崇高境界，也就越宏大，这是稼轩雄视两宋、震耀百世的根源所在。

淮南皓月冷千山 冥冥歸去無人管

乙未年秋於京中

天随后，高躅到词宗。皓月千山春未绿，

寒花一纸墨添红。何似莫相逢。

右白石道人

此地宜有词仙——说姜白石

杭州城北，古有东西马塍（chéng），居民以莳花为业，南宋名人，多葬于西马塍。今天东西马塍俱无陈迹以供多情人凭吊，只有一条马塍路，繁忙熙攘，两侧高楼林立，俨如森林。自二十世纪九十年代起，词人魏新河就每年踯躅在马塍路上，想寻觅一位南宋大词人的墓茔。他要找的这位大词人，姓姜名夔字尧章，号白石道人，是词史上极为重要的人物，开创了幽劲清刚的词风，在婉约、豪放之外，别树宗派，对后世词坛产生了深远的影响。

白石是江西鄱阳人，他的先祖，本来系出甘肃天水，十三世祖姜公辅，已经著籍岭南道爱州日南县（今属越南），曾在唐德宗朝为宰相。七世祖姜泮因任饶州教授，遂迁江西。白石的父亲姜噩，中了绍兴三十年（1160）进士，以新喻（今江西省新余市）丞知汉阳县（今湖北省武汉市）。汉阳，即白石词中的古沔之地。

白石的人生经历很简单，他没有经历过乾坤板荡、宦海浮沉，终其一生，过的都是清客生活。其作品或登临吊古，或睹物怀人，不依门户，自写其心，潇洒中带着孤高；他的感慨、他的情志，都被巧妙地隐藏在那些气息醇雅的词句背后；他作品的艺术性，无疑比其思想性更突出。这在中国古典作家中，实在是非常异类的。他的词多以意象组织成篇，不像其他词人那样有明显的理路或情感脉络，他又通音律，能自度曲，作品遂能超越现世，进入更纯粹、更不朽的宇宙，正如南宋末年的大词人张炎所称许的那样："野云孤飞，去留无迹。"（《词源》）

朱庸斋先生指出，白石词"以清逸幽艳之笔调，写一己身世之情"，于豪放婉约之外，别开"幽劲"一路；又说"词至白石遂不能总括为婉约与豪放两派耳"，认为"白石虽脱胎于稼轩，然具南宋词之特点，一洗绮罗香泽、脂粉气息，而成落拓江湖、孤芳自赏之风格。此乃糅合北宋诗风于词中，故骨格挺健，纵有艳词，亦无浓烈脂粉气息，而以清幽出之；至伤时吊古一类，又无粗豪与理究气味，而以峭劲出之。"（《分春馆词话》卷四）这是对白石词的风格及其在词史上的地位做出的精当评价。但朱先生和清末词人周济、陈洵一样，认为白石脱胎于稼轩，兹说我不能赞同。

周济的《宋四家词选》以白石为稼轩附庸，谓"白石脱胎稼轩，变雄健为清刚，变驰骤为疏宕，盖二公皆极热中，故气味吻合"（《宋四家词选序》），指出白石词风有清刚疏宕之姿，诚为卓识，但谓白石像稼轩一样极热中（躁急心热），未免失之已甚。不同于稼轩的霸儒气质，白石更醉心于营造纯粹的灵魂安居所，他对美的追求是超越了道德追求的，这才是白石词最值得注意的地方。

我们且看白石的一篇和稼轩之作《永遇乐·次稼轩北固楼词韵》：

> 云隔迷楼，苔封很石，人向何处。数骑秋烟，一篙寒汐，千古空来去。使君心在，苍崖绿嶂，苦被北门留住。有尊中、酒差可饮，大旗尽绣熊虎。　　前身诸葛，来游此地，数语便酬三顾。楼外冥冥，江皋隐隐，认得征西路。中原生聚，神京耆老，南望长淮金鼓。问当时、依依种柳，至今在否。

迷楼在扬州，为隋炀帝所筑。很石在镇江北固山甘露寺，因其形如羊，故而得名。①首三句谓维扬镇江之地，俱被云隔苔封，中兴名将如稼轩者，久不得到此练兵。"数骑秋烟，一篙寒汐，千古空来去"三句，是说凭楼登眺，望见骑马的健儿扬起秋尘，趁着秋日晚潮的船只，他们的奔忙在历史上不会留下一点印迹。由此引出"使君心在，苍崖绿嶂"，意谓稼

---

① "很"是执扭、不听从的意思，羊性执扭，故有"很如羊"的说法。——作者注

轩该对十丈红尘，久已生厌，当心怀隐逸之志了。我们知道，稼轩是被迫归隐的，他一直希望能被起用，好到前线指挥恢复中原的事业，何以白石要这样说他呢？原来，古人的传统，是以隐逸为高，这是对稼轩的恭维。"苦被北门留住"用《左传·僖公三十二年》典："杞子自郑使告于秦，曰：'郑人使我掌其北门之管，若潜师以来，国可得也。'"北门，军事重地的代称。

过片三句，以诸葛亮比喻稼轩，谓稼轩能致身报国。"楼外冥冥，江皋隐隐，认得征西路"，是说楼外冥冥的飞鸿，认得那隐隐可见的江岸，正是东晋征西大将军桓温经行过的道路，是以桓温喻稼轩。"中原"三句，谓沦陷区人民士气未丧，天天盼着大宋的军队自淮水南边打来。结三句则宕开一笔，用桓温"木犹如此，人何以堪"的著名典故，隐隐感慨稼轩直至晚年，才得见用。

此词心眷直北遗民，祈望朝廷恢复神州故土之情，固当被稼轩引为同志，但论其气质，却与稼轩截然殊途。稼轩原词的气质是豪宕不羁的，譬如书法，以布局气势见胜，而点画或略嫌粗疏，白石却是法度谨严，清刚韶秀，令人观之忘倦。

再如《汉宫春·次韵稼轩》：

云曰归欤。纵垂天曳曳，终反衡庐。扬州十年一梦，俯仰差殊。秦碑越殿，悔旧游、作计全疏。分付与、高怀老尹，管弦丝竹宁无。　　知公爱山入剡，若南寻李白，问讯何如。年年雁飞波上，愁亦关予。临皋领客，向月边、携酒携鲈。今但借、秋风一榻，公歌我亦能书。

稼轩《汉宫春·会稽秋风亭观雨》原词如下：

亭上秋风，记去年袅袅，曾到吾庐。山河举目虽异，风景非殊。功成者去，觉团扇、便与人疏。吹不断、斜阳依旧，茫茫禹迹都无。　　千古茂陵词在，甚风流章句，解拟相如。只今木落江冷，眇眇愁予。故人书报，莫因循、忘却莼鲈。谁念我、新凉灯火，一编太史公书。

白石的和作比稼轩多一韵，是《汉宫春》的又一体。不同于稼轩的慷慨沉郁，白石词的品格是萧闲振举的，他们有着不同的人生态度，自然也有着不同的境界与风格。

又如白石少年时得到前辈诗人萧德藻（号千岩老人）青赏的这首《扬州慢》：

扬州慢

淳熙丙申至日，予过维扬。夜雪初霁，荠麦弥望。入其城，则四顾萧条，寒水自碧，暮色渐起，戍角悲吟。予怀怆然，感慨今昔，因自度此曲。千岩老人以为有黍离之悲也。

淮左名都，竹西佳处，解鞍少驻初程。过春风十里，尽荠麦青青。自胡马、窥江去后，废池乔木，犹厌言兵。渐黄昏清角，吹寒都在空城。　　杜郎俊赏，算而今、重到须惊。纵豆蔻词工，青楼梦好，难赋深情。二十四桥仍在，波心荡、冷月无声。念桥边红药，年年知为谁生。

朱庸斋先生以为"自胡马、窥江去后，废池乔木，犹厌言兵"颇似稼轩，实则此词并无稼轩那样执着现世、矢志恢复的激越之情，白石精神世界是超拔的。稼轩是儒将本色，出其绪余为词，词是他人生理想的附庸；白石此词，更多的是表达自己内心的直感，传递的是心头凄凉的况味，因此他的词也就更具独立价值，更加自由。

白石集中此类作品不多，我推测其原因是，他是一个天生的隐士，对于现实政治并无特别兴趣，故他的偶像是唐末隐士陆龟蒙。《点绛唇·丁未冬过吴松作》云：

燕雁无心，太湖西畔随云去。数峰清苦。商略黄昏雨。　　第四桥边，拟共天随住。今何许。凭阑怀古。残柳参差舞。

陆龟蒙号天随子，"拟共天随住"就是想追蹑陆龟蒙的脚步，归隐于兹。白石大抵完全无法融入汲汲营营的现实世界，他的理想是追随天随子，做一个真的隐士，在山林中逃遁红尘。

北宋以来的词家，或以词为小道，只当作是绮筵绣幌、侑歌遣兴的玩意儿，或借之以言志，不暇审律修辞，白石于词，却苦心经营，遣词造语，萦重骚雅，更参以江西诗派的笔法，形成了清刚幽劲的独特风格。他创造了全新的美学境界，只此即足已不朽，更不必说这种美是超越现世、超越时空的，展现出他灵魂的自由与清高。

白石一生未尝出仕。他除了卖字以外，大都靠别人接济。

白石自幼随宦汉阳，父亲很早过世，他长期依长姊生活于汉川县（今湖北省汉川市）。淳熙年间，青年白石在湖南游历，结识了福建人萧德藻。萧德藻在当时诗名藉甚，一遇白石，即大生知遇之感，感慨地说：我作诗四十年，才遇到一个可以与之谈诗之人。遂携白石至湖州（今浙江省湖州市）生活，并把自己的侄女嫁给了白石，白石一家的经济，也完全由他提供。

后来千岩翁又把白石推荐给了名诗人杨万里，杨万里更介绍他去拜谒另一位大诗人范成大（号石湖）。石湖是做过大官的，致仕后经济仍非常丰裕，对白石也有厚赆。这期间，白石为作咏梅词二阕，用仙吕宫定谱，曰《暗香》《疏影》。词曰：

旧时月色。算几番照我，梅边吹笛。唤起玉人，不管清寒与攀摘。何逊而今渐老，都忘却、春风词笔。但怪得、竹外疏花，香冷入瑶席。　　江国。正寂寂。叹寄与路遥，夜雪初积。翠尊易泣。红萼无言耿相忆。长记曾携手处，千树压、西湖寒碧。又片片、吹尽也，几时见得。（《暗香》）

苔枝缀玉。有翠禽小小，枝上同宿。客里相逢，篱角黄昏，无言自倚修竹。昭君不惯胡沙远，但暗忆、江南江北。想佩环、月夜归来，化作此花幽独。　　犹记深宫旧事，那人正睡里，飞近蛾绿。莫似春风，不管盈盈，早与安排金屋。还教一片随波去，又却怨、玉龙哀曲。等恁时、重觅幽香，已入小窗横幅。（《疏影》）

二词作于宋光宗绍熙二年辛亥（1191）之冬，作曲填词，白石一身任之。这两首词，自清代以来，有很多学者认为是有寄托的作品，周济至谓白石"惟《暗香》《疏影》二词，寄意题外，包蕴无穷，可与稼轩伯仲"（《介存斋论词杂著》），其《宋四家词选》评《暗香》，谓有一朝盛衰之慨，又谓《疏影》以"相逢""化作""莫似"为骨，于国是"不能挽留，听其自为盛衰"。龙榆生先生认为，《暗香》是词人希望石湖能爱惜人才，设法对自己加以引荐。（《词学十讲》）《疏影》一词，张惠言谓是"以二帝之愤发之"。(《词选》）邓廷桢《双砚斋词话》、郑文焯《郑校白石道人歌曲》均认为，《疏影》是抒写对相从徽、钦二帝被掳北上的后妃的同情。

我以前亦相信这两首词是寄托之作，拙著《大学诗词写作教程》前三版均依此解说，但近年已尽抛成说。因细按词前小序，有"石湖把玩不已，使工妓隶习之，音节谐婉"之语，音乐风格不像是有寄托的，如果真是寄托之作，以白石之邃于音律，音节应该凄婉哀凉才对。

我认为，这两首词是单纯的咏物之作，是两件纯粹的艺术品，它们的用意只是为了礼赞梅花，传递美、再造美，没有除此以外的别的目的。词人把与梅花相关的典故、诗句胪列编排，串珠成链，再加以适当的想象，显得词的全首像是有完整的叙事脉络，实则不过是词人的技法高明，令人不觉其凑泊而已。

白石的金阊（今江苏省苏州市）之行，除了获得范成大的资助，还获赠一慧婢名曰小红。这一年的除夕，白石意气风发，带着小红回湖州，船过垂虹桥，作有一绝："自作新词韵最娇。小红低唱我吹箫。曲终过尽松陵路，回首烟波十四桥。"小红有着不俗的艺术造诣，与白石主仆情深，甚是相得，后来年长嫁人。白石身殁后，友人苏泂挽之以诗，有"幸是小红方嫁了，不然啼损马塍花"之语，可以想象，小红是一位与之精神高度契合的腻友。

当时如石湖这样赏识白石的名公巨儒不在少数。宋末周密曾偶得白石手迹一份，是白石自道其身世的书信。信中列数说："内翰梁公，于某为乡曲，爱其诗似唐人，谓长短句妙天下。枢使郑公，爱其文，使坐上为之，因击节称赏。参政范公，以为翰墨人品皆似晋宋之雅士。待制杨公，以为子文无所不工，甚似陆天随，于是为忘年友。复州萧公，世所谓千岩先生者也，以为四十年作诗，始得此友。待制朱公，既爱其文，又爱其深于礼乐。丞相京公，不独称其礼乐之书，又爱其骈俪之文。丞相谢公，爱其乐书，使次子来谒焉。稼轩辛公，深服其长短句。如二卿孙公从之、胡氏应期，江陵杨公、南州张公、金陵吴公及吴德夫、项平甫、徐子渊、曾幼度、商翚仲、王晦叔、易彦章之徒，皆当世俊士，不可悉数。或爱其人，或爱其诗，或爱其文，或爱其字，或折节交之。若东州之士，则楼公大防、叶公正则，则尤所赏激者。"白石的艺术才华是多方面的，他既长于诗词，又擅骈散文章，同时又对礼乐有深湛之研究，著有专书，书法得人爱赏，其人品气质更是清雅脱俗，似晋宋（南朝刘宋）之间的雅士，他的广受欢迎，也就可以理解了。

　　不过，被那么多的权贵名公赏识，并没有改变白石"窭困无聊"的境遇，这大抵是因为白石心性清高，绝不会主动说出干谒求进的话来。唯有南宋大将张俊的曾孙张鉴字平甫者，主动资助白石，历十年之久，与白石情甚骨肉。

张平甫因白石累试不第，拟出资为白石捐官，以白石的清高，当然辞谢不敏。白石曾力图自正途谋求朝廷出身：宁宗庆元三年（1197），向朝廷进《大乐议》及《琴瑟考古图》，时太常嫉其能，不获尽其所议，五年（1199），又上《圣宋铙歌鼓吹十二章》，皇帝下诏让他不必经过地方的初试，直接参加礼部试，又不第，遂以布衣终。

平甫又欲割无锡的良田赠给白石，白石也一样拒绝了。何以白石宁愿一直接受平甫的资助，却不肯接受永久的产业呢？原来，南宋之时，大官僚养士之风盛行，稼轩亦尝因刘过的一首词，而厚贶之二十万钱之巨。盖当时风气如此，贶者不以为惠，受者不以为异。白石接受萧千岩、范石湖、张平甫的资助和一些特殊的馈赠，这都不是问题，白石亦报之以"竭诚尽力，忧乐关念"，但接受良田，性质便完全不同了，那是接受了产业，所谓无功不受禄，白石要做的是清高的卿客，而不是受禄的家臣，他的选择决定了他能终生葆有心灵的自由。

张平甫去世后，白石的十年门客生涯也走到了尽头，他在经济上开始陷入困顿，只能在浙东、嘉兴、金陵间旅食。"旅食"这个词说得是比较文雅的了，不太好听的说法则是打秋风。白石先有三子早夭，殁时儿子姜琼才十七岁，无力营葬，幸得友人吴潜等人谋，为营葬于杭州之西马塍。倘若有谁为白石撰写墓志铭，应该用上与他同在萧千岩门下学诗的另一位白石——黄白石（黄景说，字岩老）的话："造物者不欲以富贵浼尧章，使之声名焜爠于无穷也！"

白石墓至清代尚存。时至今日，东西马塍早已全无踪影，更不必说白石的墓茔了。据《湖墅小志》："东西马塍在溜水桥以北，以河为界，河东抵北关外为东马塍，河西自上下泥桥至西隐桥为西马塍。钱王时蓄马于此，故以名塍。"然则今天我们的马塍路，不过借古地名而命名，与宋时恍如花海的东西马塍，没一点关系。诗人王翼奇就居住在马塍路附近，他多年寻访白石墓不得，只好把他居住的小区中心花园聊当白石的厝室，恭默祭拜。那一年，杜鹃开得正盛，同样久觅白石厝室不得的词人魏新河过访，填了一首《竹枝》赠之："欲把词心托杜鹃。群花不语树无言。翠禽小小来还去，过了梅花八百年。"不久，魏新河便在《白石诗集》中读到"山色最怜秦望绿，野花只作晋时红"之句，诗后有白石自注："右军祠堂有杜鹃花两株，极照灼。"他想到，与王羲之（曾为会稽内史领右将军，故称王右军）心灵异代相通的白石，也许会选择同样长眠于杜鹃花下，只要诚爇心香，又何妨今之马塍路不是古之东西马塍，今之杜鹃不是八百年前的杜鹃呢？

宋代陈郁《藏一话腴》载：白石气质相貌十分温弱，仿佛连衣服的重量都承受不住，没有立锥之地的田产，自己过的是清客生涯，却还养着食客，收藏的图书字画，更是一笔不菲的财富。这样的奇迹，只能出现在经济高度发达、文化发展到极致的南宋。

在世俗的眼中，白石所擅长的文章诗词、书法音乐，没有一样是"有用的"，都是彻底的"为己"之学。正常情况下，一个像白石一样的人，如果不肯牺牲自己的独立精神、自由意志，这些才华几乎不能为他换取任何现实利益，白石幸运地生活在中国文化的巅峰时代，有萧德藻、范成大、张鉴这些既有经济实力又有极高鉴赏力的人赏识他，因此不需要谄媚取容、降志辱身，就能维持着有尊严的生活。

白石词，没有一丝一毫的世俗味，是雅词的极则，这与他不汲汲于功名利禄，而终生追求心灵的逍遥自适有莫大关系。他的白石道人之号，是友人潘柽所赠，大概潘柽早就发现了他超拔出尘的精神特质。明以后的学者，误把宋末元初杭州人姜石帚当作白石的别号，故常称白石为石帚老仙，其事虽误，但以"仙"字冠在白石头上，还是有一定道理的。他的《翠楼吟》词有"此地。宜有词仙，拥素云黄鹤，与君游戏"之语，词仙正是他的心灵自许。

当时的文化环境保证了白石可以在较长时间内不必汲汲营营地生活，保证了他可以不萦心俗务，而专力于纯粹艺术的创造，这才有了这位卓然于文化史上的词仙，这才有了他"野云孤飞，去留无迹"的高卓词品。那些资助白石的大官僚，如果他们做的是一项投资，得说这是一项回报率极高的投资，因为他们用有限的金钱，换来的是高耸入云、万古屹立的文化奇峰。

在儒家而言，人生的终极价值，固然在于立德、立功、立言的三不朽事业；而自庄子观之，则逍遥之境，才是人生的终极理想。然而人生在世，衣食住行，莫不需要经济的支撑。原始人的几乎全部生命，都用来寻找食物，当然没有逍遥可言；今天科学昌明，物质进步，而人类俯仰于世，熙来攘往，无不为房子、车子、票子而苦恼，心灵的不自由，与原始人也没有多大分别。文化的传承却需要有一批脱心俗谛、专心研习的人。中国古代因孔子之教，士大夫勤力王事，一面获取朝廷俸禄，一面传承文化，而像白石这样，未得因科举入仕而解决衣食问题，但能靠知音者的周济，得以专力艺术创造，也是一种不坏的选择。也正因有当时的养士之风，南宋文化才能取得臻于极致的成就。

其实，养士之风不独中国为然，欧洲的情形也是一样。启蒙运动时期，欧洲很多的文学家、艺术家，都曾受过贵族，尤其是贵妇人的供养。比如俄罗斯作曲家柴可夫斯基，就有一位梅克夫人定期给他寄去数额不小的生活补贴，而他们一辈子唯一的一次见面是在意大利，梅克夫人偶然散步经过了柴可夫斯基的旅馆，而后者正好走到阳台上，他们的目光互相注视了一下，此后再未见面。

同柴可夫斯基或其他被贵族资助的欧洲文学家、艺术家一样，白石虽然靠友人的接济生活，但他的人格是伟岸的，精神是自由的，所以才能写出那些超拔的、穿透历史的词作。

最后谈一谈白石的爱情词。

我的太老师夏承焘先生推断，白石在青年时，曾经爱眷合肥勾栏中的一对姊妹，这对姊妹妙解音律，一擅琵琶，一擅弹筝，这一段感情，维系时间既久，早就升华为一种柏拉图之恋，时过二十年，白石还常时时魂牵梦萦，词集中与合肥情史有关的竟达二十首，占他全部作品的四分之一。

一萼红

丙午人日，予客长沙别驾之观政堂。堂下曲沼，沼西负古垣，有卢橘幽篁，一径深曲。穿径而南，官梅数十株，如椒、如菽，或红破白露，枝影扶疏。著屐苍苔细石间，野兴横生，亟命驾登定王台。乱湘流、入麓山，湘云低昂，湘波容与。兴尽悲来，醉吟成调。

古城阴。有官梅几许，红萼未宜簪。池面冰胶，墙腰雪老，云意还又沉沉。翠藤共、闲穿径竹，渐笑语、惊起卧沙禽。野老林泉，故王台榭，呼唤登临。　　南去北来何事，荡湘云楚水，目极伤心。朱户粘鸡，金盘簇燕，空叹时序侵寻。记曾共、西楼雅集，想垂杨、还袅万丝金。待得归鞍到时，只怕春深。

此词作年，约当白石三十二岁时。夏先生认为，当是白石集中关涉合肥情史最早的一篇。

首三句，是说官梅（官府所种的梅）扶疏于古城之阴，红萼将放，还不适宜簪在鬓上，写出了梅的孤高之态。"池面"三句，则谓观政堂下曲沼冰冻未化，古城垣的墙腰之上，粘着一些将化未化的残雪，天气沉阴，不知何时云开日出。"翠藤共"以下，直至上片结束，则写词人拉着人一起探幽寻胜的兴致。

过片直抒胸臆，谓羁旅生涯，未知何时是了局。"朱户粘鸡，金盘簇燕"点明人日风俗。古人在人日这一天，会用彩色的纸或金箔剪成人和动物的形状，有的插在头上，有的放在盘子里，有的粘在窗户上、屏风上。"空叹时序侵寻"是说时光荏苒，依旧天涯孤旅。"记曾共、西楼雅集，想垂杨、还袅万丝金"连用两句尖头句，句法参差跌宕，写出对佳人的深切思恋。夏先生认为，凡是白石词中出现梅、柳意象的，多与合肥情事有关。柳枝初芽未绽，是金黄色的，故谓之金缕，这两句的意思是，还记得上次我们在西楼雅集，而这个时候正好是垂杨初芽，仿佛是万丝金缕随风袅娜的初春啊！结句则是说，等我们再次相见，不知要到什么时候。由初春到春深，本来只有两个月的时间，但词的独特体性决定了它不能像诗一样，用"百年""万里"等宏大意象，而以"只怕春深"作结，便已见相思之酷了。

白石在《解连环》一词中，纪述了与这对姊妹一见倾心的感觉。她们有着高超的艺术——"大乔能拨春风，小乔妙移筝，雁啼秋水"；初会面时，只是随意地打扮了一下，却不掩其动人的颜色——"柳怯云松，更何必、十分梳洗"；只一句话就勾住了词人的心——"道'郎携羽扇，那日隔帘，半面曾记'"。勾栏女子，深深明白男性的心理，也就难怪白石会眷眷不忘了。

小重山令·赋潭州红梅

人绕湘皋月坠时。斜横花树小、浸愁漪。一春幽事有谁知。东风冷，香远茜裙归。　　鸥去昔游非。遥怜花可可、梦依依。九嶷云杳断魂啼。相思血，都沁绿筠枝。

潭州就是今天的长沙。词人深谙咏物词的作法，他要咏的，不但是红梅，还是湘中潭州的红梅，故先以"茜裙归"比喻红梅的开放，又以大舜崩于潇湘苍梧之野、葬于九嶷山上，其二妃娥皇、女英终日悲啼，泪溅竹枝，沁成竹斑，遂名湘妃竹的故事，把红梅在枝头绽放比喻成是相思血沁入竹枝。但细玩词意，怀人之意还是十分显豁的，词中明显有一个"我"在，与一般咏物之作不同。

首句"人绕湘皋月坠时"，画面感浓烈，意谓词人绕着湘水岸边徘徊，不觉月亮将沉，又将黎明。词人还怕读者不明他的心迹，以"斜横花树小、浸愁漪"表明，这不是一篇单纯的咏物之作。这两句是说斜生横出的梅树，长得很玲珑，月光下花树的影子映在湘水之上，泛着令人愁苦的涟漪。"一春幽事有谁知"是说整个春天过去，在湘江岸边曾发生了什么幽情别恨，没有人知道。"东风冷，香远茜裙归"是说春寒尚自料峭，空气中已经有了梅花淡远的清香，仿佛是身着茜红色裙子的佳人归来。

"鸥去昔游非"本是用《列子》中的典故：从前海边有个人喜欢鸥鸟，每天清晨到海边和鸥鸟玩，那些翔而后集陪他玩耍的鸥鸟何止百数！他的父亲知道后，就跟他说，下次你捉一只鸥鸟给我玩吧。第二天他再去海边，因为心中有了机心，鸥鸟就在天上飞舞，不再下来了。这里，词人是忏悔未能勇敢地决定与爱侣长相厮守，只能在思念中咀嚼痛苦。"九嶷"以下，是说潭州红梅就像娥皇、女英的相思泪滴尽，眼枯见血，沁在绿竹枝上。很显然，娥皇、女英正是指合肥姊妹。

江梅引

丙辰之冬，予留梁溪，将诣淮南不得，因梦思以述志。

人间离别易多时。见梅枝。忽相思。几度小窗，幽

308

梦手同携。今夜梦中无觅处，漫徘徊。寒侵被、尚未
知。　　湿红恨墨浅封题。宝筝空，无雁飞。俊游巷陌，
算空有、古木斜晖。旧约扁舟，心事已成非。歌罢淮南春
草赋，又萋萋。漂零客、泪满衣。

　　梁溪是江苏无锡，词人羁留无锡，不得赴合肥与爱侣相
会，遂作此词见意。此词劈头一句"人间离别易多时"，怅惘
之情，明白说出，承以"见梅枝。忽相思"，更觉神完气足。
接下来是记述梦中情景："几度小窗，幽梦手同携。"然而梦中
情事，不是人想要有便有的，今夜梦中就全然无法与她相会，
只好在梦境里随意徘徊，夜深寒重，尚不肯醒来。

　　"湿红恨墨浅封题"一句转为写对方。"湿红"指女子的
情泪；"浅封题"是说漫然地把书信封好并题款，"浅"字写
出女子思人慵懒无聊的情态。"宝筝空，无雁飞"是说擅于弹
筝的那位爱侣，连奏曲的心情也没有了；筝上的柱子如雁斜
行，故名雁柱；"无雁飞"就是没有人弹奏它，这是一种拈连
的修辞写法。词人追想少年时给自己留下无限快乐和温馨的淮
南巷陌，而今只有参天的古木映照着斜阳。"旧约扁舟，心事
已成非"用越大夫范蠡功成身退，带着西施泛舟五湖（太湖的
别称）之典，意思是他跟这一对姐妹，当年有婚嫁之约、偕隐
之志，可是由于种种原因，未能如愿。"歌罢淮南春草赋"语
带双关，既是指汉代淮南小山的《招隐士》，也实指合肥之地；

《招隐士》是一篇辞赋，中有"王孙游兮不归，春草生兮萋萋"这一名句，后来但凡作诗填词，只要用到王孙、春草、芳草、萋萋等字，皆谓离别。结句"漂零客、泪满衣"，同样浓墨重笔，可以想象，倘使小红歌之，必当发音凄断，令听者沾衣了。

白石词数度睹梅而思其人，以至于我怀疑这对姐妹其中一位名字里有个梅字。

白石的很多词都有小序，此举颇遭周济指摘。《介存斋论词杂著》以为："白石好为小序，序即是词，词仍是序，反复再观，如同嚼蜡矣。词序、序作词缘起，以此意词中未备也。今人论院本，尚知曲白相生，不许复沓，而独津津于白石词序，一何可笑。"但夏先生认为，白石的很多情词之所以要加题序，是因为他要在题序中乱以他辞，故为迷离，"此见其孤往之怀有不见谅于人而宛转不能自已者"。当时的婚姻所凭是父母之命、媒妁之言，白石衔千岩翁赏遇之恩，娶了其侄女，对妻子有一份道义之责，但对于少年时自由恋爱上的女子，则久怀不忘，其情必不能见容于其妻，这才有了小序的"乱以他辞"。

浣溪沙

予女须家沔之山阳，左白湖，右云梦，春水方生，浸数千里，冬寒沙露，衰草入云。丙午之秋，予与安甥或荡舟采菱，或举火置兔，或观鱼篮下，山行野吟，自适其适，凭虚怅望，因赋是阕。

著酒行行满袂风。草枯霜鹘落晴空。销魂都在夕阳中。
恨入四弦人欲老，梦寻千驿意难通。当时何似莫匆匆。

女须本来是屈原姐姐的名字，这里是指白石的长姊。小序的大意是说，长姊家所居的汉阳地区山阳县，处于白湖、云梦二泽之间，四时风景佳胜，白石和长姊的儿子"安"徜徉山水之中，非常逍遥适意，词人却"凭虚怅望"，一个"怅"字微露心迹。

词的上片，写词人带着些微酒意，在秋野中走啊走，秋风吹来，两袖鼓荡。野草枯黄，野兔之类的小动物难以隐藏形迹，霜天之上的苍鹘就猛地直冲而下，意图攫取。这一句是化用了右丞"草枯鹰眼疾"的诗意，但炼一"落"字，非常传神。夕阳西下，词人不禁感慨时光流逝，居然与爱人分别了那么久，心头自有一种说不出的，带有忧伤，又带有甜蜜的感觉，那便是销魂的滋味。清代词人纳兰性德，其《浣溪沙·西郊冯氏园看海棠因忆香严词有感》："谁道飘零不可怜。旧游时节好花天。断肠人去自经年。　　一片晕红才著雨，几丝柔绿乍和烟。倩魂销尽夕阳前。"结句浑学白石的"销魂都在夕阳中"，而并未擅出蓝之胜。

　　过片，词人想起了擅弹琵琶的那个她（琵琶是四弦），相信别后她也是一般的幽愁别恨，弹奏琵琶时，一定在惋叹聚日无多，人却渐渐地老去，词人在梦里历遍万层山、千重驿，却无法真的把自己的相思传递过去。结句"当时何似莫匆匆"，情感不再婉曲含蕴，而是直截凝重：早知今日恁般相思，当初何必要那么匆忙离去呢？这种直截凝重的写法，需要极其浓挚的情感，白石的词一向是舂容和雅的，但偶一用重拙之笔，便尤其惊心动魄。

　　对于这一句，民国女词人吕碧城深爱赏之，直接用到了自己的词里："残雪皑皑晓日红。寒山颜色旧时同。断魂何处问飞蓬。　　地转天旋千万劫，人间只此一回逢。当时何似莫匆匆。"相对于原作的深婉清华，吕碧城的仿作未免有些一泄无遗，了无余致了。

　　白石追念合肥情事的作品，我最喜欢的是以下二首：

踏莎行

　　自沔东来，丁未元日至金陵，江上感梦而作。

　　燕燕轻盈，莺莺娇软。分明又向华胥见。夜长争得薄情知，春初早被相思染。　　别后书辞，别时针线。离魂暗逐郎行远。淮南皓月冷千山，冥冥归去无人管。

鹧鸪天·元夕有所梦

肥水东流无尽期。当初不合种相思。梦中未比丹青见，暗里忽惊山鸟啼。　　春未绿，鬓先丝。人间别久不成悲。谁教岁岁红莲夜，两处沉吟各自知。

第一首词作于宋孝宗淳熙十四年（1187），词人自汉阳顺江流而东，谅曾在合肥盘桓，江上感梦，当系遁词，所谓的梦境，应该是实有其事。

词的开头两句，是说合肥姊妹体态轻盈，情态娇软，二句是互文①的手法。"分明又向华胥见"，华胥国是梦境的别称，但这里其实是说，再次重逢，仿佛在梦里一样。"夜长争得薄情知"是词人的忏悔，意思是，我真是负心薄幸，你们长夜不眠地思念我，我竟然不知道。"春初早被相思染"是情深之极的奇语，本来春深之时，花繁叶绿，色彩绚烂，才更像是相

---

① 所谓互文，就是要表达燕燕莺莺轻盈娇软，却因为对仗的关系写成"燕燕轻盈，莺莺娇软"。又如"秦时明月汉时关"，实际意思是秦汉时明月秦汉时关，也是互文。——作者注

思的浓郁，可是词人却说"春初早被相思染"，初春的一脉新绿，一点鹅黄，都早被相思染就，那么整个春天的色彩，都凝结着浓重的相思，还需要说吗？

过片三句极写合肥姊妹的深情。别后书信不断倾诉相思，别时为词人密密缝制了春衣，这还不算，更要学唐传奇中的张倩娘，魂魄离体，跟随爱郎王宙上京。然而，词人自有妻室，合肥姊妹不能长自相随，她们的情魂，也只好乘着月色冥冥归去淮南。这样的结尾，写尽了词人怅惘不甘之情，故而成为名隽。

不同于第一首词的迷离惝恍，闪烁其词，第二首词的情感显得直率奔放，浓烈炽热。按照夏承焘先生的考证，白石写这首词时，已经四十余岁，距与合肥姊妹初见，已过去二十多年。想来白石的妻子已经在一定程度上理解了白石对这一对姊妹的爱情，而更重要的原因恐怕是这一对姊妹早已离开合肥嫁人，白石再也没有机会与她们相见了，这才令白石填词时，少了以前的顾忌。

"肥水东流无尽期。当初不合种相思"，开头两句情感就充沛已极，意谓肥水东流无尽时，词人对爱侣的相思也没有尽时。"不合"是不该、不应当的意思，词人是在忏悔自己的多情吗？否。词人不是在忏悔，而是在默然承受失去爱侣的痛苦。"梦中未比丹青见，暗里忽惊山鸟啼"，是说今夜终于和她们在梦中相见，可是梦中见到她们的形容，一点也不似画像那样真切明晰，不知从哪里传来山鸟的啼叫，把词人从梦中惊醒了。

过片"春未绿，鬓先丝"六字沉郁有力，承元夕（正月十五）的时令写来，谓时方早春，草树都未出芽，但两鬓却因相思虑煎，早已有了白丝。"人间别久不成悲"一句，更是惊心动魄之语。只有经历过相思失意之人，才会真正理解这句话。时光看上去会疗治痛苦悲伤，但其实只是把痛苦悲伤给包藏起来，让人变得麻木，痛苦悲伤依然还在，只是换了一种方式存在罢了。结二句写得神光离合，堪称白石的词中至境。"红莲夜"是指点缀着红莲状彩灯的元夕之夜，白石必定曾与合肥姊妹有过同游灯海的共同记忆。是谁让我们在每年的元夕花灯之夜，只能两处思念，却终于无法厮守？难道是造物主吗？"沉吟"，是自有无限心事，却什么话也不说出来，短暂的欢娱、恒久的相思，在元夕红莲灯点燃的那一刹那，化成了三人心头的悸动。

夏先生谈到他考证白石的合肥情史，说了这样的话："不以予说为然者，谓予说将贬低姜词之思想内容。然情实具在，欲全面了解姜词，何可忽此？况白石诚挚之态度，纯似友情，不类狎妓，在唐宋情词中最为突出，又何必讳耶？"白石对合肥姊妹的情感，早就升华为精神的爱恋，这是我们读了他的一系列情词，不得不为之感动的根源。

恨人間情是何物

壬辰夏 少華筆

幽兰怨，小草旧沧桑。痛饮狂歌收涕泗，

短衣孤剑访兴亡。北秀薄南强。

右元遗山

元是中原一布衣——说元遗山

金庸先生的言情名作《神雕侠侣》由欧阳修的《蝶恋花》开篇：

> 越女采莲秋水畔。窄袖轻罗，暗露双金钏。照影摘花花似面。芳心只共丝争乱。　　鸂鶒滩头风浪晚。雾重烟轻，不见来时伴。隐隐歌声归棹远。离愁引着江南岸。

书中写道："这一阵歌声传入湖边一个道姑耳中。她在一排柳树下悄立已久，晚风拂动她杏黄色道袍的下摆，拂动她颈中所插拂尘的万缕柔丝，心头思潮起伏，当真亦是'芳心只共丝争乱'。只听得歌声渐渐远去，唱的是欧阳修另一首《蝶恋花》词，一阵风吹来，隐隐送来两句：'风月无情人暗换，旧游如梦空肠断……'歌声甫歇，便是一阵格格娇笑。那道姑一声长叹，提起左手，瞧着染满了鲜血的手掌，喃喃自语：'那又有甚么好笑？小妮子只是瞎唱，浑不解词中相思之苦、惆怅之意。'"

不瞒您说，初读此书时，我是个十六岁的懵懂少年，全然理解不了欧词的佳妙，只好一瞥滑过。但读至下文，这道姑"赤练仙子"李莫愁到陆家庄杀人，人未到，声先至，所唱的"问世间、情是何物，直教生死相许"二句，却令我心头蓦地一动。

李莫愁性情至偏激，竟以情场失意，在沅江之上连毁六十三家货栈船行，只因他们招牌上有情敌何沅君的"沅"字。她一意要将与已死的情郎陆展元有关系的人赶尽杀绝，李莫愁第二次歌此词，是她追杀陆无双、程英、杨过之时。程英自分必死，吹一曲《流波》以舒积郁，杨过低吟相和。李莫愁不欲见他们临终时心情愉乐，遂又再歌道："问世间、情是何物，直教生死相许。天南地北双飞客，老翅几回寒暑。欢乐趣，离别苦，就中更有痴儿女。君应有语。渺万里层云，千山暮雪，只影向谁去。"想以悲切的词意，哀怨的音声伤人之心。李莫愁三度歌此曲，是见杨过决意与陆无双、程英同死，心下嫉恶，只待三人同时掉泪，便要取他们的性命，其声"犹似弃妇吞声，冤鬼夜哭"。最后歌此词，李莫愁已身中情花剧毒，万念俱灰，跌入火丛自焚而死，临终尚歌曰："问世间、情是何物，直教生死相许。天南地北……"

李莫愁四度歌此词，由第一次的"吐字清亮，歌声轻柔"，到第二次的"音调凄婉"，第三次的"若断若续，音调凄楚"，再到临终时的"凄厉"，乃至"声若游丝，悄然而绝"，让我在为男女主人公杨过、小龙女的遭际紧张之隙，也不由为李莫愁的命运而唏嘘。

李莫愁既逝十六年，陆无双目睹雌雕为雄雕殉情，耳边似乎忽又响起了师父李莫愁细若游丝的歌声。金庸写道："她幼时随着李莫愁学艺，午夜梦回，常听到师父唱着这首曲子，当日未历世情，不明曲中深意，此时眼见雄雕毙命后雌雕殉情，心想：'这头雌雕假若不死，此后万里层云，千山暮雪，叫它孤单只影，如何排遣？'触动心怀，眼眶儿竟也红了。"我在《神雕侠侣》一书中，最爱陆无双，读到此处，心中也积郁难平。

书中交代，这词是金人元好问所作，然而这首词书中其实只引用了上片。不久我在王昕若先生的《诗词格律手册》中读到全篇，爱赏不已，每在校园中踽踽独行，悄然默诵。后来入清华中文系读书，我却觉此词起调极高而实甚空洞，已不能为"问世间、情是何物，直教生死相许"这样直率无余的表达而感动，相反，数年前浑然不觉其佳的欧公词，我倒能心领神会。这既是阅历浅深之异，也因学养薄厚之殊。

元好问，字裕之，取义于《尚书·商书·仲虺之诰》"好问则裕，自用则小"，号遗山。山西忻州人。遗山是金代最杰出的文学家。我尝与友人言，江西诗派推尊一祖三宗，一祖是杜甫，三宗是黄庭坚、陈师道、陈与义，而真能得老杜之精神的，非遗山莫属。清潘德舆《养一斋诗话》云："遗山诗在金、元间无敌手，其高者，即南宋诚斋（杨万里）、至能（范成大）、放翁（陆游）诸名家，均非其敌。"诚非过誉。其词亦在北人中独步。龙榆生《唐宋名家词选》（开明书店1934年版）于篇末特附遗山词十九首，编目云："右附金词一家十九首。"备见推崇。遗山的这首《摸鱼儿》（又称《迈陂塘》），也是金词中最著名的一首：

摸鱼儿

乙丑岁赴试并州，道逢捕雁者云："今旦获一雁，杀之矣。其脱网者悲鸣不能去，竟自投于地而死。"予因买得之，葬于汾水之上，垒石为识，号曰"雁丘"。同行者多为赋诗，予亦有《雁丘辞》。旧所作无宫商，今改定之。

恨人间、情是何物，直教生死相许。天南地北双飞客，老翅几回寒暑。欢乐趣。离别苦。是中更有痴儿女。君应有语。渺万里层云，千山暮景，只影为谁去。　　横汾路。寂寞当年箫鼓。荒烟依旧平楚。招魂楚些何嗟及，山鬼自啼风雨。天也妒。未信与、莺儿燕子俱黄土。千秋万古。为留待骚人，狂歌痛饮，来访雁丘处。

乙丑是金章宗泰和五年（1205），遗山十六岁。当时因双雁故事而作《雁丘辞》，应是歌行一类作品，并不是协律的词。他后来将《雁丘辞》改订为《雁丘词》，恐怕不只是为了叶（xié）宫商，而可能别具一种怀抱。与流行之版本不同，原词作"恨人间"而非"问世间"，"千山暮景"也不是"千山暮雪"，流行本前处是因不知词之格律致误，"暮景"之"景"，是日光之意，也比流行本的"暮雪"用词准确。

我十六岁时读遗山这首词，感动到不行，但我现在却认为，遗山咏大名府殉情小儿女的同调之作远在这首词之上：

摸鱼儿

问莲根、有丝多少，莲心知为谁苦。双花脉脉娇相向，只是旧家儿女。天已许。甚不教、白头生死鸳鸯浦。夕阳无语。算谢客烟中，湘妃江上，未是断肠处。　　香奁梦，好在灵芝瑞露。人间俯仰今古。海枯石烂情缘在，幽恨不埋黄土。相思树。流年度。无端又被西风误。兰舟少住。怕载酒重来，红衣半落，狼藉卧风雨。

这首词创作的时间晚于《雁丘辞》十一年，但应在遗山改订后的《雁丘词》之前，远较前词浑成蕴藉，所以为佳。词前有小序，云："泰和中，大名民家小儿女，有以私情不如意赴水者，官为踪迹之，无见也。其后踏藕者得二尸水中，衣服仍可验，其事乃白。是岁，此陂荷花开，无不并蒂者。沁水梁国用时为录事判官，为李用章内翰言如此。此曲以乐府《双蕖怨》命篇。'咀五色之灵芝，香生九窍；咽三清之瑞露，春动七情'，韩偓《香奁集》中自叙语。"这是一首同情自由恋爱，为痴情小儿女立传的佳作，而托之以咏并蒂荷花，故又名《双蕖怨》。"蕖"即芙蕖，荷花的别名。"自叙"就是自序，这样写始自东坡，因东坡祖父名苏序，需要避家讳。遗山毕生崇敬东坡，故也依东坡的习惯，将自序写作自叙。

金宣宗贞祐四年丙子（1216），蒙古兵围太原，遗山奉太夫人携全家，由忻州渡黄河而南，寓居福昌县三乡镇（今河南省洛阳市宜阳县三乡镇），与先一年自泽州（今山西省晋城市）避乱来福昌的李用章相识。用章讲到，曾经记录此案的梁国用，亲口跟他讲过这段令人荡气回肠的故事。遗山情动不已，遂有了这一首与《雁丘词》一道，同被南宋大词人张炎许为"风流蕴藉处，不减周（邦彦）秦（观）"的力作。

一起"问莲根、有丝多少，莲心知为谁苦"，扣住莲藕多丝（谐音"思"）、莲心味苦的特征，以比兴落笔，这是说小儿女的相思如藕丝不断，他们的悲剧让莲心都含着苦楚。次韵生发题序"是岁，此陂荷花开，无不并蒂者"之意，谓池中的并蒂莲，就是这对赴水而死的小儿女精魂所化。"天已许。甚不教、白头生死鸳鸯浦"二句是作者的含怨发问，他说这一年池中花皆并蒂，就说明二人的爱情是天许之缘，可是上天何竟不仁至此，不让他们像鸳鸯一样，在水滨白头到老？夕阳洒在水面，仿佛都在为二人的悲剧而无语凝咽。这池中景致，比之谢灵运笔下"播芬烟而不熏，烛明镜而不明"（《伤己赋》）的意境，比之湘妃在江上啼哭，都更让人断肠。谢灵运，小字客儿，人以谢客称之。湘妃泣泪溅于竹上，生出斑斑竹枝，此是悼亡之哀，但湘妃终究曾与大舜共同生活多年，这一对小儿女，死后方得化作一池并蒂莲长相厮守，更让人慨叹造化之不公。

雄性鸳鸯头上，有一片白色的羽毛。宋人《九张机》联章词其四云："四张机。鸳鸯织就欲双飞。可怜未老头先白，春波碧草，晓寒深处，相对浴红衣。"金庸在《射雕英雄传》中将这首词改为《四张机》并安在了刘瑛姑的名下，又借女主人公黄蓉之口评论道："真是好词！鸳鸯生来就白头……""甚不教、白头生死鸳鸯浦"一句，字面是指鸳鸯，实亦指人，可见遗山体物之微，模写之精。

过片用唐代诗人韩偓《香奁集》自序中的语典，是说好在二人的情爱不灭，化作美丽的荷花、清远的幽香，以及荷上晶莹的露珠。

接以"人间俯仰今古"，是"俯仰人间今古"的倒装。词人想象二人的精魂，冷眼看着人间今古变迁，哪怕是海枯石烂，彼此情缘永在，就像池中的并蒂莲花，到秋日零落坠水，仍归清静，不在黄土中腐去。"相思树"用《搜神记》中典。韩凭为宋康王舍人，妻何氏貌美，康王夺之，韩凭自杀，妻亦投台死。时人为分而葬之，旦夕间有大梓树生于二冢上，常有鸳鸯分栖两树，悲鸣动人。宋人号其木为相思树。这是以韩凭故事，来类比双蕖之怨。"流年度。无端又被西风误"化用北宋词人贺铸的《踏莎行》词句："当年不肯嫁春风，无端却被秋风误。"谓并蒂莲纵延得二人一时之精魂，终当凋零。词人劝世人，该在池中稍加停留，不吝于倾泻同情，以免风雨之后，载酒重来，只见莲瓣半落，一派狼藉而已。"怕载酒重来"三句，写的是词人对痴情儿女的无尽惋惜之情，对人间真情难得的哀怜之意。

这时再回顾雁丘之作，便觉既不及《双蕖怨》之蕴藉，又不及它的浑成。起笔"恨人间、情是何物，直教生死相许"固然是名隽之句，夺人眼目，但一滚说破无余致，不像后词"问莲根"二句以比兴出之，醇醇有味。"天南地北双飞客，老翅几回寒暑"始写及雁，一般咏物词会接着铺叙雁的行止，遗山却一笔宕开，转到对人间痴儿女的同情："欢乐趣。离别苦。是中更有痴儿女。"缪钺先生谓其"用笔空灵不滞"，其实是遗山以北人学南音，做不到像宋词人那样细致入微。词中"情是何物"依词之定格，第二字须用平，但遗山用了仄声的"是"字，"欢乐趣"三句，于词律亦有乖舛。"离别苦"后面当作一豆①，与下句同属一句，遗山却将"离别苦"单独成句，与"欢乐趣"成对句，遂竟衍出一韵，与历来词格相违。词人想象，殉情之雁如能说话，会告诉我们，它在脱网后仍自投于地的原因："渺万里层云，千山暮景，只影为谁去。"这数句，在上片里最精警动人，因其有兴象可感，真实不虚。

过片三句"横汾路。寂寞当年箫鼓。荒烟依旧平楚"，缪钺先生解释说："因为双雁是葬在汾水之上，于是联想到当年汉武帝泛舟汾河时所作的《秋风辞》。"又谓横汾、箫鼓皆用《秋风辞》中的语典："泛楼船兮济汾河。横中流兮扬素波。箫鼓鸣兮发棹歌。"他并且指出，《秋风辞》中有"草木黄落兮雁南归"之句，可以暗扣住主题的"雁"字。但由雁而及于汉武故事，终嫌牵强，便不浑成，如以为因雁丘在汾上而联及汉武，则词中又无交代（词序中不算）。过片如宋人所谓，"断了曲意"（张炎《词源》中语）。

"招魂楚些何嗟及，山鬼自啼风雨"是承接过片三句而来，谓汾水之上，一派凄清，欲待歌《招魂》之曲，返其魂魄，已来不及了，只有山鬼在风雨中为其哀啼。"何嗟及"出《诗经·王风·中谷有蓷（音tuī，益母草）》："有女仳离，嘅其泣矣。嘅其

---

① 词的句读（dòu）的一种。古人把词标作三种句读：韵、句、读。押韵的地方叫韵；不押韵但句子完整的地方叫句；不能独自成句，与下句似断还连的地方叫读。清代万树刻《词律》，将"读"简写为"豆"，后相沿成习惯。比如大家熟悉的"念去去、千里烟波"，念去去后面就是豆，现代标点用顿号表示。——作者注

泣矣，何嗟及矣。"意思是有一女子为丈夫抛弃，啜泣不已，悲叹莫及。何嗟及就是嗟何及。《招魂》《山鬼》皆屈原所作之楚辞，《招魂》中多以"些"为句末语气词，其声至悲，故后世称凄厉之音曰"楚些"。《山鬼》中有"雷填填兮雨冥冥。猿啾啾兮狖夜鸣。风飒飒兮木萧萧。思公子兮徒离忧"之句。我们很难理解，汾上雁丘为何能承载得起如此深重的哀伤。以下是说，双雁比翼并飞，圆满的爱情连上天都会嫉妒，被词人细心埋葬的双雁，不会与莺燕同归黄土，而会被千古骚人，狂歌载酒，常来凭吊。

词的下片，与人比拟不伦之感。全词总让人觉得，上片与下片截然两段，不成一体。同时人李治（字仁卿）的和作，就比遗山之作来得更浑成：

雁双双、正飞汾水，回头生死殊路。天长地久相思债，何似眼前俱去。摧劲羽。倘万一、幽冥却有重逢处。诗翁感遇。把江北江南，风嚓月唉，并付一丘土。　　仍为汝。小草幽兰丽句。声声字字酸楚。拍江秋影今何在，宰木欲迷堤树。霜魂苦。算犹胜、王嫱有冢贞娘墓。凭谁说与。叹鸟道长空，龙艘古渡，马耳泪如雨。

此词主旨在写遗山营雁丘事。自"雁双双"至"倘万一、幽冥却有重逢处"写雁，谓投地之雁，自怀痴想，盼着到幽冥中能与爱侣重逢，结想奇特。"诗翁感遇"四句，转到写遗山葬雁，妙在自然而然，不着痕迹。况周颐说这四句"托旨甚大，遗山元唱殆未曾有"（《蕙风词话》卷三）。

过片三句，是说遗山不止营雁丘，且创作了芳馨悱恻的清词丽句，声声凄楚，字字酸辛。"小草"是稍稍起草之意。"拍江秋影"谓雁影，"宰木"是坟墓前的树木，仁卿谓多年以后，人们已不见旧年双飞的雁影，却见到当日遗山在雁丘前种下的树木，早已高与堤树相齐。仁卿感叹双雁既逝，魂魄飘荡霜天之中，固然凄苦，但总算比汉代远嫁匈奴的王昭君，唐代至死仍为妓女的贞娘（应为真娘）要自由，雁丘的人文意义，在朔漠黄沙里的昭君青冢，虎丘山下的真娘墓之上。

"凭谁说与"一句唱断，意谓：我心中的感慨向谁说去呢？仁卿词高明之处尤其体现在此处。他的情绪如何，并不说出，而是说："叹鸟道长空，龙艘古渡，马耳泪如雨。""鸟道长空"用杜甫《秋兴八首》句意："关塞极天惟鸟道，江湖满地一渔翁。"意指故都难返。"龙艘"字面上指的是汉武帝横中流而济汾水的龙船。"马耳"用李白《答王十二寒夜独酌有怀》诗的语典："世人闻此皆掉头，有如东风射马耳。"本指无动于衷。对东风无感的马，亦为雁丘而泣，则仁卿之哀不必问矣。但我们不禁要问，大雁殉情，纵令人感动，又何至于此？

遗山的原作及仁卿的和词，在当时已流传到南方。南宋韦居安《梅涧诗话》全引之，且云："详味二词，亦有优劣，识者必能辨之。"一般来说，唱和诗词原作都会胜过和作，像章窠（质夫）、苏轼唱和杨花词，人多右东坡而左质夫，这样的例子极少。梅涧不直接说二家优劣，甚至不肯说"二作工力悉敌"的套话，显然认为仁卿的和词优于遗山原作。

遗山的《雁丘词》定稿于何时？吴庠《遗山乐府编年小笺》以为即元氏十六岁时作，赵永源《遗山乐府校注》因之，与原词小序"旧所作无宫商，今改定之"不合，缪钺先生则以为改定的时间距原作"似亦不会太远"。其实仁卿和词已提供了此词写成时间的线索。词中云"诗翁感遇"，又曰"拍江秋影今何在，宰木欲迷堤树"，则《雁丘词》成，上距营雁丘之时，宰木已长，遗山也是皤然一翁了。《雁丘词》应是金亡以后，遗山、仁卿两位遗老的唱和之作。考元太宗九年（1237），金亡已三年，遗山由冠氏（今山东省聊城市冠县）往东平、还太原，在崞山（今山西省原平市）的桐川（今同川，即同河流域），与仁卿相会，有《桐川与仁卿饮》诗："潇潇茅屋绕清湾。四面云开碧玉环。已分故人成死别，宁知尊酒对生还。风流岂落正始后，诗卷长留天地间。海内斯文君未老，不须辛苦赋囚山。"《雁丘词》当改定于此时或稍前数载，仁卿和词则应作于是年。山西陈为人先生推测："元好问生存于金灭元兴之际，如此沉沦沧桑之情，力透纸背的显然是悼念亡国的切肤苦痛悲情。"[1]陈先生是一位作家，创作者敏锐的直觉值得我们重

---

[1] 陈为人.走马黄河之河图晋书［M］.深圳：海天出版社，2012：160.——编者注

视。我也认为，遗山《雁丘词》所改的不止是宫商，更要把亡国之人的板荡之悲、沧桑之恸写入其中。但旧瓶装新酒，其味终不甚醇，而仁卿专就营雁丘一事落笔，寄托家国之怀，在似有若无之间，反能浑成一片。

遗山此词究竟要寄托什么？今按《金史·哀宗纪》载：金哀宗于天兴三年（1234）正月戊申，传位于东面元帅完颜承麟，诏曰："朕所以付卿者岂得已哉。以肌体肥重，不便鞍马驰突。卿平日趫（qiáo）捷有将略，万一得免，祚胤不绝，此朕志也。"次日承麟即皇帝位，即金末帝，礼毕甫出，与蒙古兵死战。俄顷城陷，哀宗自缢于幽兰轩。遗山原词无一字涉及幽兰，仁卿词"小草幽兰丽句"，明有所指。末帝闻哀帝崩，率群臣入哭，谥曰哀宗，哭奠未毕，城溃，禁卫近侍举火焚哀宗尸，奉御（官名）绛山遂收哀宗骨，葬于汝水上。末帝为乱兵所害，金遂亡。

金哀宗、金末帝并死社稷，皆不独生，绛山之收哀宗骨葬于汝水，让遗山想起自己十六岁时听闻的双雁故事，以及当日所营的雁丘。他重理旧作，想要在词中寄托其对哀宗、末帝的无限同情，这才有"横汾路"三句对汉武帝的联想，这也才有招魂之些、山鬼之啼。循此，我们也可以理解，仁卿和词中何以要拿雁丘拟于人的冢墓，又何以为"鸟道长空，龙舰古渡"而叹，因为雁丘实指代哀宗在汝上的坟茔。

遗山集中，尚有古乐府《幽兰》一首，明为吊哀宗之作：

仙人来从舜九嶷。辛夷为车桂作旗。

疏麻导前杜若随。披猖芙蓉散江蓠。

南山之阳草木腓。涧岗重复人迹希。

苍崖出泉悬素霓。翛然独立风吹衣。

问何为来有所期。岁云暮矣胡不归。

钧天帝居清且夷。瑶林玉树生光辉。

自弃中野谁当知。霰雪惨惨清入肌。

寸根如山不可移。双麋不返夷叔饥。

饮芳食菲尚庶几。西山高高空蕨薇。

露槃无人荐湘累。山鬼切切云间悲。

空山月出夜景微。时有彩凤来双栖。

　　这是一首句句押韵的柏梁体古诗，据诗中"岁云暮矣胡不归"之语，知作于天兴三年岁暮。首句"仙人来从舜九嶷"即谓哀宗如舜之崩于九嶷。"南山之阳草木腓"用《诗径·召南·殷其雷》语："殷其雷，在南山之阳。"郑玄笺云："召南大夫，以王命施号令于四方，犹雷殷殷然发声于山之阳。"并下句合观，则谓哀宗既逝，大金已亡，再无王命号令四方，山川草木也寂寞无主。"素霓"出司马相如《大人赋》："垂绛幡之素蜺兮，载云气而上浮。"原赋的"大人"即说天子。诗中又有"钧天帝居""露槃"等语，皆可落实。值得注意的是，本诗中也用"山鬼"意象寄托悲慨。诗的次句直接檃栝

《楚辞·山鬼》中"辛夷车兮结桂旗"一句，末又云"山鬼切切云间悲"，然则《雁丘词》中"山鬼自啼风雨"，宜亦为亡国之呻、哀绝之吟。

遗山何以在《幽兰》与《雁丘词》中两用"山鬼"之典？我以为当以"山鬼"指代收哀宗骨骸的绛山。

遗山词尚有杨果（字正卿）的和作，题云"同遗山赋雁丘"：

> 怅年年、雁飞汾水，秋风依旧兰渚。网罗惊破双栖梦，孤影乱翻波素。还碎羽。算古往今来，只有相思苦。朝朝暮暮。想塞北风沙，江南烟月，争忍自来去。　　埋恨处。依约并门旧路。一丘寂寞寒雨。世间多少风流事，天也有心相妒。休说与。还却怕、有情多被无情误。一杯会举。待细读悲歌，满倾清泪，为尔酹黄土。

正卿后来仕元，位至参知政事。词中"想塞北风沙，江南烟月，争忍自来去"等句，未免故国之思，末云"一杯会举。待细读悲歌，满倾清泪，为尔酹黄土"，显然也是读出了遗山词背后的遗民心迹。"会"即"会须一饮三百杯"的"会"，应当之意。

遗山《雁丘词》下片是所谓的"专寄托者"，常州词派的一个重要主张是："非寄托不入，专寄托不出。"（周济语）此词就能入而不能出。遗山是公认的金源一代文宗，他的诗、词、文、史皆为金世第一，但金人侵占北宋故地，以异族而入主中原，尽管朝野上下，都在努力地学习宋人的文化，终究婢学夫人，徒能貌似。遗山此词之不能浑成，亦当作如是观。而《双蕖怨》词中"相思树。流年度。无端又被西风误"三句，依词格也当为二句，"流年度"后当用一豆，与下七字合成一尖头的十字句，这些地方失察，都可见其词学修养之不足。遗山、仁卿、正卿三人唱和的《雁丘词》，过片首句都入韵，亦非词之正格。

李清照说："至晏元献、欧阳永叔、苏子瞻，学际天人，作为小歌词，直如酌蠡水于大海，然皆句读不葺之诗尔。又往往不协音律，何耶？盖诗文分平侧，而歌词分五音，又分五声，又分六律，又分清浊轻重。且如近世所谓《声声慢》《雨中花》《喜迁莺》，既押平声韵，又押入声韵；《玉楼春》本押平声韵，有押去声，又押入声。本押仄声韵，如押上声则协；如押入声，则不可歌矣。王介甫、曾子固，文章似西汉，若作一小歌词，则人必绝倒，不可读也。乃知词别是一家，知之者少。"（胡仔《苕溪渔隐丛话》后集卷三十三引）易安是真正的赏音人，故对以诗文为词者一笔抹倒，但其实晏殊、欧阳修的词，在文辞上仍是步武《花间》。苏轼力大才雄，所作的一部分词，于乐府为破格，是靠他的绝顶天才，在无路处开出一条路来。然而这条路绝非康庄大道，后人无东坡之才力，学之终难有树立。太老师夏承焘先生谓："大抵宋词自东坡以后，始与诗不分。东坡以作诗的笔法作词，实是功首罪魁。其功在能放大词之内容，无论何种情感，皆可入词，使词不限于花间尊前之作。其罪在混合诗词为一，破坏词体的独立的价值。"（《作词法》）东坡的一部分词，世人目为豪放，其实只是粗于词、不精于词道。又东坡自有其深婉韶秀处，更非浅者所知。金人泰半学苏词，且多学苏词偏于豪放之一端，实因浸染殊浅，故于豪放易入，婉约难亲。多见今人学作词，咀古未足者莫不如是。我少年时为"问世间、情是何物，直教生死相许"这样的入云高唱而产生浅薄的感动，以后读词渐多，填词渐多，才开始懂得欣赏浑成深婉之美。遗山词境，老而更成，沉雄苍凉，自成一家，中年之前，只能偶到斯境，这种变化既是时代、遭际所致，也与填词既多，格圆调熟有关。遗山晚年也承认，东坡词"亦有语意拙直，不自缘饰，因病成妍者"（《新轩乐府引》）。

金是完颜部女真族群征服辽及北宋而建立起来的王朝。完颜部女真世居按出虎水（今黑龙江省阿什河）之源，在女真语中，按出虎即"金"的意思，故国号金，又曰金源。女真人与辽人一样，都靠武力得国，而在统治着人数远多过本民族的汉人的同时，享用着中原的文明成果和传统文化。辽的前身契丹，是唐末建立起来的北方政权。公元936年，本为后唐明宗李嗣源驸马的石敬瑭，因拥兵自重，有不臣之心，为后唐末帝李从珂所猜忌。他先上表要求末帝让位，激怒末帝，挑起了战争，一面向契丹可汗耶律德光求援，认契丹为父国，约定事成后割燕云十六州与契丹。936年末，石敬瑭被耶律德光封为大晋皇帝，建国曰晋，史称后晋。石敬瑭称帝后，依约将本为华北屏障的燕云十六州割予契丹，此后中原地区再无天险可守，北方劲旅可以轻易南下，遗祸数百年之久。石敬瑭得契丹军援，遂攻入洛阳，灭后唐，不久迁都汴梁。石敬瑭比耶律德光小十岁，却无耻地诏称其为父，自称"儿皇帝"，自古得国之奸雄，未有如石敬瑭这样下贱的。后晋很快为契丹所灭。宋为了收复燕云十六州，与金人缔结了海上之盟，约定宋金出兵夹攻辽，宋给金付岁币，金允诺归还燕云之地。然而在完颜阿骨打去世后，金的贵族就更倾向于灭宋而令"中外统一"，于是金的侵宋之战就不可避免地爆发了。金人灭辽后，仅用了不足两年的时间，就在宋钦宗靖康二年灭亡了北宋，掳掠徽宗、钦宗北上，史称"靖康之难"。从此北方汉人长期在金、元异族治下生活，残存的中原文化影响金、元人的同时，也被金、元人所染，南方的文化愈加偏胜。

金人得辽土及宋在北方的故地，据有了中原之地，也得到了原本就在辽人治下的燕云文士的支持，开始被动地学习中原文化。金熙宗完颜亶得燕人韩昉及中原儒士教导，"虽不能明经博古，而稍解赋诗翰墨。雅歌儒服，烹茶焚香，奕棋战象"。但在宋人看来，他并未掌握中原文化的精髓，只是徒然地失去了"女真之本态"，而在金的贵勋大臣眼中，"宛然一汉家少年子"，十分碍眼，他也视旧功大臣是无知夷狄。(《三朝北盟会编》引《金虏节要》) 熙宗仰慕唐太宗、唐玄宗，又崇敬周公、成王，在位时以孔子四十九代孙孔璠袭封衍圣公，颁行了模仿大宋律法的《皇统制》，并提出，女真人与其他各族人，不宜分别对待，否定了女真贵族提出的，州郡长吏当并用女真人的建议。

完颜亮弑熙宗登位，史称海陵王，在他统治的期间，金的都城由东北迁到中都燕京 (今北京)，金人没有停止学习中原文化，也日渐变更女真旧俗。完颜亮能诗词，其《昭君怨·雪》："昨日樵村渔浦。今日琼川银渚。山色卷帘看。老峰峦。　锦帐美人贪睡。不觉天孙剪水。惊问是杨花。是芦花。" 前人评为"诡而有致"。《鹊桥仙·待月》："停杯不举，停歌不发，等候银蟾出海。不知何处片云来，做许大、通天障碍。　虹髯捻断，星眸睁裂，惟恨剑锋不快。一挥截断紫云腰，仔细看、嫦娥体态。" 则反映出他内心的蛮横残暴，以及为达目的不惜一切代价的性格特征。他梦想能混同万里车书，让金国成为中原的正统，遂决意南征大宋。完颜亮本想速战速决，灭亡南宋，却在采石矶被虞允文打得大败。其时完颜雍在金的东京 (今辽宁省辽阳市) 自立称帝，另一边，不习水战的前线军士，在完颜亮下死命逼他们渡江进攻瓜洲时，发动兵变，将完颜亮乱箭射死。

完颜雍为金世宗，是金国的一代仁君，他深知仁义是治道之本，务为纯俭，崇孝悌，重农桑，赏罚得当，登极后多次鼓励臣下进谏直言。在他的治下，金国一岁死刑人数，或十七人，或二十人，世号"小尧舜"。但世宗又是一民族本位主义者，曾下令女真人不得使用汉名，不得着汉人服饰，须习女真语言文字，然而金人向慕汉化的趋势，即使是贵为至尊的世宗也无法改变。于是到继位的章宗时期，金人的汉化也就到达顶峰。

金人的正统意识也开始觉醒。金章宗泰和二年（1202），定以土德为德运，这是因为按照西汉学者刘歆修改过的五德终始学说，每一次朝代更替，都应遵循五行相生的原理，宋是火德，号炎宋，火生土，继宋为正统的朝代，就应该是土德。金人以土德为德运，意味着金人自认为正统，但并不能折服一部分儒士之心。到蒙元末年，则确定了辽、宋、金皆为正统，一直为今天的史学界所认同。

所谓"名不正则言不顺"，自孔子著《春秋》，中国传统史学就一直特别强调正统。欧阳修曾著《正统论》，以为"正统，王者所以一民而临天下"，以尧、舜、三代、秦、汉、晋、隋、唐为正统。汉晋之间、南北朝之时、五代之时，皆谓之绝，即正统已亡，诸并立政权都不是正统。章望之作《明统论》驳之，以为有正统，有霸统，以功德而得天下者，其得之者为正统，尧、舜、三代、汉、唐、宋是也；徒以武力得天下者，其得之者为霸统，秦、晋、隋是也。正统论起于统一的历法，故前人又有分正统、闰统者。秦虽能混一宇宙，但徒以武力，任法少恩，敲扑人民，故二世而亡，只能谓之闰统。欧阳修提出判断正统的两个原则：一是"居天下之正，合天下于一"，即据有中原，而又能统一中国者，如尧、舜、三代、秦、汉、唐；二是"始虽不得其正，卒能合天下于一"，即获得政权不具合法性，但能统一者，即是正统，如晋、隋。欧阳修的原则偏于"统"，而未免于"正"的方面有所让步。在《正统论》的初稿中，欧阳修竟以为曹魏、朱梁皆可曰正统，这就更加偏离了"正"的原则。后来朱熹云："只是天下为一，诸侯朝觐，狱讼皆归，便是正统。"也纯是功利语，恐皆大违圣人之意。我们假设，奉契丹为父的儿皇帝石敬瑭，不是偏居北方，而是混同了南北，后世史家，难道也认其为正统？

孔子著《春秋》以来，中国史学的最高目标，就是树立正统。所谓的良史，著述要合于永恒不变的价值观，纵然刀锯加之，鼎镬临之，也不改其初衷。欧阳修所著《新五代史》素号良史，但在正统论的问题上，未免势利于秦、晋、隋，乃至差一点并及于曹魏、朱梁，这实在是令人遗憾的。

论正统之说，诸家纷纭，我独赏南宋末年陈过（字圣观）之说。圣观认为，论正统必须要"正""统"兼备，而"正"的原则尤应大过"统"的原则。若不然，则以强力而得天下，又不行仁义，也能称为正统吗？如此世间又焉能再有公论？那些蔑弃仁义，视民如草芥，乃至非鬼而祀，非圣坑儒的政权，纵能一统，不过是让中国人都成为独夫民贼的奴隶，又怎能算作正统呢？正如圣观所言："夫徒以其统之幸得，而遂畀以正，则自今以往，气数运会之参差，凡天下之暴者、巧者、侥幸者，皆可以窃取而安受之，而枭獍、蛇豕、豺狼，且将接迹于后世。为人类者也，皆俯首稽首厥角，以为事理之当然，而人道或几乎灭矣！天地将何赖以为天地乎？"（周密《癸辛杂识》后集《论正闰》引）

依照圣观的原则，尧舜三代已降，符合正统的标准的朝代，只有汉、唐、宋而已。宋以后，就只有将蒙元驱回漠北的明，称得上是正统了。正统并不全靠德，如尧、舜之禅让，有时也需要必要的武力，但要看这武力是顺天应人的"革命"，还是靠强力征服。商汤、周武王之征，人民待之若大旱之望云霓，汉兴而终秦之暴政，唐兴而有贞观之治，宋朝结束五代瓜分豆剖，隐士陈抟高兴得从驴背上跌下来，这些朝代才能称得上正统。

当然，"惟命不于常，道善则得之，不善则失之矣"（《尚书·康诰》）。一个朝代，即使得国正当，如不能依本仁义，与民休息，人民终究会起来推翻它，此所谓"水能载舟，亦能覆舟"，历史铁律，谁都逃脱不开去。

金人定德运为土，是想在定自家为正统的同时，否定南宋政权的正统。尽管其时金、宋约为叔侄之国，宋向金称臣，然而从文化上说，金只是宋的模仿者。诚如周晓川师所言："金代的文化，实际上是汉族文化的一种延伸和继续。只是由于环境和历史条件的差异，而染上一种特殊的色彩。"（《金元明清词选》前言）金人淹有宋在北方的故地，很像罗马之征服古希腊，征服者学习被征服者的文化，最后为被征服者所同化。

金人原本文化幼稚，据有中原之地后，逐渐学习汉人的文化，但文化需要涵养，岂可一蹴而就？宇文虚中是一位出使金国，滞留不归，而不得不仕金的宋人文士，他性好讥讪，目女真人为"矿卤"，最终为自己带来灭族之祸。但金的文化始终不及南宋，则是实情。金初词坛盛推吴激、蔡松年，号吴蔡体。吴激是北宋龙图阁大学士吴栻之子，米芾之婿，使金被强留不放归。蔡松年父蔡靖，北宋末镇守燕山，被金人所俘，多年消极抵抗金人的授官，曾对完颜宗望说："靖之此身实属金国，生之杀之皆在太子，然靖之心却不属金国。"（《三朝北盟会编》引许采《陷燕记》）故吴、蔡皆非金产，应属于两宋文学的苗裔。至于金词，也不过是北宋词的庶子罢了。

自汉末北方久乱，南方较安定，文化一直偏胜于南方。魏晋之世，吴人称中州人为伧（chēng），陆机由吴下入洛，听说北方人左思要写《三都赋》，写信给其弟陆云，说："此间有伧父，欲作《三都赋》，须其成，当以覆酒瓮耳。"伧父意为粗鄙之人，陆机的自信来自南方的文化积淀。魏晋以来，北方诸族匈奴、鲜卑、羯、羌、氐等开始大规模进入中原地区，由民族冲突而发生"永嘉之乱"，导致西晋灭亡，衣冠南渡。

从此，文化的天平进一步偏于南方。南北朝时，颜之推著《颜氏家训》，其《风操》篇多论南北之别，从其所载看，南人明显胜于北。颜之推说了一段著名的故事：

> 别易会难，古人所重；江南饯送，下泣言离。有王子侯，梁武帝弟，出为东郡，与武帝别，帝曰："我年已老，与汝分张，甚以恻怆。"数行泪下。侯遂密云，赧然而出。坐此被责，飘飖舟渚，一百许日，卒不得去。北间风俗，不屑此事，歧路言离，欢笑分首。

密云是"密云不雨"的省辞，意思是流不出眼泪。北人粗豪，不屑下泣言离，也是文化熏染不足之故。所谓文化，就是对待无用之物的态度，愈追求实用，文化愈浅，愈追求精神、灵魂，文化愈深。

遗山的曾祖元春，北宋末为隰州（今山西省临汾市隰县）团练使。金据中原，不仕新朝，乃从原籍平定迁忻州。其子滋善，金正隆二年（1157）始出仕。滋善生二子，长曰元格，未仕，即遗山生父。次曰元泰，曾为陵川（今山西省晋城市陵川县）令，遗山自小过继给元泰为子，生长于金国，是纯粹的北人。故于别离之际，难有"数行泪下"之时。《江城子·观别》：

> 旗亭谁唱渭城诗。酒盈卮。两相思。万古垂杨，都是

折残枝。旧见青山青似染，缘底事，澹无姿。　　情缘不到木肠儿。鬂成丝。更须辞。只恨芙蓉，秋露洗胭脂。为问世间离别泪，何日是，滴休时。

此词遗山年二十许作。他说自有折柳送别之风俗以来，万古垂杨，都是被人折剩下的枝条。残，余也。他从旁观察，殊难理解世间怎有如许多的离别之泪，故自称是"木肠儿"，即心肠如木石，不易动情者。他说"鬂成丝。更须辞"，就算你缠绵到头发都白了，不还是要离别？纯是北人讲求实用的思维。作此词后二十五年，遗山与词中的男主人公会面话旧，遂又有《太常引》词：

予年廿许，时自秦州侍下还太原，路出绛阳。适郡人为观察判官祖道。道傍少年有与红袖泣别者。少焉，车马相及，知其为观察之孙振之也。所别即琴姬阿莲。予尝以诗道其事。今二十五年，岁辛巳，振之因过予，语及旧游，恍如隔世。感念今昔，殆无以为怀，因为赋此。

渚莲寂寞倚秋烟。发幽思（sì），入哀弦。高树记离筵。似昨日、邮亭道边。　　白头青鬂，旧游新梦，相对两凄然。骄马弄金鞭。也曾是、长安少年。

辛巳为金宣宗兴定五年（1221），遗山三十二岁，不宜有此垂暮之语，且二十五年前亦非廿许之年。振之姓崔，金宣宗元光元年（1222）任咸宁令。考蒙古太宗十二年庚子（1240），遗山在家乡忻州，与崔振之同游定襄七岩，次年即辛丑年自东平回忻，与振之话旧，或在是年，然则辛巳当为辛丑字形残缺致误。如此上推二十五载，《江城子·观别》当作于金宣宗贞祐四年（1216），遗山二十七岁。这一年遗山自秦州侍下（父母存一，谓侍下）还太原，路经绛阳，见郡人送别离任的观察判官，其孙崔振之时方少年，与琴姬阿莲泣别，遗山遂作《江城子》词寄意。

　　二词合观，是非常有意思的个案。《江城子·观别》写得有些调谑意味，二十五年后所作，则沉挚浑厚，感人至深。这是为什么呢？

　　一个原因是作为北人的遗山，不如宋人词家那样感觉细腻，故不善铺叙。《太常引》也少铺叙，只是以极简的笔法，写出今昔之慨，自然动人。何以同一作家，其感觉的粗豪未有变化，词境之浅深却有如此大的变化？清代诗人赵翼的《瓯北诗话》给出了答案。赵翼说遗山的诗"专以精思锐笔，清炼而出，故其廉悍沉挚处，较胜于苏（轼）、陆（游）。盖生长云（州）朔（州），其天禀本多豪健英杰之气，又值金源亡国，以宗社丘墟之感，发为慷慨悲歌，有不求而自工者"。其实他的词亦然。

廉悍是峻峭精悍，遗山天赋中就有英迈隽杰之气，观其集中长调诸作，如"牛羊散平楚，落日汉家营"(《水调歌头·汜水故城登眺》)、"世外青天明月，世上红尘白日，我亦厌嚣湫。一笑拂衣去，嵩顶坐垂钩"(《水调歌头·云山有宫阙》)、"万事已华发，吾道付沧洲"(《水调歌头·空濛玉华晓》)、"兴亡事，天也老，尽消沉、不尽古今愁"(《木兰花慢·孟津官舍寄钦若钦用昆仲并长安故人》)、"玉井莲开花十丈，独立苍龙绝壁。九点齐州，一杯沧海，半落天山雪"(《念奴娇·钦叔钦用避兵太华绝顶，以书见招，因为赋此》)，皆有慷慨悲歌之气。其《水调歌头·赋三门津》更是集中第一雄杰之作：

黄河九天上，人鬼瞰重关。长风怒卷高浪，飞洒日光寒。峻似吕梁千仞，壮似钱塘八月，直下洗尘寰。万象入横溃，依旧一峰闲。　　仰危巢，双鹄过，杳难攀。人间此险何用，万古秘（bì）神奸。不用燃犀下照，未必饮飞强射，有力障狂澜。唤取骑鲸客，挝鼓过银山。

此词比苏辛之作更豪迈，更适宜"关西大汉，铜琵琶，铁绰板"而歌之。此亦因天地山水有以助之，不仅是遗山词笔雄健所致。三门津素号天险，所谓"中神门、南鬼门、北人门，惟人门修广可行舟"，故云"黄河九天上，人鬼瞰重关"，意思是黄河于九天之上奔泻直下，奔着人门鬼门的重关而来。

上片先直接描写风助水势，喷激蔽日，再以吕梁山之高峻、钱塘潮的磅礴，比喻黄河水经三门津的威势。"横溃"即横流，水势漫流，宇宙万物，仿佛都与水势一道漫流，而被称作"中流砥柱"的砥柱峰却岿然屹立，安闲从容，动静之际，产生了强烈的艺术张力。其实又何止是一峰闲？遗山面对这天地间的伟观，也是气定神闲，中心不动的。北宋理学家程颐贬涪州时，渡长江，船至中流差点覆没，船上的人都号啕大哭，只有程颐正襟安坐如常。船终于上岸，同船有一老人问他："当船危时，君独无怖色，何也？"程颐答道："心存诚敬尔！"遗山也是心存诚敬，故能心无忧怖。

过片承上片的"一峰"，写仰观峰顶的危巢，见有双鹄飞过，慨叹人不如鸟，不能攀跻而上，也进一步刻画出砥柱山的高峻。这三句隐藏着遗山向自己的词学私淑之师东坡致敬之意。东坡《后赤壁赋》有"攀栖鹘之危巢，俯冯夷之幽宫"之语，《连日与王忠玉、张全翁游西湖，访北山清顺、道潜二诗僧，登垂云亭，饮参寥泉，最后过唐州陈使君夜饮，忠玉有诗，次韵答之》诗则有"故应千顷池，养此一双鹄"的句子。

"人间此险何用，万古秘神奸"是说，上天在人间安排了三门津这样奇险的地方，到底有什么作用呢？应该是为了秘藏鬼神怪异之物吧？

"不用燃犀下照"三句承上二句，意谓不必去探寻水下有什么样的鬼神怪异之物，才掀起这样伟巨的狂澜，即使是再让吴越王来命武士射潮，也无法阻挡河水的凶猛。燃犀用晋代温峤过牛渚矶，"燃犀"下照，怪物覆火，千形万状之典；伙飞本是春秋时斩蛟的猛士，汉代用作武官名，掌弋射。浙江通海，人民每受潮汐之害，吴越王钱镠筑堤不成，遂命武士射潮，以厌胜潮神伍子胥，又在胥山立祠祭祀，潮乃避钱塘。

词人面对三门天险，一无所惧，反而想着要唤取诗仙李白（自号海上骑鲸客）一流的人物，同击大鼓，越流而过。"唤取骑鲸客，挝鼓过银山。"豪宕绝伦，确是历代豪放词中的神品。

不过，正如况周颐所指出的，此词纵然崎崛排奡，却仍下坡公一筹，原因便在于，东坡写这类词，能"不露筋骨"。况氏判断这首词是遗山少作，认为他"晚岁鼎镬余生，栖迟零落，兴会何能飙举"，是足为知人论世之论。

"栖迟零落"出自遗山的《木兰花慢》词：

赋招魂九辩，一尊酒，与谁同。对零落栖迟，兴亡离合，此意何穷。匆匆。百年世事，意功名、多在黑头公。乔木萧萧故国，孤鸿澹澹长空。　　门前花柳又春风。醉眼眩青红。问造物何心，村箫社鼓，奔走儿童。天东。故人好在，莫生平、豪气减元龙。梦到琅邪台上，依然湖海沉雄。

这是金亡后遗山寄山东诸友之作，骨重神寒，颇近东坡。首句用屈原赋《招魂》自招魂魄，宋玉赋《九辩》感慨摇落起兴，他所招的其实是故国之魂。他感慨于道途颠沛，忧患余生，更缅怀着"神功圣德三千牍，大定明昌五十年"（《甲午除夜》）世宗、章宗两朝盛世，而从卫绍王以来急剧走向衰亡的大金，尤其让他情难自已。点检平生，自己把生命都耗在了功名上，不由痛悔起来。"黑头公"典出《魏书·元彧传》，北魏宗室元彧少有才学，时誉甚美，侍中崔光见到他后，跟人说："黑头三公，当此人也。"即壮年而至三公之位的意思。遗山感慨百年世事浮沉，功名有命，自己为着小小的功名，做着微官，在金亡后被元兵押往山东羁管六年，殊是无谓。"乔木萧萧故国，孤鸿澹澹长空"将深沉的亡国之痛，蕴藏在平淡的语气之中。"乔木萧萧"，喻世臣凋零，用孟子语："所谓故国者，非谓有乔木之谓也，有世臣之谓也。""孤鸿"用初唐张九龄"孤鸿海上来，池潢不敢顾"的语典，写自己不仕新朝之志。

过片二句，有杜甫《哀江头》"江头宫殿锁千门，细柳新蒲为谁绿"之意。下写春景眩目，徒令人肠断。何以村夫儿童，都忘了国破之恨，在春社之日，箫鼓乘时，奔走欢跃？他想起山东的老友们，希望他们莫要减了平生的豪气，在梦里遗山与友人在琅琊台上相逢，大家依然有着沉雄的气概。"元龙"是三国时的陈登，许汜评论他"元龙湖海之士，豪气未除"。此词写得沉雄苍凉，正是遗山金亡后词作的主流风格。

遗山除了学习东坡词，也向东坡的弟子黄庭坚（山谷）学习。如《阮郎归·为李长源赋》："帝城西下望西山。城居岁又残。万家风雪一家寒。青灯语夜阑。　　人鲊瓮，鬼门关。无穷人往还。求官莫要近长安。长安行路难。"颇近山谷之巉削。山谷的名作《定风波·次高左藏使君韵》："万里黔中一漏天。屋居终日似乘船。及至重阳天也霁。催醉。鬼门关外蜀江前。　　莫笑老翁犹气岸。君看。几人黄菊上华颠。戏马台南追两谢。驰射。风流犹拍古人肩。"即上词不祧之祖。又《水调歌头·与李长源游龙门》结构、字面全学山谷的《水调歌头·游览》。山谷词颇存俗格，往往有极俚俗之语，前人贬之曰恶趣，遗山也时有堕入山谷恶趣处。像"造化戏人儿女剧，狙公暮四朝三"（《临江仙·孟津河山亭同钦叔赋，因寄希颜兄》）、"儿婚女嫁，奴耕婢织"（《八声甘州·半仙亭》）、"便与君、重结入关期，明年必"（《满江红·方城商帅国器军中寄同年李钦用》）等语，皆甚俚俗，古人谓之为"蒜酪"，意即气味浓烈而不浑雅，殊非词之正道。

时代选中了遗山，让遗山用他的诗笔、词笔乃至史笔，忠实记录下金代由衰而亡的痛史，时代也不允许遗山只做得东坡、山谷的模仿者。时代更加不允许遗山用俚俗的语言去浪费自己的天分，原因是1987年诺贝尔文学奖得主——苏联流亡诗人约瑟夫·布罗茨基所说的，诗人在作品中采用街头语言和大众语言，"这是一个使艺术（这里指文学）依附于历史的企图"①。唯有文学的语言才具有永恒的力量。中年后的遗山，因国势的阽危而饱经患难，诗词遂皆自成一家，正像赵翼所云："国家不幸诗家幸，赋到沧桑句便工！"（《题元遗山集》）由此，遗山词沉挚的一面逐渐压倒廉悍的一面，终于以其沉雄苍凉的词境而浑然大雅，而卓然大家。

作《江城子·观别》的当年，蒙古兵围太原，五月，遗山奉太夫人及全家南渡黄河，寓居福昌县三乡镇。次年，即宣宗贞祐五年丁丑（1217），遗山写了一首感人至深的杰作：

点绛唇·青梅永宁时作

玉叶璁珑，素妆不趁宫黄媚。谢家风致。最得春风意。　　手把青枝，忆得斜横髻。西州泪。玉觞无味。强为清香醉。

词是睹物怀人之作，他所怀念的，当是三年前在忻州被蒙古人杀害的长兄元好古。

从卫绍王完颜永济大安二年（1210）开始，蒙古人在成吉思汗的领导下，就开始了对金的蚕食。宣宗登极后，自贞祐元

---

① ［美］约瑟夫·布罗茨基.悲伤与理智［M］.刘文飞，译.上海：上海译文出版社，2015：49.——作者注

年（1213）冬十一月至二年（1214）春正月，两月间蒙古人"凡破九十余郡，所破无不残灭，两河、山东数千里，人民杀戮几尽，金帛子女、牛羊马畜，皆席卷而去，屋庐焚毁，城郭丘墟矣"（南宋李心传《建炎以来朝野杂记·乙集卷十九·鞑靼款塞》）。宣宗贞祐二年的三月三日，蒙古军攻下遗山的故乡忻州，男女老幼被杀者十余万人，元好古也在被屠之列，年仅三十一岁。金人本以杀戮得辽、宋故地，但入主中原承平已历百年，又深受汉文化影响，渐有文明气象，面对野蛮残酷以烧杀抢掠为乐的蒙古军，几无抵抗之力。宣宗不敢力战，唯求偷安，遂决意率朝廷南迁，以北宋的故都汴梁为新的都城，从此土地日蹙，终底覆亡。

遗山先由青梅高雅的风姿切入，称颂青梅高洁有品，不媚时世，暗喻元好古"狷介"（《中州集》中遗山对"敏之兄"即元好古的评语）的品性。青梅花一般是白色，故曰素妆。宫黄是蜡梅之色，此谓青梅花比蜡梅意态更雅。谢家风致，是说青梅有着天然的标格。它的直接来源，即父典，是北宋张耒《梅花十首》中的句子："姑射仙姿不畏寒。谢家风格鄙铅丹。"而祖典则是《诗品》卷二引汤惠休语："谢（灵运）诗如芙蓉出水，颜（延之）如错彩镂金。"过片谓今日手把青枝，想起当初兄长簪于发髻上的风流。而"西州泪"三字，极简约而又极沉重，借东晋羊昙在舅父谢安逝后，不忍过西州城门，后醉酒经过，恸哭而去之典，力挽九牛，转到避兵女几山，见青梅而悼长兄的哀恸情境中来。"玉觞无味。强为清香醉"是说兄弟相失，人天永隔，何有于觞饮之乐？嗅着青梅的清香，想起兄长的丰姿，不由中心茫然如醉。

这样的词，就绝无金词蒜酪之气，而是浑成大雅，沉郁婉丽的本色之作。

清代评论家刘熙载称遗山词"疏快之中，自饶深婉"（刘熙载《艺概》卷四《词曲概》），词当有百折千回之致，疏快非优点也。只是遗山身丁国变，"神州陆沉之痛，铜驼荆棘之伤，往往寄托于词"（况周颐《蕙风词话》卷三），沉郁真挚之情，贯注其中，与他疏快、廉悍的语言风格相结合，遂能自成沉雄苍凉的词格。这就像京剧老生需要高亮窄的嗓子，但周信芳（麒麟童）少年变声期间嗓子哑掉了，照理是无法成名角的，他却另走浑厚苍凉的一路，与他沙哑的嗓子天然配合，反而形成了极富个性的艺术风格，并开创所谓的麒派，周信芳也由此而成与梅兰芳齐名的京剧大师。遗山疏快、廉悍的字面，本来相对词的正格，是毛病，是缺陷，但国家的不幸让他获得同时期南方宋人难有的沧桑之感，非有疏快、廉悍的字面，不能承载他亡国的哀痛，于是反而成就了他的创作。况周颐谓遗山即"金之坡公"，遗山当之无愧。他又说坡公不过逐臣，而遗山则是遗臣、孤臣，故其词"缠绵而婉曲，若有难言之隐，而又不得已于言"，这样浓挚深沉的感情，是金亡后遗山跻身第一流词家的根源所在。

龙榆生《唐宋名家词选》自序分唐宋词为三派：

> 盖自温韦以来，迄于南唐之李后主、冯延巳，北宋之晏殊、欧阳修、晏几道，为令词之极则，已俨然自成一阶段焉；迨慢曲既兴，作者益众，疏密二派，疆域粗分。疏极于豪壮沉雄，自范仲淹、苏轼以下，晁补之、叶梦得、张孝祥、辛弃疾、陆游、刘克庄、刘辰翁、元好问之徒属之；密极于精深婉丽，自张先、柳永以下，秦观、贺铸、周邦彦、姜夔、史达祖、吴文英、王沂孙、张炎、周密之徒属之。

疏密之说，比豪放、婉约之分更准确，渊源自刘融斋之论："北宋词用密亦疏，用隐亦亮，用沉亦快，用细亦阔，用精亦浑；南宋只是掉转过来。""南宋词近耆卿者多，近少游者少。少游疏而耆卿密也。"（《艺概·词曲概》）疏与密指的是意象的疏阔繁复，然则秦观、姜夔、张炎实皆疏之一派。遗山是北人文士的代表，他的生长环境、文化积淀都决定了其长调偏于豪壮沉雄，意象疏阔，纯以气行，有时不免失之于荒率。国家的沧桑巨变让遗山词疏而益上，他以诗笔为词，遂长于小令，转与后主、小山为近。遗山曾从之学诗的老师王中立，为《遗山乐府》题诗："常恨小山无后身。元郎乐府更清新。"这是说青年遗山的词作，而遗山真正近于后主、小山的，是他晚年那些把国家之悲、身世之恸打并一处的令词。

清平乐·太山上作

　　江山残照。落落舒清眺。涧壑风来号万窍。尽入长松悲啸。　　井蛙瀚海云涛。醯鸡日远天高。醉眼千峰顶上，世间多少秋毫。

　　太山即泰山，因遗山的嗣父名元泰，遗山为避讳而写作太山。这是一首充满绝望的沉哀之作。"江山残照"，既是写物理的时间，更是写历史的时间。"落落"，清楚分明貌。涧壑中风起如同号哭，风里松叶之声犹如悲啸，这是词人内心痛苦的呼喊啊！过片是说，瀚海云涛何等壮丽，自天上人观之，我辈不过如井蛙所见而已，眼中日远天高，如此广阔的宇宙，不过如小虫醯（xī）鸡所处的酒瓮一样狭小。一结用《庄子·齐物论》："天下莫大于秋毫之末，而泰山为小。"但遗山绝无表达齐物之旨的意思，他想说的是，国亡之后，江山皆无意义，那是彻骨的悲凉，彻骨的绝望。

清平乐

　　香团娇小。拍拍春多少。一树铅华春事了。消甚珠围翠绕。　　生经闹簇枯枝。只愁吹破胭脂。说与东风知道，杏花不看开时。

此是咏杏花之作。遗山把杏花比喻作娇小的香团，满满地（"拍拍"）妆点着春天。然而一树铅华，终归零落，怎配得起赏花人穿珠戴翠，环绕树下？下片四句，要当一句读，实即"说与生经闹簇枯枝只愁吹破胭脂之东风知道：杏花不看开时"。"生经"就是偏经，北宋词人宋祁，有"红杏枝头春意闹"的名句，号"红杏尚书"，故谓"闹簇枯枝"。此是说，东风偏偏要吹向繁密的枯枝，人们只怕它把杏花吹落，我且寄语东风：杏花落便落吧，我要看的是杏花零落后绿叶成阴的姿态。这首词傲兀倔强，东风是元人，杏花是金，金虽亡而不亡，因有遗山这样守定故国文化的人在。

遗山是以诗为词，故尤其擅长体制最近于七律的《鹧鸪天》，可称作"元鹧鸪"。《遗山乐府》卷三所刊三十七首《鹧鸪天》，况周颐认为"泰半晚年手笔。其《赋隆德故宫》及《宫体》八首、《薄命妾辞》诸作，蓄艳其外，醇至其内，极往复低回、掩抑零乱之致。而其苦衷之万不得已，大都流露于不自知"。他又说此等精品，宋名家如辛稼轩固然也有，但不能像遗山那样地众多。——这当然是因为遗山身经国亡，内心比稼轩更痛苦、更绝望。《鹧鸪天·隆德故宫，同希颜、钦叔、知几诸人赋》：

临锦堂前春水波。兰皋亭下落梅多。三山宫阙空瀛海，万里风埃暗绮罗。　　云子酒，雪儿歌。留连风月共婆娑。

人间更有伤心处，奈得刘伶醉后何。

　　此词作于蒙古乃马真后称制二年（1243），金亡后的第十个年头，是遗山与雷希颜、李钦叔、麻知几等文友，同吊汴京故宫所作。"隆德"是汴京故宫正殿名。自金宣宗迁都汴梁，金的文物俱入汴京，遗山也曾在汴京担任尚书省东曹掾，并于汴京城破后，被蒙古兵俘获，解往山东聊城看管。旧地重游，无限黍离麦秀之悲。"三山"二句，绝似后主"四十年来家国，三千里地山河。凤阙龙楼连霄汉，玉树琼枝作烟萝"之概。"云子酒"三句是说大家在酒乡歌席消磨时光。"云子"是碎云母，丹家以为服之可成仙，"雪儿"为隋末李密的爱妾，善歌，此指歌伎。此是伏下之笔，更引出"人间更有伤心处，奈得刘伶醉后何"的沉痛。遗山说：人间再多的伤心，我像刘伶一样终日在醉乡，又能奈得我何？这是怨痛之极的反语，说是醉中忘得，其实是忘不得。清代陈廷焯评此词"苍茫雄肆，竟似稼轩手笔"（《词则·放歌集》卷三），说得不对，此词更近后主也。

　　是年八月，遗山远赴燕京，为耶律楚材父耶律履作神道碑，又作《鹧鸪天》：

　　　　八月芦沟风路清。短衣孤剑此飘零。苍龙双阙平生恨，只有西山满意青。　　尘扰扰，雁冥冥。因君南望涌金亭。

还家剩买宜城酒，醉尽梅花不要醒。

"风路"当为风露。燕京曾为金的中都，海陵王迁都于此，与金的盛世相随始终，宣宗贞祐三年（1215）被蒙古军队攻陷，后成为蒙古的都城。词人来到燕京的另一个目的是拜访张柔，求看《金实录》，为所著的史书《壬辰杂编》定稿作最后的努力。来到故都，心情当然是压抑、悲愤的。西山青翠满眼，江山无恙，而龙楼凤阙已属蒙古，自然怅恨填膺。满意青就是满眼青。过片三句，谓京城缁尘扰扰，鸿雁振翅南飞，词人也因南飞之雁，思念起河南辉县常与友人一起登临的涌金亭。宜城是产美酒之地，此谓归去后，当买美酒，于梅花下沉醉，好忘记触目伤时之痛。

遗山《鹧鸪天》诸作，最佳者莫如其《薄命妾辞》五首：

复幕重帘十二楼。而今尘土是西州。香云已失金钿翠，小景犹残画扇秋。　　天也老，水空流。春山供得几多愁。桃花一簇开无主，尽着风吹雨打休。

颜色如花画不成。命如叶薄可怜生。浮萍自合无根蒂，杨柳谁教管送迎。　　云聚散，月亏盈。海枯石烂古今情。鸳鸯只影江南岸，肠断枯荷夜雨声。

一日春光一日深。眼看芳树绿成阴。娉婷卢女娇无奈，流落秋娘瘦不禁。　　霜塞阔，海烟沉。燕鸿何地更相寻。早教会得琴心了，醉尽长门买赋金。

玉立芙蓉镜里看。铅红无地着边鸾。半衾幽梦香初散，满纸春心墨未干。　　深院落，曲阑干。旧欢新恨苎衣宽。几时忘得分携处，黄叶疏云渭水寒。

百啭娇莺出画笼。一双胡蝶殢芳丛。葱茏花透纤纤月，暗澹香摇细细风。　　情不尽，梦还空。欢缘心事泪痕中。长安西望肠堪断，雾阁云窗又几重。

组词纯以比兴出之，故极低回要眇之致。据狄宝心先生《元好问年谱新编》考证，当是为金亡之日，蒙古兵掳宣宗后王氏、哀宗后徒单氏及柔妃裴满氏及诸妃嫔北上而作。

第一首谓汴京向日复幕重楼，今唯尘土而已。《金史·后妃列传·宣宗皇后王氏》载："及壬辰、癸巳岁，河南饥馑。大元兵围汴，加以大疫，汴城之民，死者百余万，后皆目睹焉。"同在汴京被围的遗山不会不知，"尘土"二字，隐藏着多么深重的哀恸！被掳女子头上的发饰，已被蒙古兵搜刮一空，只有画扇无人抢夺，仍随在身边，昭示着她们被捐弃的命运。过片用李贺"天若有情天亦老"之语，"水空流"是说时光无情。"春山供得几多愁"化用辛弃疾《水龙吟》词"遥岑远目，献愁供恨，玉簪螺髻"句意，谓青山也载承不起如许的愁恨。词人把焦点定格在路边的桃花上，那无主的小桃，被风吹雨打，花尽飘零，不正是这些可怜的女子命运的象征吗？她们后来遭遇了什么？《金史》记载了一句："京城破，后及诸妃嫔北迁，不知所终。"不忍想，不敢想。

第二首慨叹后宫的女子红颜薄命，如浮萍一样，随水浮沉，不能自主。词人不由诘问：道旁杨柳只管送迎，你们知道她们将要遭受怎样的劫难吗？"云聚散，月亏盈"是说历史无情，周而复始，而被掳女子的痛苦，即使到海枯石烂也不会消逝。想来偷生于归德府的哀宗，便如江南岸边的孤鸳，听着雨打枯荷之声，柔肠寸断。

第三首写两宫既已北迁，金国人民对她们的同情与怀念。两宫被掳北上，时维哀宗天兴二年四月，故首二句纯是写实。词人用魏武时宫人卢女、杜牧笔下"穷且老"的旧宫人杜秋娘为喻，寄托对两宫女子的同情。过片想象北行之远，将至于霜塞，而往事已如海蜃烟沉。燕鸿皆信使，此谓消息永断。一结是说：她们若是能脱得虎口，我们会不吝千金，买醉寄兴《金史》载：天兴元年冬，哀宗逃往归德。二年正月，遣近侍徒单四喜、术甲答失不奉迎两宫。两宫及柔妃裴满氏等乘马出宫，行至陈留，城左右火起，疑有兵，不敢进。王太后于是下令回到汴京。等到再想逃走时，汴京城已破，没法再逃脱生天了。

"琴心"用司马相如弹奏《凤求凰》,打动卓文君,半夜随其私奔之典,此喻哀宗命人迎两宫往归德。长门买赋,亦用司马相如之典,汉武帝废后陈阿娇以千金请相如作《长门赋》,想重新打动武帝。此只是接上句顺用其典,表示如果她们能逃出,我们千金不惜,去买酒欢庆之意。

第四首谓宫中女子美丽无匹,即使是唐代边鸾那样的名画家,亦无所用其技。有的昨夜的幽梦尚未做完,有的几案上所写的诗句墨尚未干,就被蒙古兵勒逼上路。北上后,她们想起宫中的院落栏杆,情伤消瘦,连苎麻衣都变得宽大了。一结化用唐许浑《咸阳城东楼》诗的后四句:"鸟下绿芜秦苑夕,蝉鸣黄叶汉宫秋。行人莫问当年事,渭水寒声昼夜流(一作故国东来渭水流)。"谓哀宗抛弃她们逃往归德,正是黄叶疏云,渭水寒声不歇之时。

第五首以"百啭娇莺"比喻哀宗,以"一双胡蝶"指代两宫,谴责哀宗逃出汴京,却让两宫留滞。"葱茏"二句,渲染哀宗去后宫中的寂寞。下片则从哀宗的心情着眼写开去。想象哀宗在归德,追忆前情,恍如一梦,西望汴京,宫室尽被云雾笼罩,徒然流泪而已。归德府在今河南商丘一带,正在汴京之东,故曰"长安西望"。

在《遗山乐府》中,还有一首言志的《鹧鸪天》:

华表归来老令威。头皮留在姓名非。旧时逆旅黄粱饭,今日田家白板扉。　　沽酒市，钓鱼矶。爱闲真与世相违。
墓头不要征西字，元是中原一布衣。

　　金亡以后，遗山不仕蒙元，保持了传统士人的气节。金与
蒙元都是北方征服政权，固皆非正统，但金享国日久，比蒙元
更早接受中原文化，也不如当时蒙古兵那样残暴，如依儒家华
夏、夷狄之辨，其时金已进于华夏，蒙元则为夷狄。因儒家所
谓的华夏、夷狄，不在血统，而在文明程度。遗山国亡后以国
史自任，所编《中州集》附《中州乐府》，将记忆所得的前辈
及交游诸人的诗词，随即录之，保存了金源一代诗人的重要作
品，并为每位诗人撰写小传。"百年遗稿天留在，抱向空山掩
泪看"（《自题中州集后》），那不单是借诗以传史，更是遗山
保存故国文化的孤诣苦心。中州、中原不只是地域概念，更
是文化概念，都代表遗山对华夏文化的固守信膺。中原布衣，
是他基于文化信仰的人生选择。蒙古乃马真后称制四年乙巳
（1245），遗山为迁葬母亲，由忻州来到曾为县令的内乡（今
河南省南阳市内乡县），得当地父老相留相挽，感慨"事去恍
疑春梦过，眼明还似故乡归"，当乡人要他题诗留念时，他说：
"题诗未要题名字，今是中原一布衣。"（《为邓人作诗》）这首
《鹧鸪天》词用"元是"，比诗的"今是"更斩截，写出遗山
后半生的志尚。

　　首句用《搜神后记》丁令威离家千岁，化鹤归来，栖于华

表柱上，感慨城郭依旧，人民全非之典，暗写亡国巨变。次句则用的是《东坡志林》中的笑话：宋真宗访天下隐者，得杞人杨朴。真宗问："临行有人作诗送卿否？"杨朴答道："唯臣妻有一首云：'更休落魄耽杯酒，且莫猖狂爱咏诗。今日捉将官里去，这回断送老头皮。'"真宗大笑，遂放还山。遗山用这个典故，是含着泪的笑，意谓人虽侥幸苟全，却已非金的仕人了。旧日游宦生涯，不过如旅舍中的黄粱一梦，今日田家白屋，才是真实的人生。他在酒市上、鱼矶边得到安闲，百年之后，哪里需要像曹操那样，希望在墓上写着"汉故征西将军"的字样，自己本来只是中州大地的一名布衣之士啊！

为了给金留一部信史，遗山忍辱偷活，四方访求文献，为此与不少投降蒙古而身居高位的金的旧臣交往，即使为人讪骂，亦在所不惜。在与这些旧臣新贵交往时，遗山总是注意鼓励他们勤政爱民、崇儒尚学，以一己之微力，努力保全文脉。其实，在哀宗天兴二年四月蒙古兵入汴京时，元好问就向蒙古国中书令耶律楚材上书，请求他保护金的"天民之秀"，让这些金的文化精英能为新朝所用。遗山晚年甚至与张德辉一道北上觐见忽必烈，希望这位蒙古贤王能担任儒教大宗师，并蠲除儒户兵赋（《元史·张德辉传》），这些行为与他作为金的遗民的身份有矛盾吗？并不矛盾。凡国皆有兴衰灭绝，而不亡的是这片土地的人民，以及被一部分"天民之秀"所传承的文化。遗山晚年以国史自任，谓："不可令一代之迹泯而不传。"

遂在家构野史亭，采撷金源君臣遗言往行，有所得即记录之，后来元人纂修《金史》，多本其所著。遗山不仕蒙元，以金之遗老自命，但托命给他的，不是完颜氏一家一姓，而是"金一变，至于宋"的故国文化。

南宋忠臣家铉翁，宋亡后，被置瀛州（今河北省河间市）十年，以《春秋》教授弟子，为诸生讲宋兴亡之故。在河间时得读《中州集》，感慨道：

> 世之治也，三光五岳之气，钟而为一代人物，其生乎中原，奋乎齐鲁汴洛之间者，固中州人物也；亦有生于四方，奋于遐外，而道学文章为世所宗，功化德业被于海内，虽谓之中州人物可也。盖天为斯世而生斯人，气化之全、光岳之英，实萃于是，一方岂得而私其有哉？迨夫宇县中分，南北异壤，而论道统之所自来，必曰宗于某，言文脉之所从出，必曰派于某，又莫非盛时人物范模宪度之所流衍。故壤地有南北，而人物无南北，道统文脉无南北，虽在万里外，皆中州也，况于在中州者乎！

家铉翁深刻地指出，所谓中州（乃至中国），不是靠地域划分，而是看是否合于道统、文脉。其人能接于盛时人物之范模宪度，能做到道学文章为世所宗，功化德业被于海内，即可谓中州人物，亦即中国道统、文脉之传承人。遗山编《中州集》，固不止为金源一代之诗史，更是中州道统、文脉之所系。遗山海弟子王恽曰："千金之贵，莫逾于卿相，卿相者，一时之权。文章，千古事业，如日星昭回，经纬天度，不可少易。顾此握管铦锋虽微，其重也，可使纤埃化而为泰山，其轻也，可使泰山散而为微尘，其柄用有如此者。"表现出以道统自任、文脉自任的强大气概。正如刘刚、李冬君伉俪所云："王朝虽然赫赫，不过历史表象，江山何其默默，实乃历史本体。表象如波易逝，一代王朝，不过命运的一出戏，帝王将相跑龙套，跑完了就要下台去，天命如此，他们不过刍狗而已。改朝换代，但江山不改，家国兴衰，还有文化主宰，文化的江山还在。"[①]遗山所无限忠于的是文化的江山，他的诗、词、文、史皆属于文化的江山，只要文化的江山不朽，遗山的作品也将永远炳焕于天地之间。

---

① 刘刚、李冬君.文化的江山［M］.北京：中信出版社，2019：vi.——作者注

傷春不在高樓上　在燈前欹枕　雨外熏爐

塵乙未秋夜於京

孤烟冷，风雨满西湖。春梦不留行乐地，

霜红飞尽酒醒余。听雨傍熏炉。

右吴梦窗

人间万感幽单——说吴梦窗

　　我师周晓川先生有《婉约词典评》一著久行于世。是书选唐代至民国二百一十一家词人的婉约之作共三百首，各缀以精练的短评，对读者赏会名作，颇有裨益。我印象最深刻的，是晓川师对南宋词人吴梦窗《宴清都·连理海棠》的评论。这首咏物之作，我从前也曾读过，然而那时候只是看到密密沉沉的意象，并不能理解词人的寄托所在。词曰：

　　　　绣幄鸳鸯柱。红情密，腻云低护秦树。芳根兼倚，花梢钿合，锦屏人妒。东风睡足交枝，正梦枕、瑶钗燕股。障滟蜡、满照欢丛，嫠蟾冷落羞度。　　人间万感幽单，华清惯浴，春盎风露。连鬟并暖，同心共结，向承恩处。凭谁为歌长恨，暗殿锁、秋灯夜语。叙旧期、不负春盟，红朝翠暮。

　　晓川师评论道："'秦树''钿合'暗扣李隆基、杨玉环华清密誓，可谓妙于比兴。换头处一句唱断，'人间'以下直抒感慨。华清恩宠，夜殿密誓，到头来不过是一场悲剧。只有连理海棠，不负春光，年年花开似旧。这是单纯咏花吗？不！这是对人间负心行为的批判啊。"他指出，清末大词人朱祖谋（号彊村）评此词曰"濡染大笔何淋漓"，道出了此中深意。

晓川师的见解让我若受电然，我这才发现，原来梦窗有如此沉厚的气息，如此悲悯的胸襟。后来再读清末大词人陈洵的《海绡说词》、现代大学者刘永济先生的《微睇室说词》，渐渐读懂了梦窗的词，也就更能理解，何以这位毕生未中进士，沉沦于幕僚曹官这一类低等职位的失意文人，会被宋末的尹焕推崇为南宋第一；会被周济许为"奇思壮采，腾天潜渊"，与周邦彦、辛弃疾、王沂孙并著为"宋四家"；会得到王鹏运（号半塘）、朱祖谋、郑文焯、况周颐、冯煦、张尔田等晚清学者的一致推崇。

吴文英，字君特，号梦窗，晚号觉翁，浙江四明（今浙江省宁波市）人。他本姓翁，出继吴姓为后。他的亲哥哥翁元龙也是一位词人。梦窗曾入苏州仓幕。所谓仓幕，"仓"是指"提举常平广惠仓兼管勾农田水利差役事"，这是宋代为宏观调控而设立的财政机构，梦窗在该机构任幕僚。他又曾入南宋名臣袁韶、史宅之及嗣荣王赵与芮幕，都是客卿身份，不是有职衔的官吏。然而，身份的卑微并未妨碍他与当时的名士显宦如吴潜、贾似道的交往，他的词在南宋末年已得大声于天下，至清末更因王半塘、朱彊村先后宣导，而风靡一时。彊村编选的《宋词三百首》选梦窗词最多，至二十五首。彊村的传砚弟子龙榆生先生，在他的《唐宋名家词选》初版里，选梦窗词达三十八首之多，同样冠冕诸家。

梦窗的词风，前人有评以"密丽险涩"的，用这四个字来形容梦窗词的整体风貌，还是十分允当的。但是，梦窗也有天骨开张、苍劲雄浑的作品，这类作品正有着周济所称的"奇思壮采，腾天潜渊"的风格特征。

比如他的名作《八声甘州·灵岩陪庾幕诸公游》，就在沉着中寓悲慨，既有腾天直上之雄健，又有潜渊而下之深味：

> 渺空烟四远，是何年、青天坠长星。幻苍崖云树，名娃金屋，残霸宫城。箭径酸风射眼，腻水染花腥。时靸双鸳响，廊叶秋声。　　宫里吴王沉醉，倩五湖倦客，独钓醒醒（xīng xīng）。问苍波无语，华发奈山青。水涵空、阑干高处，送乱鸦、斜日落渔汀。连呼酒，上琴台去，秋与云平。

这是一首登览之作。词人与他在仓幕（词题中庾幕是古人对幕府的美称，因东晋庾亮幕中多贤俊之士而得名）的同僚一起游览苏州的灵岩山，吊古之余，不免伤今，遂有此词。灵岩山是苏州的名胜，其最高处曰琴台，以春秋时吴国所建馆娃宫而知名。山上有一溪流，水直如矢，故名箭径。当年，吴王夫差宠信西施，于灵岩山上为建馆娃宫（"娃"是美女之意），又造了一座地板下挖空、安有特别装置的走廊，着木屐行于其上，便有乐音生出，谓之响屟廊，而吴王终以纵逸荒政，被处心积虑矢志复仇的越王勾践所灭。词人自然联想到积弱无能的南宋朝廷，正面临着北方蒙元政权侵略之大患，而上层统治者却不思励精图治，仍然醉生梦死。作为一名底层的士人，梦窗无力改变时局，只好借词句抒写他心中的忧患与郁愤。这不是普通的游览、泛泛的吊古，而是深具体国经野之心的寄托之作。

《八声甘州》原是大曲《甘州》的一部分，之所以名"八声"，是因为此词有八个韵。第一韵"渺空烟四远，是何年、青天坠长星"，写的是词人远观灵岩的感受。从远处望去，灵岩山拔地兀立，周边是弥望的平原，天地交接之处，仿佛是虚空的淡烟，显得那样渺邈。是哪一年天外的流星陨落，才有了孤峙的灵岩山？第二韵"幻苍崖云树，名娃金屋，残霸宫城"，精切处在一"幻"字。苍崖云树，宫城金屋，霸主名娃，与永恒的宇宙相比，都不过是可怜的瞬现瞬灭的幻相。这是词人对历史的痛切体悟，也暗承上韵的"是何年"三字。第三韵"箭径酸风射眼，腻水染花腥"，"酸风射眼"是化用唐代诗人李贺的名句"东关酸风射眸子"，意思是词人经过箭径溪，想起当日馆娃宫人，洗妆时脂粉流入水中，水面漂起一层油垢，而今繁华安在，不由得热泪纵横，如被酸风所激。第四韵"时靸双鸳响，廊叶秋声"，则是写秋叶飘落于响屧廊，发出凄清的音调，恍如当日西施靸着鞋，行走于其上。靸，是把鞋后帮踩在足跟下，当拖鞋穿着的意思。第三、四韵其实都是依照词人游览的顺序落笔的，但他把遗迹与历史、想象与感受混在一起写，便泯去了针线缝合之痕，是非常高明的艺术手段。

第五韵"宫里吴王沉醉，倩五湖倦客，独钓醒醒"是词的过片，需要承担承上启下的功能，词人的处理方法是劈空议论，点明主题。"五湖倦客"是指吴越争霸时越国的大夫范蠡，传说他在功成之后携西施泛舟五湖，隐居不仕。"醒"是醉的反义词，饮酒后清醒过来谓之为"醒"，念平声，"倩"则是请的意思。这一韵是说，吴王在馆娃宫中沉醉，这是主动招致范蠡这样的敌国大夫，在一边冷静地寻找倾覆吴国的机会啊。第六韵"问苍波无语，华发奈山青"转为抒情。词人叩问奔逝的波涛，历史的教训如此显明，怎么当今的统治者就不知道惕然自省呢？逝水也没有答案，而词人不免有年光老去、无所建树之慨。"华发奈山青"，是词人以短暂的人生面对恒久的自然所发出的深沉喟叹。第七韵用了两个尖头句："水涵空、阑干高处，送乱鸦、斜日落渔汀。"句法参差跌宕，意谓登上栏杆高处，极目所见，水天包涵，如成一色，西下的夕阳，向水天相接处的小洲落去，也送着纷飞的乌鸦归巢。"乱"是这一韵的点睛之笔，象征词人纷乱的内心。值得注意的是，第六韵的感慨才一出来，到第七韵便转为写景，而这景又是烘托情致的妙笔，这样，词人就不用直露地抒情，而只需要让读者在情景交融的意象中自行体会词人纷乱的心情就可以了。词人陈洵强调，梦窗词善用"留字诀"，所谓"无往不复，无垂不缩"，有十分的情感，只说八分，剩下二分，须让读者自行体味寻绎。填词而能"留"，便有了留驻不去的余味。第八韵"连呼酒，上琴台去，秋与云平"隐含着情感的转折：国事既然不可问了，不如与同僚一起上到灵岩山的最高处琴台去，饮着酒，感受秋气的高爽吧！

梦窗的登览之作，往往高蹈中见出沉郁，读后常有秋风过雨、一片荒凉之概。如《齐天乐·与冯深居登禹陵》：

三千年事残鸦外，无言倦凭秋树。逝水移川，高陵变谷，那（nuó）识当时神禹。幽云怪雨。翠萍湿空梁，夜深飞去。雁起青天，数行书似旧藏处。　　寂寥西窗久坐，故人悭会遇，同剪灯语。积藓残碑，零圭断璧，重拂人间尘土。霜红罢舞。漫山色青青，雾朝烟暮。岸锁春船，画旗喧赛鼓。

禹陵在浙江绍兴，是历史上著名的贤君大禹安葬的所在。词的开笔，简直是老杜的笔致，苍茫、阔大，极尽沉着之能事。"三千年事残鸦外"，如同说"三千年王图霸业，都付残鸦"；"无言倦凭秋树"，意思是吊古之情，积郁胸中，不知从何说起，只是倦然倚着秋树，任凭无限感慨从心头流过。"逝水移川，高陵变谷，那识当时神禹"是说时间无情，高高的山陵变成了深谷，永恒不息东流而逝的河川也改变了路径，当初大禹治水疏浚河川的成绩，现在已经无法见到了。接着"幽云怪雨"一句，是蓦然而起的插叙，为的是引出"翠萍湿空梁，夜深飞去"一段奇情壮采的故事。传说大禹祠正殿的主梁常常像被水浸过，还沾着水生的萍藻，人们不免骇异，后来才知，因名画家张僧繇曾在禹梁上画了一条龙，当风雨之夜，禹梁变化成龙，潜入鉴湖与湖龙相斗，风雨停歇，再飞回到禹祠的正殿。梦窗对典故的剪裁是非常见功力的，他截取的往往是典故中最有诗意的细节，这样就使得他用典使事，不让人觉得是在"掉书袋""獭祭鱼"，而是灵气流行，成为词的有机组成部分。"幽云怪雨"四字，见出梦窗非凡的语言创造能力，前人把这样的能力称作"自铸伟词"。的确，用前人没有用过的词语搭配，却又不令人觉得生造、突兀，这是一种非常了不得的本领。"雁起青天，数行书似旧藏处"则是转而写禹穴。禹穴是大禹藏玉简之地，这两句意思是，大雁从天空飞过，排成"雁"字，仿佛是当年玉简上的奇字。

过片"寂寥西窗久坐，故人悭会遇，同剪灯语"，是时空蓦地跳转，补叙与冯深居共登禹陵前夜的情境。老朋友难得一见，到夜晚也舍不得各自安寝，于是久久地在西窗下坐着，剪去灯芯燃烧后炭化的部分，让灯光更明亮些，说着话，排遣寂寥的情绪。"积藓残碑，零圭断璧，重拂人间尘土"，又转回游禹陵，禹碑、玄圭、玉璧等文物，已被苔藓尘土所积，词人与友人摩挲古物，自然兴起伤时念乱之悲。"霜红罢舞"一句，转写禹陵山景：经霜的红叶已凋落干净，暗中交代节令。"漫山色青青，雾朝烟暮。岸锁春船，画旗喧赛鼓"，则是作者想象，霜叶凋尽后，任凭朝晚间山岚雾气蒸腾，时令经冬徂夏，山上的植被，也转为青绿色，再到春夏之交，会有很多游人来到禹陵之上，凭高欣赏端午赛龙舟的热闹场面。"漫"是一个虚字，表示"任凭""由得"，直领以下四句，笔力十足雄健，而这个"漫"字，隐藏着词人对光阴流逝的无奈、悲愁之感。普通民众"画旗喧赛鼓"，浑不觉天地翻覆的巨变即将到来，与词人忧患时局的情绪形成了鲜明的对照。清代词论家陈廷焯《云韶集》评此词曰："凭吊中纯是一片感叹，我知先生胸中应有多少忧时眼泪。"真是知梦窗之言。

梦窗既身亲见宋亡，他的词中自然不少亡国之音。如这一首宋亡后某年的正月十四日（词题中的试灯夜）所作的小令：

点绛唇·试灯夜初晴

卷尽愁云，素娥临夜新梳洗。暗尘不起。酥润凌波地。　　辇路重来，仿佛灯前事。情如水。小楼熏被。春梦笙歌里。

上片写天净无云，月色明亮，长街经雨，净洁不生尘土，正是最适宜士女游衍的天气，然而亡国之人，谁还有心情出来看灯呢？下片则写自己经过宋朝皇帝御辇专行的道路，当年悬灯布彩、荧煌耀天的太平气象，徒能付诸想象而已。"情如水"谓亡国之思如同流水，永无断绝。"小楼熏被"则暗指春寒阴湿难当，喻亡国后元人统治之残酷。古人有一种专门放置在被窝里可以滚动的球形香炉，让被子干燥馨香，炉分里外两层，外层是镂空的，里层贮放香料，用以点燃，不论外层的球如何滚动，里层始终保持垂直方向不动，这样便不虑香灰或火星溅出。结拍"春梦笙歌里"淡淡五字，却写尽了对故国文明的眷恋之情。

再如这一首极有名、几乎没有选家不选的《高阳台·丰乐楼分韵得如字》：

修竹凝妆，垂杨驻马，凭阑浅画成图。山色谁题，楼前有雁斜书。东风紧送斜阳下，弄旧寒、晚酒醒（xīng）余。自销凝，能几花前，顿老相如。　　伤春不在高楼上，在灯前欹枕，雨外熏炉。怕舣游船，临流可奈清臞。飞红若到西湖底，搅翠澜、总是愁鱼。莫重来，吹尽香绵，泪满平芜。

这首词应作于梦窗晚年，宋亡以后。词人与友人分韵联吟，寄其亡国之思，他感慨春去年衰，其实是在哀挽已为元人覆灭的故国。"修竹凝妆，垂杨驻马，凭阑浅画成图"三句，紧扣"丰乐楼"的主题，是说自丰乐楼凭栏望去，楼前修竹畔倚着端正妆容的佳人，垂杨树下系着少年的马匹，成了一幅天然的图画。"山色谁题，楼前有雁斜书"，仍是说这幅图画中的山色，有谁来题一首诗呢？楼前的归雁，在天上排列成行，便仿佛是诗句中的灵动的笔画了。丰乐楼景致不殊，但正自有人情之异，"东风紧送斜阳下，弄旧寒、晚酒醒余"，词意转为凄紧哀怨。"醒余"，意思是酒意刚过。那恼人的东风，不管不顾地催送斜阳落山，还作弄起去年冬天的寒意，让刚从傍晚的酒意中醒过来的人，心头平添了几分凄恻。"自销凝，能几花前，顿老相如"，是说词人只管呆呆地出神，想着自己年衰力减，如汉代辞赋家司马相如一样疾病缠身，还能有多少花前聚首的机缘呢？司马相如患有消渴症（糖尿病），后世诗家常以指代自己的患病之身，李商隐亦有句曰"茂陵秋雨病相如"。

过片三句"伤春不在高楼上，在灯前欹枕，雨外熏炉"，是说真正的悲哀，不会在大家一起登楼揽胜的场面上，而是在独自一人，灯前雨外，烘着熏炉、倚着靠枕之时。词人的哀乐都比一般人来得深刻，亡国之思也不例外。"怕舣游船，临流可奈清臞"，不愿意泊船靠岸，因为流水中可以照见清瘦的面容，而触动感慨。"飞红若到西湖底，搅翠澜、总是愁鱼"，暮春的落花，假使坠到西湖水底，引逗水中的鱼儿搅动绿波，那些鱼也含着愁思。鱼犹伤春，更何况是人呢？这里的春当然是喻指国祚。"莫重来，吹尽香绵，泪满平芜"，春光尽而杨絮飞，落在平旷的原野上，仿佛都是愁人的眼泪，词人饱蕴亡国之恸，触目所见，尽是伤心，当然要自誓不再重来了。

这首词和前文所举登览吊古之作，都是梦窗词的别调，相对梦窗的主流风格，要清俊得多。更多的时候，梦窗沉浸在他所营造的秾丽荒凉的精神世界中，词风也以密丽沉厚为主。

梦窗词的最大成就是长调，其有一显著特点是意象组织方式独特。很多人读不懂梦窗的词，就是因为梦窗词往往不像一般词人的作品那样，有非常明显的意脉，而是用类似于后世拍电影的蒙太奇手法，一个镜头一个镜头地转换过去，中间自有一种内在的理路。只要习惯梦窗这种独特的意象组织方式，其实并不会觉得梦窗词难读。与梦窗差不多同时代的大词人张炎批评他的词"如七宝楼台，眩人眼目，碎拆下来，不成片段"，实在是因为张炎不习惯梦窗词的组织方式而已。

如这首咏水仙词《花犯》：

小娉婷，清铅素靥，蜂黄暗偷晕。翠翘欹鬓。昨夜冷中庭，月下相认。睡浓更苦凄风紧。惊回心未稳。送晓色、一壶葱茜，才知花梦准。　湘娥化作此幽芳，凌波路，古岸云沙遗恨。临砌影，寒香乱、冻梅藏韵。熏炉畔、旋移傍枕。还又见、玉人垂绀鬒。料唤赏、清华池馆，台杯须满引。

词的大意是说，养在水盆中的水仙，花瓣是白色的，如同抹了铅华（古代美白的粉）的佳人的粉脸，花蕊却是黄色的，似乎偷得佳人化妆用的蜂黄。它的花朵欹斜生出，仿佛是佳人鬓发上斜插的翠翘。接到朋友送来的这盆水仙，正是寒冷的月夜。一晚上睡得很沉，梦里却感到凄冷的寒风，醒来时心中还有着对寒冷的记忆。看到晨光曦微中葱茜的水仙，才知道是它给我的梦带来寒意。水仙仿佛是娥皇、女英的精魄变化而成，她们在水面上凌波微步，却无以消歇与大舜死别的终古之恨。又或是台阶边上疏影横斜的梅花，受不了酷寒，把暗香清韵藏到了水仙花中来。赶紧把馨香的水仙挪到熏炉侧、枕头畔，好仔细观赏。但见水仙微微下垂的绀青色的叶子，仿佛是美女长而下垂的鬓发。把它放到水清木华的池馆中一共观赏的话，该当饮尽大杯的酒，才算对得住它的芳华吧。

这首词只是一篇没什么思想内容的单纯的赋体，当然不是真正的文学，但是它的意象组织方式是梦窗的典型作风，很少一般词人常用的承接性的虚字，而是一个镜头接一个镜头，每一个镜头都是活动的，步步腾挪，步步闪挫，这样意象就显得非常繁密，正像清人戈载所说的那样，"其密丽之处，水泼不进"。如果把梦窗词比作电影的话，别的作家的词就像是在放幻灯片。

前人谓，词家有吴文英，亦如诗家有李商隐。梦窗词也有着玉溪生诗那样字面秾丽的特点。戈载说梦窗词"无数丽字，眩人眼目。如名花团簇，随风而展，生动翻飞。使人闻其香也，忘其所归"，但梦窗真正独特的，还不是字面的秾丽，而是在秾丽中见出幻灭之感、沧桑之悲。这是因为，他选字遣词有其特别的心法。

梦窗惯于选用那些光学上偏于浓烈、暖热的色调，却用愁怀郁志的词去修饰，赋予浓烈的色彩以幽暗的情绪，这就有了愈秾丽、愈荒凉的感觉。如《一寸金》："正古花摇落，寒蛩满地，参梅吹老，玉龙横竹。"花本秾艳可人，但"古花"就带上一丝暮气老气了。《齐天乐·会江湖诸友泛湖》："平芜未剪。怕一夕西风，镜心红变。""红"指的是人少年至壮盛的朱颜，但接一个"变"字，便觉兴慨无端，百感凄凉。再如《塞翁吟》："红衣卸了，结子成莲，天劲秋浓。"莲花凋尽，谓之"红衣卸了"，冷落荒寒之意，曲曲传出。《惜黄花慢》："翠香零落红衣老，暮愁锁、残柳眉梢。"翠、红都是很明亮的色彩，但是翠"零落"、红"老"，便自哀艳不凡。

梦窗独特的艺术境界与他的精神气质密切相关，而他的精神气质，最有可能是因其人生阅历，尤其是爱情的阅历，而终于形成的。然而，我们现在并没有确凿的文献证据，可以知道他一生经历过几段爱情，以及每一段爱情的来龙去脉。所有学者对梦窗情事的研究，都是靠在梦窗词中寻找蛛丝马迹，希图勾勒出若干相对完整的脉络。前辈学者比较有影响力的看法是梦窗至少有过两段刻骨铭心的爱情，两段情事的女主人公，一为杭妓,一为苏妓。杭州妓女可能是他的第一段恋情,后来不幸早年离世;苏妓曾随他返回四明,但中道分离,女子重返苏州,梦窗在痛苦咀嚼中度过了余生。近年孙虹教授则推测,梦窗少年时在扬州还与一位楚妓有过一段过从。不过,梦窗词就有一种独特的魅力,可以让不明本事的读者,同样感受到文字的精魂。相比二十世纪八十年代那些故作深沉的稚拙白话诗,梦窗的词作才是真正的朦胧诗。

瑞鹤仙

晴丝牵绪乱。对沧江斜日,花飞人远。垂杨暗吴苑。正旗亭烟冷,河桥风暖。兰情蕙盼。惹相思、春根酒畔。又争知、吟骨萦销,渐把旧衫重剪。 凄断。流红千浪,缺月孤楼,总难留燕。歌尘凝扇。待凭信,拌分钿。试挑灯欲写,还依不忍,笺幅偷和泪卷。寄残云、剩雨蓬莱,也应梦见。

这首《瑞鹤仙》表现的是情侣分手后的惘然追忆。我们用镜头拆分的方法来读这首词,自然觉得脉胳分明。"晴丝牵绪乱。对沧江斜日,花飞人远。"这是第一个镜头。"晴丝",是春天空气中飘浮的虫丝。飘扬在晴朗空气中的虫丝,一如人的思绪一般纷乱,镜头中落花争飞,主人公的身影远远地定格在大江边上，夕阳侧畔。这是怀人望远的影像。以下镜头立即进行时空转换："垂杨暗吴苑。正旗亭烟冷，河桥风暖。""垂杨"即垂柳，柳色由初春的金黄，到仲春的嫩绿，再到晚春的深绿，自然让苏州的园林都笼罩着一层浓重的色彩。"旗亭"指酒楼，酒楼不做热食，乃是古代寒食节的风俗。寒食时节，正当暮春，在河桥之上，已经能感受到风里的暖意。"兰情蕙盼。惹相思、春根酒畔。"这是第三个镜头，摄录的是主人公与爱侣初逢，一见倾心的画面。正赶上春天的尾巴（"春根"），词人于酒筵之上，乍逢绝色。她的笑容若有情，若无意，她的双眼顾盼生姿，仿佛兰蕙一般美好。他的一颗心，立即被她俘虏了。"又争知、吟骨萦销，渐把旧衫重剪。"镜头再一次转换时空，是对主人公的特写。与她分手之后，哀乐过人的诗性人格导致自己的身体日渐消瘦，从前合身的衣服现在也显得宽大很多，不得不重新裁剪。

过片的"凄断"二字，相当于电影的画外音。"流红千浪，缺月孤楼，总难留燕。"这是两个镜头的组合。第一个镜头，"流红千浪"是千溪之水，尽浮泛着落红，滔滔东流，是动态的镜头；第二个镜头，"缺月孤楼，总难留燕"，则是如钩的月亮静静映照着孤零零的楼台，人已去，楼已空，是静态的画面。"总难留燕"，用的是唐代张建封（一说为建封子张愔）有爱妓关盼盼，建封死后，盼盼居徐州燕子楼十余年，不更嫁人之典。"歌尘凝扇"一句，又是一个特写镜头，她曾用过的歌扇，已经沾满了尘土。转到"待凭信，拚分钿"，又是一句画外音。意谓打算以她的歌扇作为凭信，意待挽回，却只能接受分手的事实。"拚"，意同于"判""拼"，表示甘愿、割舍之意。"试挑灯欲写，还依不忍，笺幅偷和泪卷。"镜头再转到主人公的身上，主人公挑亮了灯火，想给对方写信，也许是为了责备对方的无情，也许是为了做最后的努力，然而终因心中难受，写不下去，把写了一半的信笺和着眼泪一起卷好。"寄残云、剩雨蓬莱，也应梦见。"这几句相当于电影结尾的主题歌，主人公竟如此深情，他虽明知二人已同陌路，却依然抱有万一的希冀，希望她有时还能想起在一起的情分。

渡江云·西湖清明

羞红颦浅恨，晚风未落，片绣点重茵。旧堤分燕尾，桂棹轻鸥，宝勒倚残云。千丝怨碧，渐路入、仙坞迷津。肠漫回、隔花时见，背面楚腰身。　　逡巡。题门惆怅，坠履牵萦，数幽期难准。还始觉、留情缘眼，宽带因春。明朝事与孤烟冷，做满湖、风雨愁人。山黛暝、尘波澹绿无痕。

我们依然用镜头拆分的方式来分析这首词。"羞红颦浅恨，晚风未落，片绣点重茵"三句，是第一个镜头，大致是写春花将萎，仿佛眉宇间凝结着愁恨的女子，晚风没有止息地吹着，片片落花落在了游客铺的席子上。"旧堤分燕尾，桂棹轻鸥，宝勒倚残云。"此为承接上一个镜头的推进，西湖的苏堤、白堤如燕尾一样开叉，湖面的小舟，湖上轻快的湖鸥，堤上残云傍马飞，结成了一幅动人的画面。"千丝怨碧，渐路入、仙坞迷津。"镜头紧跟主人公的脚程，一路分花拂柳，来到与女子初遇之地。"肠漫回"是一句画外音，意谓空自惹得人荡气回肠，而镜头中的形象则是"隔花时见，背面楚腰身"，那是女人在掩映的花丛中曼妙的身姿，让主人公萦回心曲，不能自已。

过片的短韵"逡巡"和以下"题门惆怅，坠履牵萦，数幽期难准"，是转换时空的一个新的镜头。此当别后再访，不见伊人，空余惆怅而已。"题门""坠履"皆用典：唐代诗人崔护口渴乞浆（古时的一种饮料），遇一女子，仿佛有情，次年重访不见其人，于其门上题诗——"去年今日此门中。人面桃花相映红。人面不知何处去，桃花依旧笑春风。"春秋时楚昭王与吴人作战，昭王败走，掉了一只鞋，已行三十步，又回头取了鞋子再跑。等到了安全的地方，左右问道："大王难道还舍不得一只鞋子吗？"昭王答道："楚国纵然贫穷，我还舍不得一只鞋吗？只是想着穿着它出来，也要穿着它一起回去罢了。""坠履牵萦"一句，是说对她的思念，便如遗失鞋子一样，不能释怀。"还始觉、留情缘眼，宽带因春。"此三句是主人公的内心独白，别后既惹相思，这才明白，她的眼波已在我心头深种情根，由此也有了伤春情绪，身体日渐消瘦，腰带也变得宽了。"明朝事与孤烟冷，做满湖、风雨愁人。"这是一个只有景物而没有人物出场的空镜头。紧扣词题"西湖清明"，寒食节后，即是清明，故谓"事与孤烟冷"。寒食清明时候，正值春尽花残，往往风雨交加，这一段爱情，从一开始就笼罩着一股凄凉的气息。"山黛暝、尘波澹绿无痕。"再接一个空镜头，暝色下眉黛一样的山色渐渐昏暗，初春时曲尘（酒曲上所生的菌，色作淡黄）色的水波也转为淡绿色，再至于被夜色笼罩，看不见波痕。

与上一首《瑞鹤仙》相比，这首词中所表现的情感，明显要浅一些，冷静一些。"山黛暝、尘波澹绿无痕"显然是一种自求解脱、自我救赎之语。中间消息，就在于前一首中的爱侣，是主动与梦窗分手；后一首中的爱侣，是因事羁缠，睽违难见。人最难忘怀的，往往不是最爱你的那一个，而是伤害你最深的那一个，梦窗又是性情极敦厚之人，他爱着一个人，就会如飞蛾赴火般全情投入，故而一旦失去，伤心也甚于常人。什么叫爱情？爱情就是三个字：求不得。这是爱情的真相，也是人类永恒的悲哀。

满江红·甲辰岁盘门外寓居过重午

结束萧仙，啸梁鬼、依还未灭。荒城外、无聊闲看，野烟一抹。梅子未黄愁夜雨，榴花不见簪秋雪。又重罗、红字写香词，年时节。　　帘底事，凭燕说。合欢缕，双条脱。自香销红臂，旧情都别。湘水离魂菰叶怨，扬州无梦铜华阙。倩卧箫、吹裂晚天云，看新月。

　　盘门是苏州西南的城门名。这首词词采激烈，是对于过往情感的执着不回、痴心不甘。此词不用镜头转换的写法，结构朴直，也就更有愤激的力量。"萧仙"即艾人，"结束萧仙，啸梁鬼、依还未灭"三句，写端午时扎艾人禳鬼的风俗。梁鬼啸而不已，则说明艾人没有用处，这是暗指自己内心盘纡不去的鬼——他对已逝的爱情执着难断，想要驱除，终难驱除。"荒城外、无聊闲看，野烟一抹。梅子未黄愁夜雨，榴花不见簪秋雪。又重罗、红字写香词，年时节。"六句要当一句来读，力道极其凌厉。盘门在宋时人迹稀少，故谓荒城。因睹盘门外野烟，而想到虽未到梅雨时节，却已不禁夜雨之凄凉，五月本该是榴花盛开之时，此时却无榴花可摘取下来簪在自己像秋雪一样的鬓边，只好遵从时令，写一点芳馨悱恻的新词，郑重地书写在双层的丝罗之上。"秋雪"，语出唐刘禹锡《终南秋雪》："南岭见秋雪，千门生早寒。"指容颜早衰，未老头先白。

　　过片"帘底事，凭燕说。合欢缕，双条脱"，是说过去的情事，不忍心再提，就让无情的燕子呢喃低语吧。但旧情终难忘记，忘不了与她共度的端午节，她的粉臂上缠着五彩丝（这也是端午习俗），与玉钏相映，更增奇美。"自香销红臂，旧情都别。"这两句是说与女子欢会未久，便尔分离，从前的情分正如女人手臂上点的守宫砂，渐淡渐销。"湘水离魂菰叶怨，扬州无梦铜华阙。"前句以屈原自拟，谓水风菰叶间，尽是离怨；后句则是说与女子再会无期。唐时扬州曾向朝廷进贡江心镜，是端午日在江心所铸，这批镜子不是百炼之铜，到六七十炼就很容易破碎了。隐指旧日情事，已如镜之破裂。"倩卧箫、吹裂晚天云，看新月。"作为一篇的结尾，表明作者决不肯忘情，而把一腔幽怨，化为笛声，形于激愤。"卧箫"，是指横吹的笛子。箫声婉转低回，而笛声则清健激越，故能"吹裂晚天云"。

孙虹教授认为，这首词是为追念一名扬州歌伎而作。其实词中"扬州无梦铜华阙"暗用唐人杜牧的名句"十年一觉扬州梦，赢得青楼薄幸名"之意，"扬州梦"，即青楼梦。从词的字面看，仅能得出此词所怀念的是一位青楼女子而已，恐不宜坐实为扬州歌伎。况且在我看来，梦窗词背后的本事究竟如何，并不是最重要的，他的词无论忆念的对象是谁，最后都表现为他对爱的执着不舍。孔子、耶稣都不讲爱情，佛祖则让人断舍离爱，然而，大概只有大智慧者才能做到挥慧剑斩情丝，对于芸芸众生来说，看不透、割不断、抛不得，才是人生的常态，也是文学能打动我们的根源。

一切诗人，一切词人，首先都是非常自我的人，梦窗也不例外。如果我们把"写诗的人"与"写词的人"剔除开去，只谈诗人与词人，那么他们之间的根本分别就是，诗人在爱自己的同时，也同样地爱着人类；而词人倾向于只爱自己。情场失意让梦窗的心灵遭受极大创伤，他变得不再热爱人类，他不自觉地与整个世界疏离，他变得只爱自己，他的那些仿佛是古蕃锦一样繁缛华美而又带着凄凉气息的词，成了他生命的支柱。

读梦窗词，很明显可以感到，这是一个毕生生活在痛苦与绝望中的人。然而，梦窗的忠厚便在于，他的心纵然是绝望的，却总是不让读者也感到绝望。他往往在词的结尾或过片振起一笔，如：

最伤情、送客咸阳，佩结西风怨。(《琐窗寒·玉兰》)

明朝事与孤烟冷，做满湖、风雨愁人。(《渡江云·西湖清明》)

倩卧箫、吹裂晚天云，看新月。(《满江红·甲辰岁盘门外寓居过重午》)

前事顿非昔。故苑年光，浑与世相隔。(《应天长·吴门元夕》)

这样，读他的词就不会有杜鹃啼血之感，却有一派荒寒、令人彻悟之致。

王国维曾提出一个今人难以接受的观点："生百政治家，不如生一大文学家。"盖因政治家与国民以物质上之利益，文学家与国民以精神上之利益。在王国维看来，精神利益要远远重于物质利益，而且物质利益只是一时的，精神利益却是永久的。循此而论，梦窗虽无显赫之功业，但只凭着他的那些感均顽艳的词作，已足不朽了。

折蘆花贈遠　零落一身秋

乙未秋友於京

天入海，大雪阻山阴。万里自甘薇蕨老，

百年终见湛卢心。空际尚清音。

右乐笑翁

载取白云归去——说张玉田

　　清初词人朱彝尊，为他自己的词集题了一首《解佩令》，词曰：

　　十年磨剑，五陵结客，把平生、涕泪都飘尽。老去填词，一半是、空中传恨。几曾围、燕钗蝉鬓。　　不师秦七，不师黄九，倚新声、玉田差近。落拓江湖，且分付、歌筵红粉。料封侯、白头无分。

　　词中"老去填词，一半是、空中传恨"，典出《冷斋夜话》：宋代有一位法云秀关西和尚，劝黄庭坚不必作艳歌小词，黄庭坚回道："空中语耳（都是并无实事的虚构之作），非偷非杀，终不坐此（因此）堕恶道（佛教谓地狱、饿鬼、畜生三道为恶道）。"但朱彝尊的"空中传恨"，恐怕是要暗示自己的词是寄托了政治情怀的用心之作。在词学渊源上，他自陈未尝师法秦观（"秦七"），也不曾步趋黄庭坚（"黄九"），其词风独与南宋的遗民词人张炎（号玉田）相近。

朱彝尊是清代浙西词派的开山鼻祖，浙西词派所崇奉的偶像，便是姜夔（号白石）和张炎。清初填词之风大盛，因浙西词派的宣导，竟至于"家白石而户玉田"，二人的词集畅销一时。而朱彝尊明确说自己"倚新声、玉田差近"，那大概是因为他的词中隐含对明朝的故国之思，能与张炎在宋亡以后的幽微词心相通。清代中叶的大词人蒋春霖（号鹿潭），身经太平军乱，多抒忠悃之情，被彊村老人评为"声家天挺杜陵才"，他的《水云楼词》堪称咸丰、同治年间的"词史"，而其词风实对玉田亦步亦趋。

七百多年来，张炎以其王孙飘沦的遭际、哀乐过人的深情、清空骚雅的词风，打动了一代又一代的读者，也影响了后世众多的词人。

张炎有着炬赫的家世。六世祖张俊，陇西成纪（今甘肃省天水市）人，起于行伍，累积战功，南渡后因功封清河郡王，死后追封循王。张俊生前，即有良田百万亩，园林宅第无数。到了张炎的曾祖张镃，既享富贵，更得闲时，人称其家"园池声妓服玩之丽甲天下"，生活的奢侈清华不是一般人能想象的。

张镃及其异母弟张鉴，并与姜夔交好，姜夔且曾接受过张鉴多年的资助。张家从张镃这一代开始，取名是由金水木火土排序。金生水，张镃子张濡；水生木，张濡子张枢；木生火，遂有张炎。张炎，字叔夏，玉田其号也。晚年的玉田，经历了由胜国王孙到人间凡种的沧桑巨变，心绪有了很大的变化，又自号乐笑翁。

玉田出生于宋理宗淳祐八年戊申（1248），他去世的年份，有学者认为是元仁宗延祐七年庚申（1320），也有学者考证是元英宗至治二年壬戌（1322）。总之，他活到了七十岁以后，也就经受了更多的屈辱、更久的苦难。

玉田的家族自六世祖张俊始兴，是由战功和政治手腕共同成就的新贵。常话说"三代养成一个贵族"，张俊接待高宗，所办的宴席据说豪奢程度千古第一，却未免暴发户气息，到了张俊曾孙张镃这一辈，其家就已浑是一派清华气象了。

张镃，字功甫，号约斋，有《玉照堂词》。他的孙子，也就是玉田的父亲张枢，字斗南，同样雅好填词，且深通音律，有《寄闲集》。

张镃的堂号玉照堂，是有典故的。宋孝宗淳熙十二年乙巳（1185），张镃自曹姓人家购得南湖之滨的一座花园，连带一起买的，还有花园附近的十亩地，重加经营。园中旧有古梅数十株，他把这些梅花重新栽培，又从位于西湖北山的私人花园中移来若干株红梅，合成四百本，筑堂数间，以临观梅花。堂后东西两室，东室边种植的是千叶缃梅，西室边种植红梅，各有一二十章。①

---

① 本、章，都是花木的计量单位，清代诗人龚自珍《己亥杂诗》有云："谁肯栽培木一章。"——作者注

东西二室的门前，也建筑了和前堂一样多的廊柱，花开时节，居宿其中，"莹洁辉映，夜如对月"，故名玉照堂。

这样一番布置，当然所耗金钱不在少数，而其目的，不过是在梅花开放的短短几日，能居宿其中，领略一下幽夜梅开澄澈华严的胜境。暴发户无法想象这竟然是一种生活的享受，而这实在是只有真正懂得高层次享受的贵族，才会不惜金钱去追求的审美境界。

张镃在杭州的房产有用以家祭的东寺、日常居住的西宅、管领风月的南湖、接待宾客亲友的北园、修心养性的亦庵、昼闲读书的约斋。光是读书的约斋就有泰定轩、烟波观；管领风月的南湖则有御风桥、阆春堂、把菊亭、天镜亭、星槎、鸥渚亭、泛月阙等园池之胜。他还拥有很多山头，在山中建有三四十幢建筑及若干人工景致，总名之曰"众妙峰山"，以便闲时"畅怀林泉，登赏吟啸"。尝自述其十二月的"赏心乐事"，正月有岁节家宴、立春日春盘、人日煎饼会、玉照堂赏梅、天街观灯、诸馆赏灯、丛奎阁山茶、湖山寻梅、揽月桥看新柳、安闲堂扫雪；二月有现乐堂瑞香、社日社饭、玉照堂赏梅、南湖挑菜、餐霞轩樱桃花、杏花庄杏花、南湖泛舟、群仙绘幅楼前后毬、绮互亭千叶茶花、马塍看花；三月有生朝家宴、斗春堂牡丹芍药、花院月夕、曲水流觞、寒食郊游、花院桃柳、满霜亭北棣棠、芳草亭观草、碧宇观笋、宜雨亭千叶海棠、艳香馆林檎、花院紫牡丹、宜雨亭北黄蔷薇、现乐堂大花、花院尝煮酒、瀛峦胜处山花、经寮斗茶……张镃的生活是奢侈的，但那是有文化的奢侈，是为着满足精神而非感官的奢侈。

与玉田的父亲张枢同为西湖吟社社友的周密，在其《齐东野语》一著中，专门有一条"张功甫豪侈"，记述张镃生活的奢华，这可能是亲得自张枢叙述。张镃在南湖园建了一座驾霄亭，用大铁索悬空吊在四株参天的古松间，当风清月白之夜，与客人乘着梯子登亭，"飘摇云表，真有挟飞仙、溯紫清之意"。中国人的最高理想，大概就是身化飞仙，逍遥九霄，虽不能至，让人产生类似的错觉，也总是好的。登仙之感，意味着对红尘浊世的暂忘与超越，脱俗即是雅，驾霄亭提供的是高雅的审美享受。

而张镃的同僚王简卿，则向时人讲述了他亲历的张镃所办以牡丹为主题的一次聚会。这次聚会，当时传为佳话：

众宾既集，坐一虚堂，寂无所有。俄问左右云："香已发未？"答云："已发。"命卷帘，则异香自内出，郁然满座。群伎以酒肴丝竹，次第而至，别有名伎数十辈，皆衣白，凡首饰衣领皆绣牡丹，首戴照殿红一枝（一种山茶花），执板奏歌侑觞。歌罢乐作乃退。复垂帘谈论自如，良久，香起，卷帘如前，别十伎，易服与花而出，大抵簪白花则衣紫，紫花则衣鹅黄，黄花则衣红，如是十杯，衣与花凡十易，所讴者皆前辈牡丹名词。酒竟，歌者、乐

395

者，无虑百数十人。列行送客，烛光香雾，歌吹杂作，客皆恍然如仙游也。

一次聚会动用的名伎乐工竟达百人以上，每饮酒一巡，则换一批歌伎，头上所簪之花，与身上所着之衣，都有不同，一共换了十轮之多。每一轮花与衣色彩的搭配都非常细致，那些衣服，显然都是为了这次聚会而专门裁制的。"恍然如仙游"，这是亲历者的直观感受，张镃以其超凡的审美品位，奢华到极致的艺术手段，带领客人一起超越现实人生，进入梦幻般的境界。

玉田出身于这样显贵清华的世家，又有家学的熏染，再加上他过人的天资，自小才华颖发。他辞采过人，精擅乐理，能书善画，尤长于画水仙，如果不曾经历乾坤板荡、亡国破家的惨祸，他本可以成为承平时代繁华世界的记录者。但宋恭宗德祐二年丙子（1276）三月，蒙元军队攻陷南宋都城临安，二十九岁的玉田人生就彻底改变了。

玉田的祖父张濡，曾以浙西安抚使参议官守独松关。其时蒙元派遣礼部尚书廉希贤、侍郎严忠范与宋议和，张濡的部下袭杀严忠范，又抓获廉希贤押送临安，不久廉希贤因伤口恶化去世。元世祖闻之大怒，遂下令全力攻宋。张濡的愚蠢行为，加速了南宋灭亡的进程。临安城破后，张濡被廉希贤之子残酷报复，遭寸磔（千刀万剐）而死。战乱中，玉田的父亲张枢亦不知所终，家财被元兵籍没，家眷卖作官奴，玉田仓皇逃窜，这才得全首领。

宋亡以后，玉田的日子过得非常艰辛。一方面，元人的统治极其残酷，玉田随时可能被当作漏网之鱼，遭到戮身之祸；另一方面，家财籍没后养家糊口都很困难，他不像孔子那样"少也贱，故多能鄙事"，他所擅长的技艺，大抵都是要花钱来养却不容易卖钱的。他的祖上，曾经非常大方地资助过姜夔、孙季蕃这样的文士，但在玉田落魄之时，却再难有既有经济地位，又懂得鉴赏文化高下、认同文化价值的缙绅之士了。元人征服大宋，不只是改朝换代，更是野蛮对文明的毁灭，是暴民对贵族的践踏，一直承载着两宋文明的士大夫阶级，作为一个整体而遭遇灭顶之灾。向时的贤德之士，宋亡后普遍陷入困顿，能真心赏识玉田才华的，多已下世，稍能接济玉田一点的，却顾不得他的长贫，解决不了他生计的根本。然而，贵族就是贵族，即使是心怀国仇家恨，饱看世态炎凉，玉田的词作却没有一丝一毫剑拔弩张，没有一丁点乞儿相寒酸气，他那清空骚雅的词风，实在折射出的是他高峻芳洁的人格。作为大宋的遗民，玉田毕生不曾向元人屈膝，八卷《山中白云词》，无一首宋亡以前的作品，他用芳馨悱恻的绝代文字，书写出文化遗民高峻入云的绝世风标。集名"山中白云"，当出自齐梁时著名隐士陶弘景的诗《诏问山中何所有赋诗以答》："山中何所有，岭上多白云。只可自怡悦，不堪持赠君。"齐高帝诏书起征陶弘景，问"山中何所有"，弘景答道：山中只有岭上的白云，但它是属于隐逸高怀的，红尘浊世中人，任你权势滔天，也无法理解个中真趣。光是这个词集名，就体现了玉田不肯降志辱身的坚贞志节。

集中的压卷①之作，是《南浦·春水》。因为这首词赋春水而深得春水神致，玉田被当时人称作"张春水"。这是他在宋亡以后的第一篇作品，大概是与另一位遗民词人王沂孙（号碧山）的唱和之作。表面上看，这首词仅仅是一篇体物浏亮的咏春水之作，实际上它寄托着玉田沉郁苍凉的遗民哀怨。

南浦·春水

波暖绿粼粼，燕飞来、好是苏堤才晓。鱼没浪痕圆，流红去、翻笑东风难扫。荒桥断浦，柳阴撑出扁舟小。回首池塘青欲遍，绝似梦中芳草。　　和云流出空山，甚年年净洗，花香不了。新渌乍生时，孤村路、犹忆那回曾到。余情渺渺。茂林觞咏如今悄。前度刘郎归去后，溪上碧桃多少。

词的开篇，先从作者最熟悉的西湖春水铺陈开去，"波

---

① 古时压卷指集子里的第一篇作品。——作者注

暖""燕飞来"，暗点节令正当春时。苏堤的晓色何以好？拂晓时分，西湖、苏堤都笼罩在一片轻雾之中，朦胧中隐现的是故国江山，故曰"好是苏堤才晓"。"鱼没浪痕圆，流红去、翻笑东风难扫"，是说我们这些遗民，便如鱼潜浪底，花流水上，任尔东风扫荡，我自江湖深隐。"东风"，喻指元朝统治者。"荒桥断浦，柳阴撑出扁舟小"，放扁舟于五湖，是隐者的经典意象。昔日重楼杰阁，清歌檀板，而今却寄身荒桥断浦，渔隐生涯，这是何等残酷的对照！"回首池塘青欲遍，绝似梦中芳草"，表面上是用了《南史·谢惠连传》的典故：著名诗人谢灵运非常喜欢他的堂弟谢惠连，与惠连相处时往往会灵感迸发，有佳句成诗。有一次在永嘉西堂构思作品，一整天都没写出来，不得已去睡觉，却因梦见惠连，得到"池塘生春草"的佳句。但实际上暗用的是淮南小山的楚辞《招隐士》中的名句："王孙游兮不归，春草生兮萋萋。"以芳草暗指王孙，是对自身如王孙落魄的自怜。

过片"和云流出空山，甚年年净洗，花香不了"，是说春水无心争竞世事，挟着云气从空山流出，经过山外水流的冲刷，却依然带着山中落花的香泽。那不正是玉田、碧山这些恫怀故国的遗民的内心写照吗？"新渌乍生时，孤村路、犹忆那回曾到"，昔时曾到过的孤村，何以又要拿出来说呢？请注意"新渌乍生时"一句，其含义是异族临朝，改了年号，这才使得不肯降元的遗民们对从前的一村一溪，都无限眷怀。"余情渺渺"四字，谓遗民们对大宋的眷怀不舍之情，渺渺绵绵，不绝如缕。"茂林觞咏如今悄"，则以东晋时王羲之等人的兰亭雅集自拟——王羲之《兰亭集序》有句云"此地有崇山峻岭，茂林修竹……一觞一咏，亦足以畅叙幽情"，隐约点明这首词是遗民们结社吟咏时的命题之作。一结"前度刘郎归去后，溪上碧桃多少"，则用东汉明帝永平五年（62），剡县刘晨、阮肇入天台遇仙的故事。据《太平御览》引《幽明录》，刘、阮二人入天台采药，失迷路径，饥饿难耐，先见一大桃树，遂攀爬到桃树下，采桃子充饥，于是又发现一条小溪，溪水上有芜菁叶、胡麻饭流出，乃溯溪而上，遇二仙女，成就宿缘。刘、阮二人与仙女生活半年后，思家求归，回到家乡才发现原来已过去七世，二人再想回到山中，却再也找不到向时的路径了。用这个故事，是说大宋朝已经风流云散，我们就算再对它忠悃不忘，过去的美好光阴也不会回来了。

这首词是遗民的绝望吟唱，《山中白云词》的全部作品，便因这首词而定好了基调。

此词尚有另外的版本，与今本相同的，仅"和云流出空山，甚年年净洗，花香不了。新渌乍生时，孤村路、犹忆那回曾到"数句，可知这几句正是全词着力所在。别本一结或作"试问清流今在否，心碎浮萍多少"，或作"赋情谩逐王孙去，门外潮平渡小"，遗民情怀都比今本要来得显豁。

如果我们尚对这首词背后的寄托有所怀疑，不妨来看一看另一位遗民词人王碧山的同题之作：

> 柳下碧粼粼，认麹尘、乍生色嫩如染。清溜满银塘，
> 东风细、参差縠纹初遍。别君南浦，翠眉曾照波痕浅。再
> 来涨绿迷旧处，添却残红几片。　　葡萄过雨新痕，正拍
> 拍轻鸥，翩翩小燕。帘影蘸楼阴，芳流去、应有泪珠千
> 点。沧浪（láng）一舸，断魂重唱蘋花怨。采香幽径鸳鸯
> 睡，谁道溅裙人远。

这首词关键之处在于“沧浪一舸，断魂重唱蘋花怨。采
香幽径鸳鸯睡，谁道溅裙人远”数句。“沧浪”是水名，古之
隐者有《沧浪歌》。“蘋花怨”，典出唐代诗人柳宗元的名作
《酬曹侍御过象县见寄》：“破额山前碧玉流。骚人遥驻木兰
舟。春风无限潇湘意，欲采蘋花不自由。”亡国之人，自由成
了奢侈品，故曰“断魂重唱蘋花怨”。“鸳鸯”与“溅裙”，出
自唐李商隐的《柳枝诗并序》，洛中少女柳枝，爱慕李商隐的
诗才，订约“溅裙水上，以博山香待”，诗中则有“画屏绣步
障，物物自成双。如何湖上望，只是见鸳鸯”之句。李商隐
与柳枝未能成就姻缘，《柳枝》诗表达的是诗人永久的遗憾。
故国沦亡，同样是碧山永久的遗憾，但他用“谁道溅裙人远”
这样一句反问句，让绝望中又生出一丝希望，故而更加深婉
动人。

除了被称为"张春水"，玉田还被时人称为"张孤雁"，这缘于他的另一首咏物名作《解连环·孤雁》：

楚江空晚。怅离群万里，恍然惊散。自顾影、欲下寒塘，正沙净草枯，水平天远。写不成书，只寄得、相思一点。料因循误了，残毡拥雪，故人心眼。　　谁怜旅愁荏苒。谩长门夜悄，锦筝弹怨。想伴侣、犹宿芦花，也曾念春前，去程应转。暮雨相呼，怕蓦地、玉关重见。未羞他、双燕归来，画帘半卷。

词中的"写不成书，只寄得、相思一点"，联想自然真切，比喻新奇，被当时很多人传颂，"张孤雁"的美称，便是沾了这几句的光。然而这首词的真正佳处，并不在体物的精微、比喻的巧妙，而在于词背后的政治寄托。

宋恭宗德祐二年正月，蒙元兵逼临安城下，摄政的太皇太后谢道清携着年仅五岁的小皇帝向元人投降。元军统帅伯颜掳宋恭宗、恭宗生母全太后以及宫中妃嫔、朝臣等北上大都，谢太后因患病在床，暂时留在了临安，直到当年八月，才以臣虏之身押赴大都。玉田的这首词，就是对谢太后未行之时的追述。他以孤雁喻指谢太后，以"伴侣"比喻宋恭宗等人。过片"谁怜旅愁荏苒。谩长门夜悄，锦筝弹怨"数句，是说谁会惦念谢太后凄苦漫长的旅途呢？任凭乐师在凄凉的夜晚、凄冷的故宫，弹奏锦筝，寄托哀怨。"长门夜悄"是从唐代诗人杜牧的《早雁》诗"仙掌月明孤影过，长门灯暗数声来"化出，"锦筝弹怨"也暗扣"雁"字，因为筝上有斜柱，形如雁行，谓之为"雁柱"。"想伴侣、犹宿芦花，也曾念春前，去程应转"，是说谢太后在宋亡后，还抱有万一的希望，希望宋恭宗等人在入大都朝觐完元世祖后，能被元朝放还。人生最大的痛苦，并不在于绝望，而在于明知绝望却仍然不肯放弃微茫的希望。这几句是杜鹃啼血般的哀断之音，既是谢太后心境的真实写照，也是玉田和他的遗民朋友们共同的心灵印迹。"暮雨相呼，怕蓦地、玉关重见"，是说希望终究破灭，不是宋恭宗一行被元人放还，反而是谢太后于当年八月，也被掳北上。一结的"未羞他、双燕归来，画帘半卷"，化自北宋词人晁端礼《清平乐》词的名句："莫把绣帘垂下，妨它双燕归来。"是说在遗民的心中，始终都有着对谢太后的一分尊敬、一分挂怀。

宋亡以后的十多年间，玉田大抵只在杭州、绍兴两地活动。他仍不时踯躅在西湖边，那里有他的回忆，有他的绮梦。但西湖风物如旧，江山已染膻腥，他只有把一腔故国之思，尽泄为词。这首《高阳台·西湖春感》，便是其中的一篇杰构：

接叶巢莺，平波卷絮，断桥斜日归船。能几番游，看花又是明年。东风且伴蔷薇住，到蔷薇、春已堪怜。

更凄然，万绿西泠，一抹荒烟。　　当年燕子知何处，但苔深韦曲，草暗斜川。见说新愁，如今也到鸥边。无心再续笙歌梦，掩重门、浅醉闲眠。莫开帘，怕见飞花，怕听啼鹃。

　　词的上片，先用白描式的赋笔，勾勒出春日西湖游船的澹荡从容，而转以"能几番游，看花又是明年"，立刻进入正题。春日将逝，繁花尽萎，只能明年再赏胜景了，传达的是亡国之人对西湖边每一时每一刻的勾留都无限珍视。"东风且伴蔷薇住，到蔷薇、春已堪怜"三句意思层层折进，愈转折，而情愈深。古人把从小寒到谷雨的一百二十日分作八气，每气十五日，又分作三候，每五日为一候，每候应一种花的花期，共二十四候，称作二十四番花信。花信始于梅花，终于楝花，蔷薇花开的时候，是惊蛰的第三候，蔷薇花凋谢以后，就进入春分的节气，春天也就过半了。词人希望春神能伴着蔷薇的花期停住脚步，词人的敏感让玉田不必等到"雨横风狂三月暮""开到荼靡花事了"，就已经伤春不置。那正是亡国之人忧惧的情怀啊！"更凄然，万绿西泠，一抹荒烟"三句，是借景传情的典范，词人深邃的情感，是通过这一苍郁到恍如水墨的画面婉曲地透露出来的。宋时西泠是西湖边的村庄，平时人烟稠密，宋亡后却是一派死寂之气。

　　过片"当年燕子知何处，但苔深韦曲，草暗斜川"，连用了三个典故却不让人觉得堆砌。首句用唐代诗人刘禹锡《金陵五题·乌衣巷》的诗意："朱雀桥边野草花。乌衣巷口夕阳斜。旧时王谢堂前燕，飞入寻常百姓家。"玉田本来就是宋代的王谢乌衣子弟，他的家财全被籍没，故居也沦于新贵，他的感慨，只有比刘禹锡的怀古之作更加深沉。"韦曲"是唐代长安城南的一处权贵聚居地，现在却罕有人迹，地上覆满青苔，隐寓贵族沦胥之叹。晋朝遗民陶渊明不愿臣事刘宋，归隐柴桑，在五十岁时与二三邻曲同游斜川，"各疏年纪乡里"，用意却是继承晋朝贵族于孟春酉日游宴的典制遗习。"草暗斜川"是说故国的承平气象，已被春草深遮。这三句，正是此词的题眼所在。

"见说新愁，如今也到鸥边"，写得含蓄而苍凉。连本该忘机的水鸥，也承受了尘世的痛苦，则人心之巨恸，自可想见。是什么样的痛苦能让忘机的水鸥也一同经受？当然只有亡国破家之痛。"无心再续笙歌梦，掩重门、浅醉闲眠"是说落魄之际，再没有心思去追忆当初的繁华世界、极乐人生，只好把门户重重关闭，喝到微醺薄醉，偷闲睡睡觉。玉田是用淡语写深情，淡是为了雅，雅淡的文辞底下，是以血书写的深情。玉田生怕你真的觉得他的情感是冷淡的，马上用下面的句子挑明了他的哀伤："莫开帘，怕见飞花，怕听啼鹃。"落花漫天，杜鹃啼血，不仅是春尽的怨曲，更是亡国的哀歌。

元世祖至元二十七年（1290），玉田四十三岁。这一年，元朝统治者想出了一个罗致故宋遗民的主意，乃用金屑混入松墨之中，诏求才艺之人抄写藏经，凡糜黄金三千二百四十两，历时数年乃成。玉田这一次终于没能逃过元人的耳目，当年秋天被诏北上，赴大都写金字藏经。同行者有沈尧道、曾子敬。

元人征召才艺之士写金字藏经，其目的是引诱故宋遗民为其政权服务，而更重要的是，通过这样的方式来侮辱宋朝。我们且看历史上任何一个残暴的开国之君，他在上台后都要逼前代的遗民出山为官，向他称臣。暴君的朝堂之上，并没有非遗民不可的职位，但暴君之所以是暴君，其实是根源于他内心的自卑阴暗，他要通过逼迫遗民臣服来满足自己的自卑心态，让自己更有"真龙天子"的感觉。元人入主中原，建立了人类史上前所未有的巨大帝国，但在深受孔子之教的中原人的心中，他们始终是夷狄，是不文明、未开化的民族，这是元朝统治者内心自卑的根源。遗民为前朝守节，这是自卑阴暗的元朝统治者万万不能容忍的，他们要让遗民屈膝下跪、家破人亡才解恨。正是在这样的背景下，玉田被胁迫北上，成了被侮辱的对象。但是，从遗民的立场来看，被征写金字藏经，毕竟是一种文化活动，与在元朝直接做官还是很不一样的，这些被征者也就没有激烈地反抗。

玉田在大都只待了不足一年，就南返居绍兴了。他的这一段屈辱经历，同时人的记载非常含蓄，不敢直言玉田的真实心境。然而只要我们细加寻绎，仍可从那些看似平淡的文字背后，读出他们与玉田一样的深沉拗怒。

舒岳祥《赠玉田序》说玉田"自社稷变置，凌烟废堕，落魄纵饮，北游燕蓟，上公车、登承明（汉代的宫殿名）有日矣。一日，思江南菰米莼丝，慨然襆被（整理行装）而归"。大意是说玉田在宋亡之后，流落无依，纵酒狂饮，被诏赴京缮写金字藏经，眼看着很快会被元朝荐用，上金殿为官，却有一天像晋代张翰一样，思念江南的菰米莼菜，遂整顿行装返归乡里。需要注意的是"上公车，登承明"六字。"公车"本是汉代官署名，臣民上书和被征召，都是由公车接待。可知并不是玉田想要求仕，而是元朝要公车征召，"上公车，登承明"实出诸胁迫，而非出诸玉田的本意。戴表元《送张叔夏西游序》说玉田"尝以艺北游不遇，失意惋惋南归"，仿佛玉田想靠着自己的才华在大都谋取一官半职，却不得朝廷的任用，只得失意地仓促南归。但我们只要想一想以玉田的身份才华，以及史书所载元人对江南技艺之士的喜好，他何至于求一官职而不得呢？戴序在后面说玉田南归以后，只能靠旅食度日，但酒酣气张，歌平生所作乐府，依然是"高情旷度，不可亵企"，实际上已经暗暗透露了个中消息。①

_____

① 舒岳祥和戴表元的序，都是赠序，古代用以赠人的一种文体，不是给书籍写的序。——作者注

壶中天·夜渡古黄河，与沈尧道、曾子敬同赋

扬舲万里，笑当年、底事中分南北。须信平生无梦
到，却向而今游历。老柳官河，斜阳古道，风定波犹直。
野人惊问，泛槎何处狂客。　　迎面落叶萧萧，水流沙共，
远都无行迹。衰草凄迷秋更绿，惟有闲鸥独立。浪挟天浮，
山邀云去，银浦横空碧。扣舷歌断，海蟾飞上孤白。

《壶中天》是《念奴娇》的别名。此词是玉田与沈尧道、
曾子敬一同被诏北上，夜渡黄河所作。沈尧道，名钦，曾子
敬，名遇，二人都是当时的名士，也同样被元朝统治者注意
上，强令赴大都写金字藏经。照词题看，沈、曾二人也有同题
之作，不过今天我们已经见不到了。

玉田的这首词颇有一些湖海豪气，不知是否是得了北地江
山之助。然而词意"豪而不放"，豪宕之外，更多的是激愤孤
高之意。自"扬舲万里"到"却向而今游历"四句，是说百余
年来，大宋与北方政权南北对峙，本以为即使是梦中，也不会
梦到宋疆以外的古黄河，不想如今却真的放船万里，亲身游历
了。这四句词，尤其是"笑当年""须信""却向"数语，蕴藏
着对元人吞并南宋的无限辛酸。词人十分注重词意的含蓄蕴
藉，稍事点染之后，马上转为白描绘景："老柳官河，斜阳古
道，风定波犹直。""风定波犹直"是说风止而浪不定，浪头高

起如人直立。"野人惊问，泛槎何处狂客"，回一笔写到自身，说的是船中的三位名士，虽然被迫赴大都，但志气不沮，在船上狂啸高吟，让郊野之人为之侧目。最早的狂客，是《论语》中那位在孔子跟前高歌"凤兮凤兮，何德之衰……今之从政者殆而"的楚狂接舆，可以想见，这三人同行途中，必定以气节互相砥砺，约定决不降元，这才以不愿出仕的楚狂为榜样。

过片"迎面落叶萧萧，水流沙共，远都无行迹"，是说秋叶飞落，飘拂在人的脸上，远远望去，只见流水与沙洲，故都汴梁十分辽远，没有可能一践其地。这三句另一版本作"云外散发吟商，任天荒地老，露盘犹泣"，用魏明帝西取汉武帝时所造铜塑捧露盘仙人，仙人临载潸然下泪的故事，对故都的缅怀之情就更加明显。同时周密送陈君衡被召之《高阳台》词，有"秦关汴水经行地，想登临、都付新诗"之语，南人被召北上，经黄河而念旧都，当是人同此心。

这三句通常被标点成："迎面落叶萧萧，水流沙共远，都无行迹。"实则《山中白云词》中所有的《壶中天》或《湘月》(《念奴娇》的另一个别名)，过片三句均依《词谱》正格，作六字、四字、五字的句式。唯有《咏周静镜园池》一首，过片似作"不恨老却年光，可怜归未得，翻恨流水"，然而这三句同样可依正格标点为："不恨老却年光，可怜归未，得翻恨流水。""得"是诗词中的常见语辞，"犹底也；何也；怎也；那也；岂也。"(《诗词曲语辞辞典》)"云外散发吟商，任天荒地老，露盘犹泣"虽更符合玉田的初心本旨，但应该不合于玉田尊尚词律的主张。

"衰草凄迷秋更绿，惟有闲鸥独立"亦作"水阔不容鸥独占，一棹芙蓉香湿"，秋日凄迷的衰草，映衬着草间独立的闲鸥，更显绿意。"闲鸥独立"，盖谓丈夫之气终不可夺，宁愿如沙鸥逍遥江湖，不能臣事元朝。"浪挟天浮，山邀云去，银浦横空碧"三句，苍凉悲壮，堪称奇警。"银浦"即银河，古人传说黄河源头上通天河。

清代词论家陈廷焯评论此词，说："'扬舲'等句，高绝，超绝，真绝，老绝……结更高更旷，笔力亦劲……压遍今古。"（《云韶集》卷九）一结"扣舷歌断，海蟾飞上孤白"的确高旷沉雄，力破余地。"海蟾"就是月亮，月亮从海面升起，升到孤飞的白云之上，这一灵动的意象实际隐藏着词人的自誓：君且看我心，便如这明月白云一般莹洁净白，决不会被功名富贵所玷污。

抵达大都后，玉田时时忆念故乡，"片霎归程，无奈梦与心同"（《声声慢·都下与沈尧道同赋》），"梨花落尽，一点新愁，曾到西泠"（《庆春宫》），"舞扇招香，歌桡唤玉，犹忆钱塘苏小"（《台城路》）……杭州的风物人情，牵萦着他的旅梦。他在大都偶遇旧日相识的杭妓沈梅娇，后者为生计辗转到此，同是天涯沦落，相逢各话凄凉，自不待言。尽管时移世换，梅娇还能歌北宋词人周邦彦的《意难忘》《台城路》二曲。古人歌与唱是两个概念，唱是有固定的旋律，相对简单，歌是要深切理解文辞的五音四声，再根据文辞的四声确定旋律，根据五音确定发声吐字归韵，要难得多。周邦彦的词音律最讲究，梅娇能歌周词，说明其本人亦有相当程度的文化素养。北人性情轻躁，更喜欢繁音促节的北曲，梅娇在大都，可能不歌周词久矣，大概只有玉田这样的知音，才真正懂得欣赏。

两个被时代所播弄的人，他乡再遇，想起从前的繁华，对照如今的落魄，内心深处共同飘荡着对故国的缅怀。玉田为梅娇写了一首《国香》，词成后写在罗帕上，赠送给梅娇。词中说"相看两流落，掩面凝羞，怕说当时"，是二人心境的真实写照。宋朝的中国，文明程度冠于世界，而有着极高文明的大宋，竟然被蛮夷灭亡，两个本来都有着安定生活的人，却都他乡流落，梅娇的歌声中不得不饱蕴凄凉："凄凉歌楚调，袅余音不放，一朵云飞。"在玉田听来，真是余音袅袅，恍如飞云了。歌阑酒尽，梅娇深情款款，苦留玉田不去："无端动人处，过了黄昏，犹道休归。"这是噙着泪的絮语，带着哽咽的温存，两个异乡沦落的可怜人，在寒夜中给了彼此以温暖。

玉田集中最佳之作，要数这一首《甘州》：

　　辛卯岁，沈秋江同余北归，秋江处杭，余处越。越岁，秋江来访寂寞，晤语数日，又复别去，赋此饯行。并寄曾心传。

记玉关踏雪事清游，寒气脆貂裘。傍枯林古道，长河饮马，此意悠悠。短梦依然江表，老泪洒西州。一字无题处，落叶都愁。　　载取白云归去，问谁留楚佩，弄影中州。折芦花赠远，零落一身秋。向寻常、野桥流水，待招来、不是旧沙鸥。空怀感，有斜阳处，却怕登楼。

沈秋江就是沈尧道，曾心传则是曾遇曾子敬。元世祖至元二十七年庚寅的大都之行，玉田与沈尧道、曾子敬同往，相约同出同归，然而次年只有玉田与尧道回到了南方，子敬却留在了大都获得官职，可能直到元成宗大德元年（1297）①才回到家中。元世祖至元二十九年壬辰（1292），沈尧道从杭州到绍兴探访玉田，数日后离去，这首词是玉田赠给坚贞不移的同道沈尧道的饯行之作，但还要寄给在京恋恋不去的曾子敬，显寓讽喻规劝之意。

细心的读者肯定已经发现以上所引玉田的这首名作，其小序中"并寄"的对象及词中"弄影中州"的"州"字，与通常我们读到的版本不同。的确，上词据的是明代水竹居本，晚清词人王鹏运《四印斋所刻词》本"中州"作"中洲"，与通

---

① 清吴升撰《大观录》一书卷十五，抄录了曾遇旧藏《温日观墨葡萄图卷》的题跋，最末是曾遇的诗，署年为大德改元，诗中有"万里归来家四壁，沙鸥笑人空役役"之句。——作者注

行本一致，但小序与水竹居本无二。通行本小序作："庚寅岁，沈尧道同余北归，各处杭越。逾岁，尧道来问寂寞，语笑数日，又复别去。赋此曲，并寄赵学舟。"差别殊巨。吴则虞先生考证四印斋本《山中白云词》所据为元抄本，是现存玉田词的最古版本，水竹居本则为玉田词第四古本，四印斋本、水竹居本的小序，应该才是玉田原稿的面目。

　　这首词写得非常见身份，玉田的身上流淌着的是贵族的血液，纵使迫于强权，不得不含垢忍辱，赴大都缮写金字藏经，但他心底的一份孤傲、一份自尊，却是谁也夺不走、毁不去的。"记玉关踏雪事清游，寒气脆貂裘"，意思是北方天气的酷寒，政治形势的严峻，没有让我屈服，只当是一次旅行罢了。"清游"，是不求功名利禄的游历。对于被诏赴大都的屈辱行程，词人只是用了淡到极致的"事清游"三字提领。元人为了折辱故宋士大夫，煞费苦心，收获的却是玉田轻蔑的一顾。后一句也暗用苏秦"说秦王书十上而说不行，黑貂之裘弊，黄金百斤尽"之典，他在大都遭遇的穷苦之境，也只用"脆貂裘"轻轻带过。"傍枯林古道，长河饮马，此意悠悠"，追忆庚寅年秋天北上路途所见，白描景致，清雅苍浑，"此意悠悠"四字尤堪玩味。他的心中装着太多太多的东西，那些对往昔的缅怀，对现实的忍受，对未来的忧惧，多到诉之不尽，不如什么也不说，他知道沈尧道必能明白。"短梦依然江表，老泪洒西州"，用东晋羊昙在舅父谢安去世后，不忍过西州路之典，明确表示，在北方的日子，哪怕只是做一个短暂的梦，也总会梦到江南。"老泪洒西州"，是自誓忘不了临安城破死难的祖父和父亲。"一字无题处，落叶都愁"，则说满天的落叶，都载不动亡国破家的愁苦，纷纷下坠，我待要把心曲化成诗句，题写到落叶之上，又有哪一片落叶能载得动如许的愁怨呢？

过片"载取白云归去，问谁留楚佩，弄影中州"，隐藏着对友人曾子敬的谴责。子曰："不义而富且贵，于我如浮云。""载取白云归去"，谓沈尧道与自己皆鄙弃新朝富贵如浮云，却有人眷眷于怀中楚佩，不忍撒手，在北方中州之地，恋栈不去。《列仙传》载，江妃二女，出游汉水之皋（江岸曰"皋"），遇见一位叫郑交甫的青年，便解下衣上的佩饰赠给交甫，交甫把佩饰放入怀中，往前走了数十步，再回头去看，二妃倏已不见，怀中的佩饰也不见了。可见此用"楚佩"（汉水属楚地）之典，指的是功名富贵到头不过一场虚空，又何必恋栈不去呢？"折芦花赠远，零落一身秋"，暗用《吴越春秋》中渔父呼伍子胥之典："芦中人，芦中人，岂非穷士乎？"玉田折江南的芦花，赠给远在大都的曾子敬。他想让子敬勿忘同为穷士，早早归来。亡国之人，早早感受到了萧瑟的秋意，亦望子敬同存此零落凄凉之心，不易其节。

通行本"中州"写作"中洲"，小序中"并寄"的对象也不是曾心传，而是赵学舟。以前的学者都认为，"问谁留楚佩，

414

弄影中洲"化自《楚辞·九歌·湘君》里的句子"捐余玦兮江中，遗余佩兮澧浦"及"君不行兮夷犹，蹇谁留兮中洲"。而"折芦花赠远"出自《楚辞·九歌·湘夫人》里的"搴汀洲兮杜若，将以遗兮远者"。循此解读，这五句表达的是尧道欲行而夷犹，玉田相送，依依不舍的情愫。我以为这样解说，看似圆融，恐怕是把玉田复杂的遗民心志看得清浅了。

"向寻常、野桥流水，待招来、不是旧沙鸥"，形容世事变迁，人情变幻，从前相交的好友，现在能如沈尧道一样始终知心的，又能有几？一结"空怀感，有斜阳处，却怕登楼"，用三国时王粲登楼怀故国，作《登楼赋》之典，这本来是一个熟典，但加上"有斜阳处"，意境便完全不同。初升的朝阳，带给人的是无限希望，迫近崦嵫的夕阳，却让人哀伤，让人绝望。更须知天下何处无斜阳，凡有斜阳处，便不忍登楼，是说无论走到哪里，亡国之人的愁苦也会跟到哪里。1932年，现代女词人沈祖棻痛感九一八事变后山河破碎的现实，写了一首令她一举成名的《浣溪沙》："芳草年年记胜游。江山依旧豁吟眸。鼓鼙声里思悠悠。　　三月莺花谁作赋，一天风絮独登楼。有斜阳处有春愁。"结二句正是从玉田词化出。

玉田的词风可以用清空骚雅来形容。清空是相对质实而言的，清空的美学风范，便如中国画中的南宗，不直接叙事、抒情，而是通过写意的、大量留白的手段，引起欣赏者的联想。如上引《高阳台·西湖春感》的"万绿西泠，一抹荒烟"，《壶中天・夜渡古黄河，与沈尧道、曾子敬同赋》的"老柳官河，斜阳古道，风定波犹直""衰草凄迷秋更绿，惟有闲鸥独立。浪挟天浮，山邀云去，银浦横空碧"，《甘州》的"傍枯林古道，长河饮马，此意悠悠"，皆是清空的笔致。骚是《离骚》，此指芳馨怨恻之情，雅是《诗经》中的《大雅》《小雅》，代表着雅正。中正平和，乐而不淫，哀而不伤，这才是雅，才是正。同时的舒岳祥这样评价他："诗有姜尧章深婉之风，词有周清真雅丽之思，画有赵子固（孟坚）潇洒之意，未脱承平公子故态，笑语歌哭，骚姿雅骨，不以夷险变迁也。"无论人生的境遇怎样变化，玉田词始终不过情，不逾礼，懂得情感的节制，这才是承平公子的风流，这才是贵族的气象。

何谓贵族？在我看来，凡是把追求美看得高于一切的，便是贵族，反之便是非贵族。这世间唯有美是不带一毫实用精神的，愈追求实用，便离贵族精神愈远。美看似最柔最弱，然而唯独美才具有穿越时空的价值。况且，玉田词的骚姿雅骨，犹有一层更深的精神在。

有人给《山中白云词》作序，说："吾识张循王孙玉田先辈，喜其三十年汗漫南北数千里，一片空狂怀抱，日日化雨为醉，自仰扳姜尧章、史邦卿、卢蒲江、吴梦窗诸名胜，互相鼓吹春声于繁华世界，飘飘征情，节节弄拍，嘲明月以谑乐，卖落花而陪笑，能令后三十年西湖锦绣山水，犹生清响，不容半点新愁，飞到游人眉睫之上，自生一种欢喜痛快。岂无柔劣少年，于万花丛中，唤取新莺稚蝶，群然飞舞，下来为之赏听？"

这段话的意思是，玉田词以骚雅为宗，虽经亡国之惨，却不作哀断之语，而是让人通过他的词，仍然感受着往昔承平之日西湖的美好。它不是如市井之词一样赚人热泪，而是让听词、读词的人心中生出一种欢喜痛快，从而不忘故国，更加热爱故国的文化。说这番话的人，在大宋亡国后，坐必南向，画兰不画土，以表不忘故国——他叫郑思肖，是著名的志士。

诚哉吴则虞先生之言！"让西湖山水，'犹生清响'，'自生一种欢喜痛快'，换言之，即对于故国山河有一种爱护和留恋在！不只是流连光景，而有一种希望在。"（吴则虞校辑本《山中白云词》序言）爱国，首先是爱一个国家的文化。玉田晚年，穷困潦倒到在鄞县卖卜（给人算命打卦），但在那样艰难的生涯里，玉田还是完成了词学巨著《词源》。他不只自己的创作骚姿雅骨，更从理论上全力推崇清空骚雅的词风。这是因为，玉田要努力呵护，全力捍卫宋代精致高雅的文化，与蒜酪味殊重的元代风格誓不共戴一天。这是寂寞的灵魂守望，更是高峻的文化自尊，他无愧于一位真正的爱国者。

政治、道德、国家、民族、英雄、遗民……一切都可能湮没，唯有美才是永恒的。

图书在版编目（CIP）数据

一场寂寞，半窗残月 / 徐晋如著；林语尘绘. —
成都：天地出版社，2023.2
ISBN 978-7-5455-7234-6

Ⅰ. ①一… Ⅱ. ①徐… ②林… Ⅲ. ①唐宋词—鉴赏
Ⅳ. ①I207.23

中国版本图书馆CIP数据核字（2022）第160421号

YI CHANG JIMO，BAN CHUANG CANYUE

一场寂寞，半窗残月

出 品 人	陈小雨　　杨　政
作 　 者	徐晋如
绘 　 图	林语尘
责任编辑	柳　媛　　胡文哲
责任校对	马志侠
装帧设计	尚艳平

出版发行	天地出版社
	（成都市锦江区三色路238号　邮政编码：610023）
	（北京市方庄芳群园3区3号　邮政编码：100078）
网 　 址	http://www.tiandiph.com
电子邮箱	tianditg@163.com
经 　 销	新华文轩出版传媒股份有限公司

印 　 刷	玖龙（天津）印刷有限公司
版 　 次	2023年2月第1版
印 　 次	2023年2月第1次印刷
开 　 本	880mm×1230mm　1/32
印 　 张	13.25
插 　 图	8P
字 　 数	260千字
定 　 价	72.00元
书 　 号	ISBN 978-7-5455-7234-6

从声音到文字，分其人类画

天喜文化